田坂憲二

日本文学全集の時代

戦後出版文化史を読む

慶應義塾大学出版会

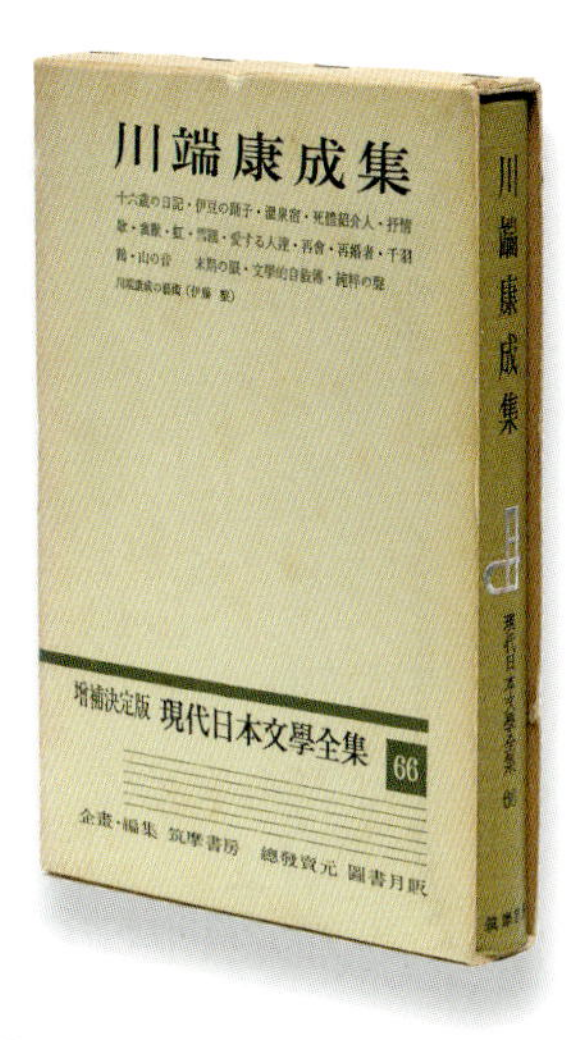

『増補決定版 現代日本文学全集』21 頁

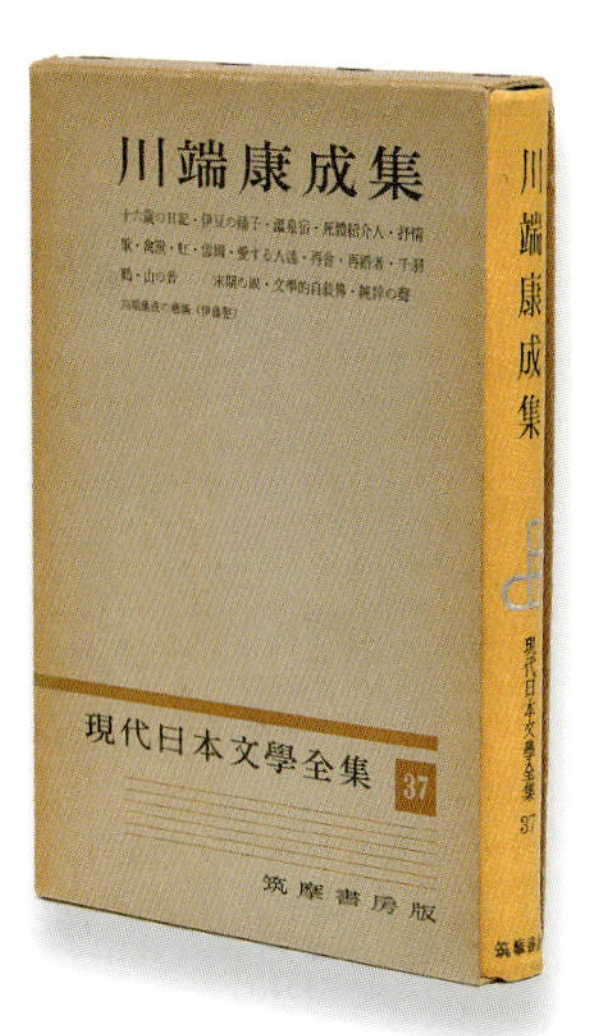

『現代日本文学全集（元版）』14 頁

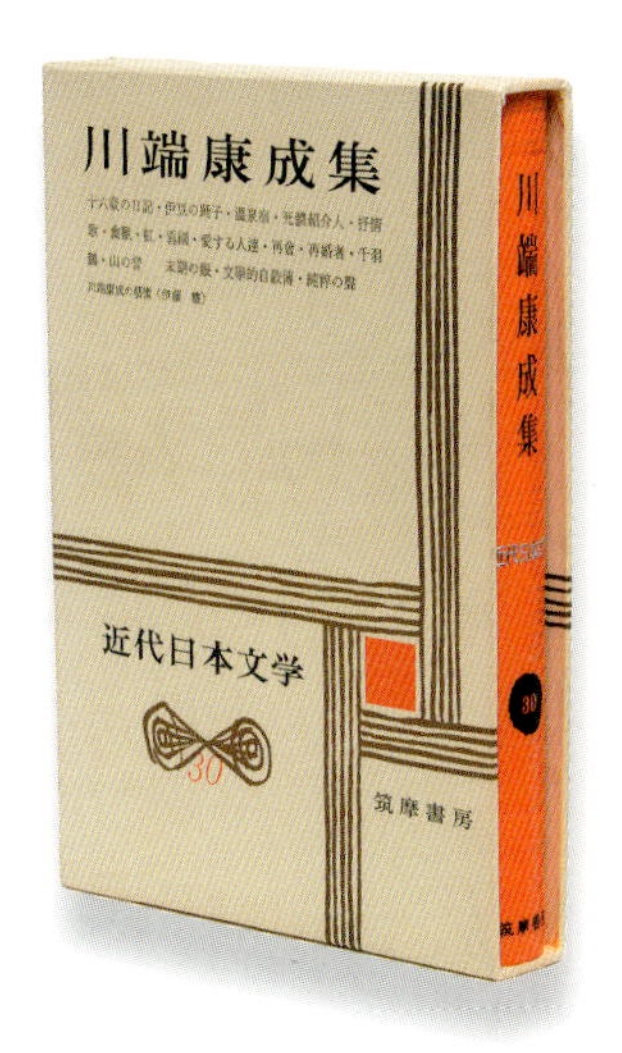

『近代日本文学』22 頁

『現代日本文学全集（定本限定版）』17 頁

『現代日本文学』22 頁

『新選現代日本文学全集』20 頁

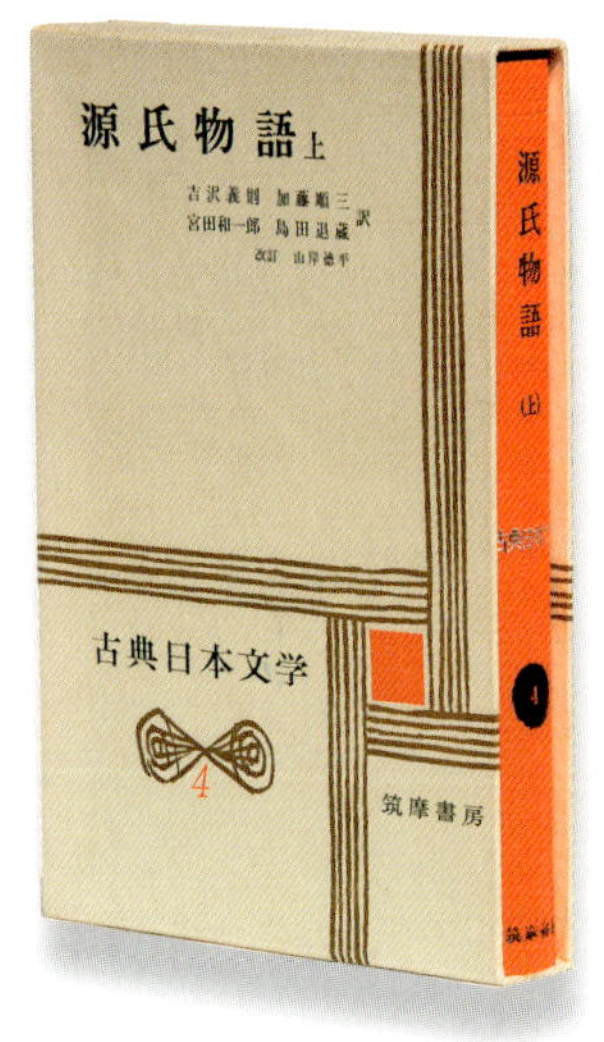

『古典日本文学』23 頁

『増補決定版 現代日本文学全集』（補巻）
21 頁

『筑摩現代文学大系』31 頁

『現代文学大系』24 頁

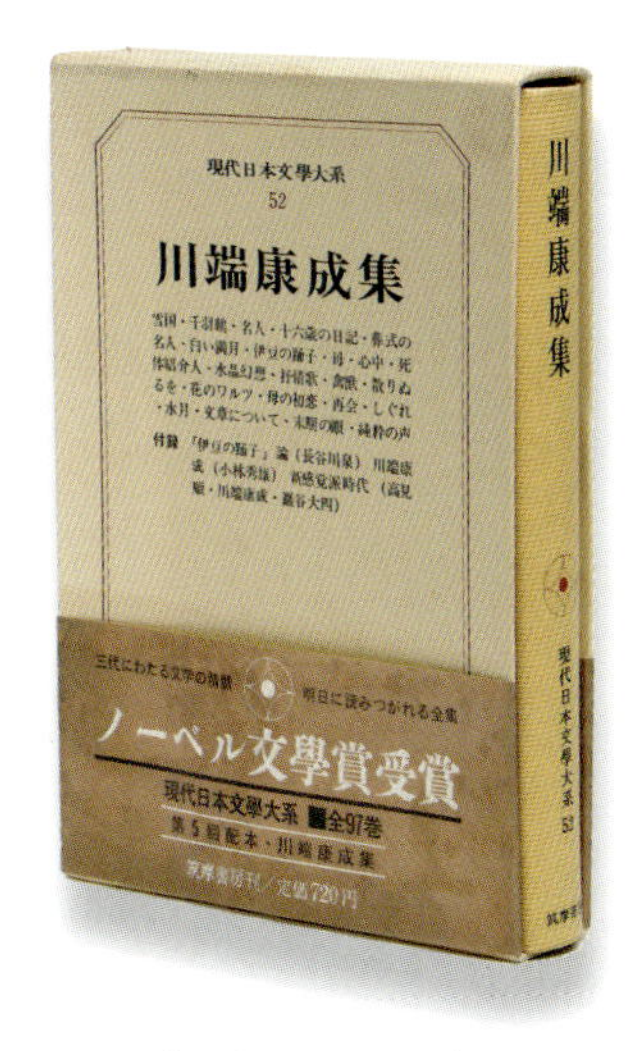

『現代日本文学大系』27 頁

『日本文学全集』（筑摩）26 頁

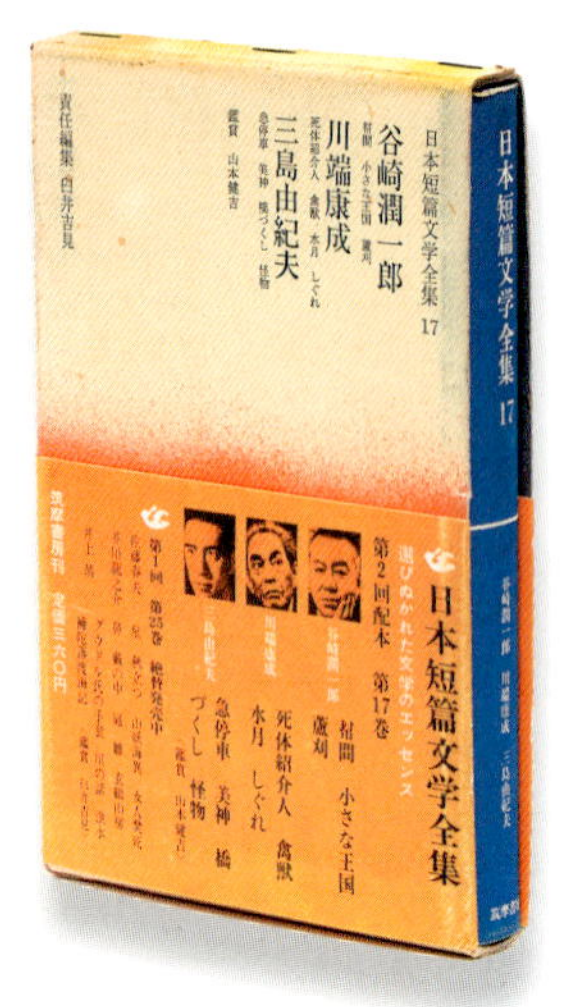

『日本短篇文学全集』14 頁

『現代日本名作選』12 頁

文庫版『ちくま日本文学全集』10 頁

『世界名作全集』13 頁

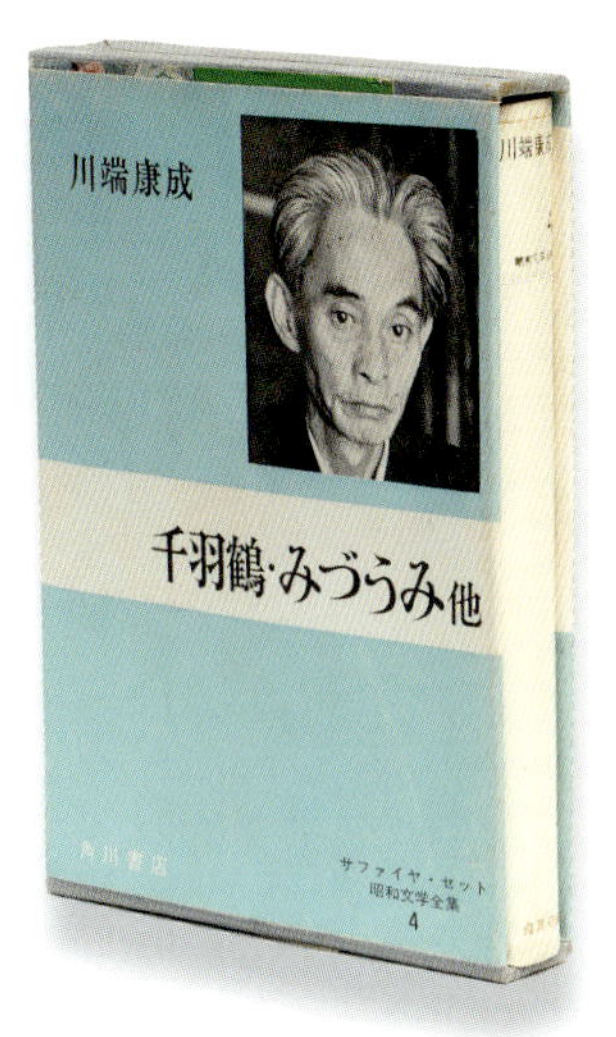

『昭和文学全集』（角川四六）52 頁

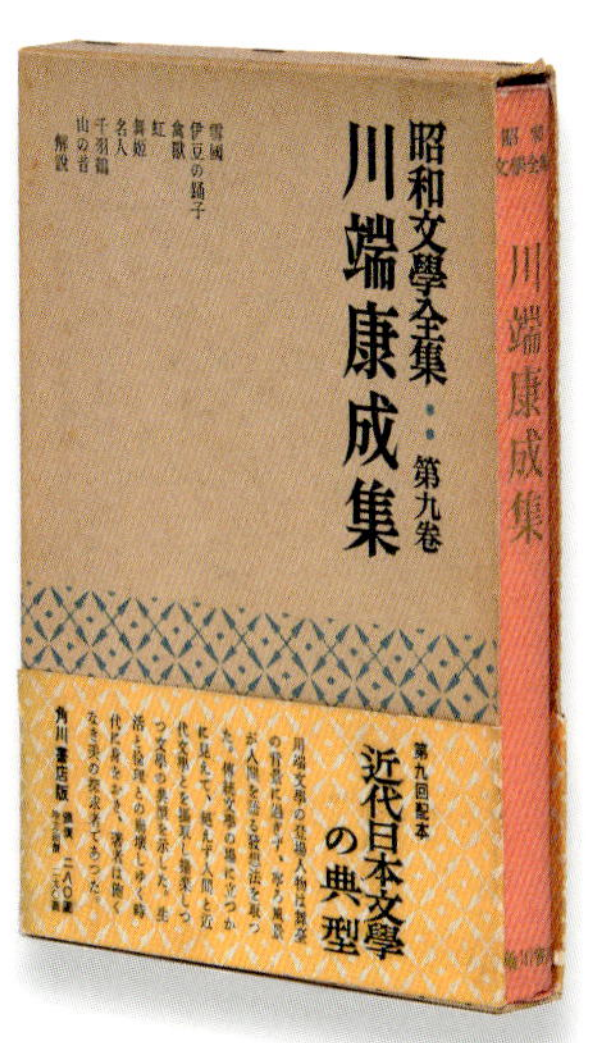

『昭和文学全集』（角川 A5）40 頁

『日本近代文学大系』56 頁

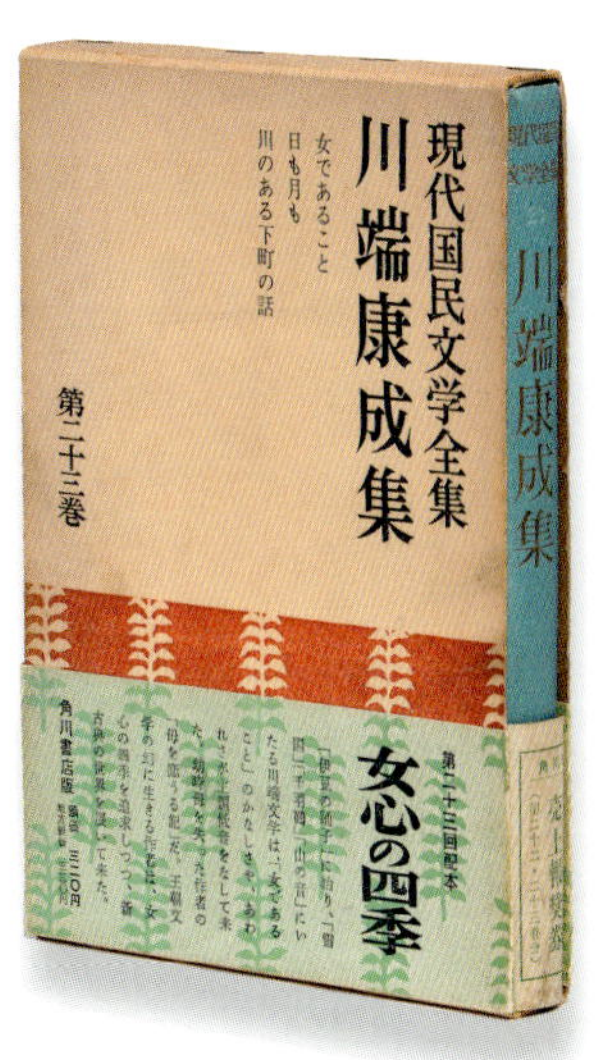

『現代国民文学全集』49 頁

『日本文学全集』（第三次四〇冊版）77 頁

『日本文学全集』（新潮社七二冊版）65 頁

『日本文学全集』（第四次四五冊版）81 頁

『日本文学全集』（第二次五〇冊版）69 頁

『新潮日本文学』83 頁

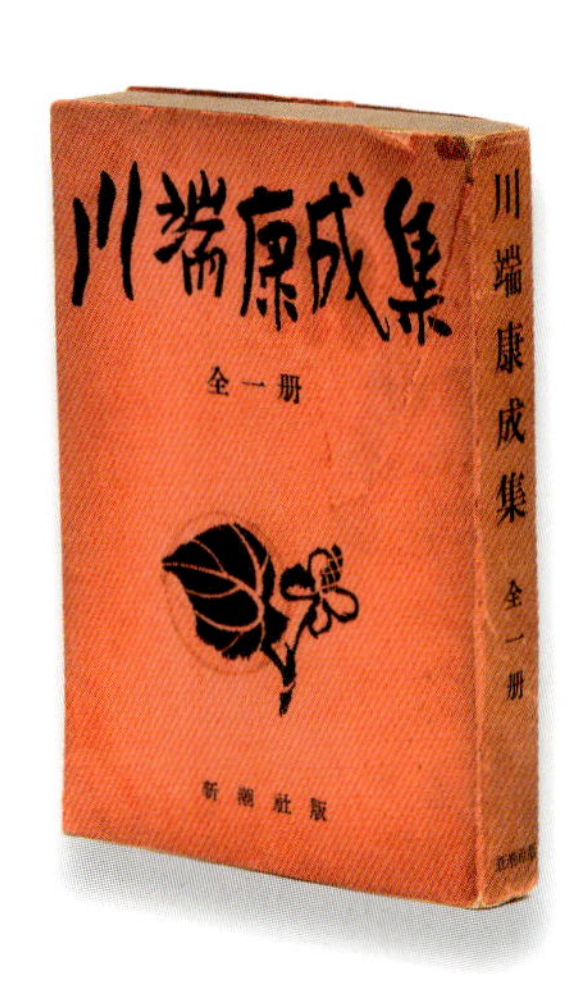

〈豪華縮刷決定版〉63 頁

『新潮現代文学』86 頁

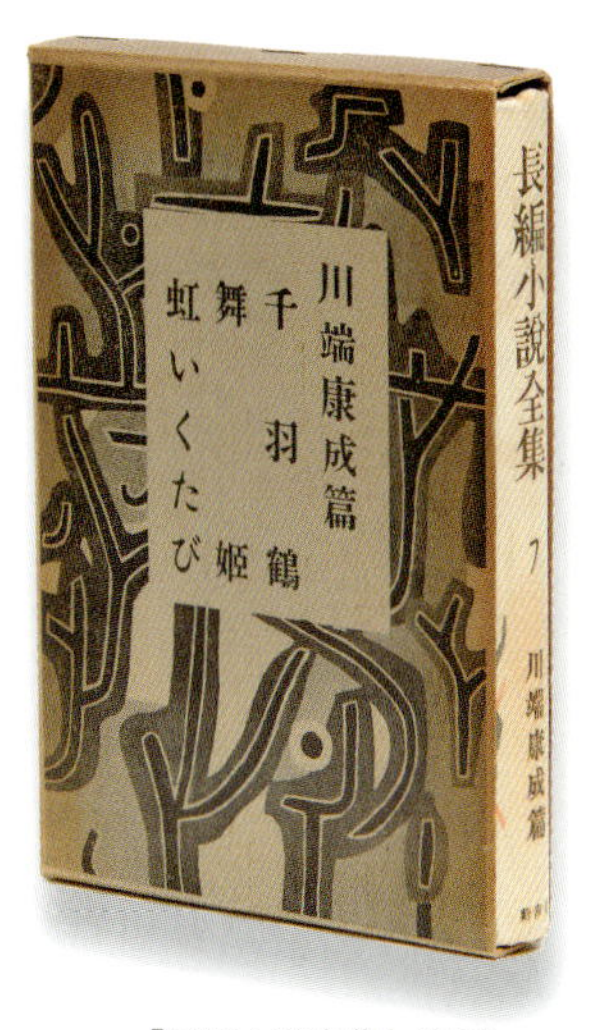

『長編小説全集』63 頁

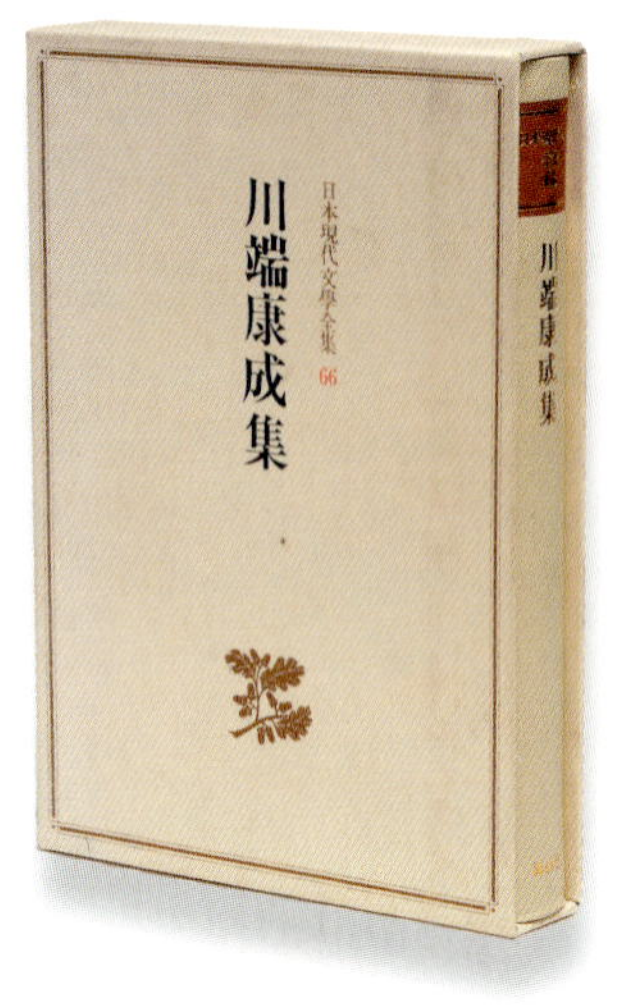

『日本現代文学全集』（増補版）98 頁

『日本現代文学全集』（元版）93 頁

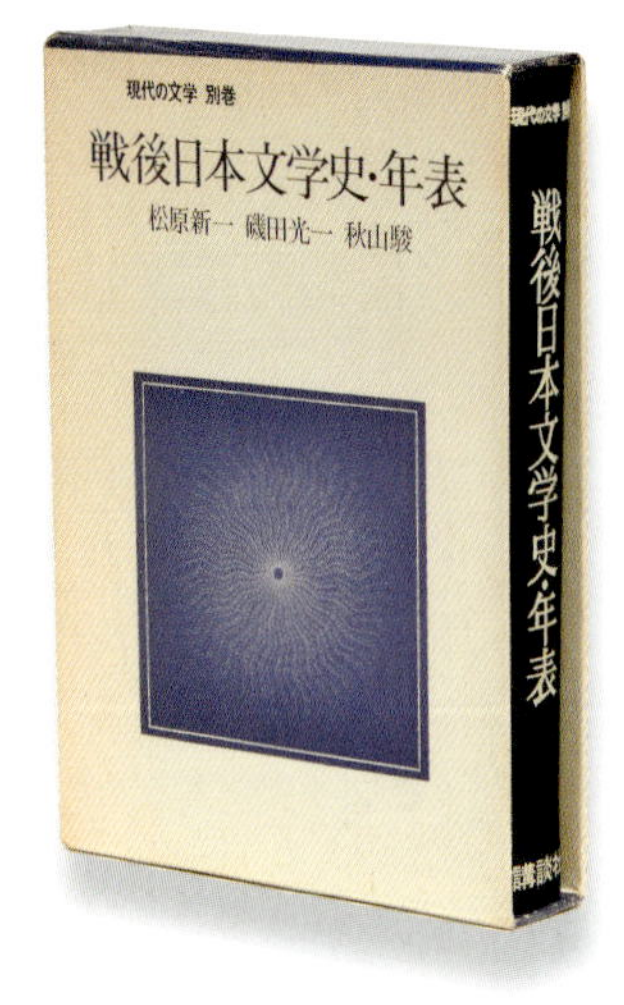

『現代の文学』（戦後日本文学史）123 頁

『日本現代文学全集』（豪華版）96 頁

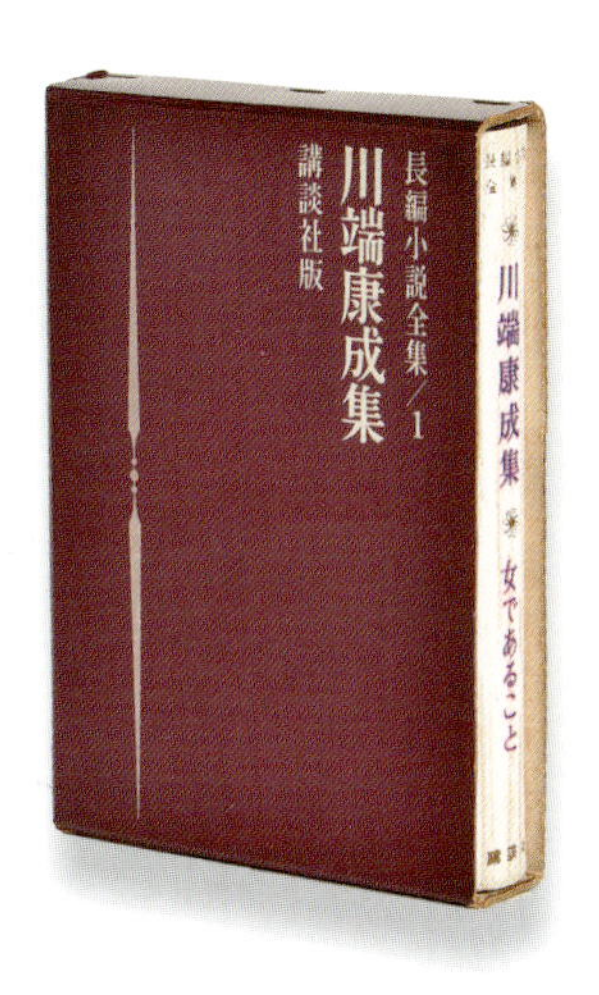

『長編小説全集』114 頁

『現代長篇名作全集』110 頁

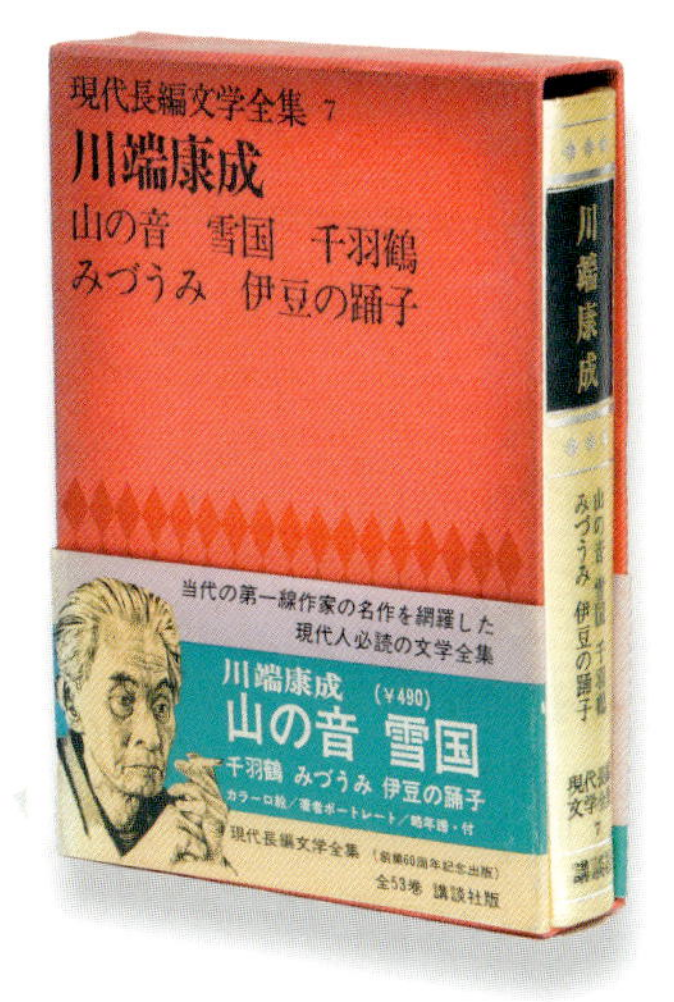

『現代長編文学全集』117 頁

『現代長編小説全集』112 頁

『日本文学全集』（集英社デュエット版）140頁

〈自選集シリーズ〉132頁

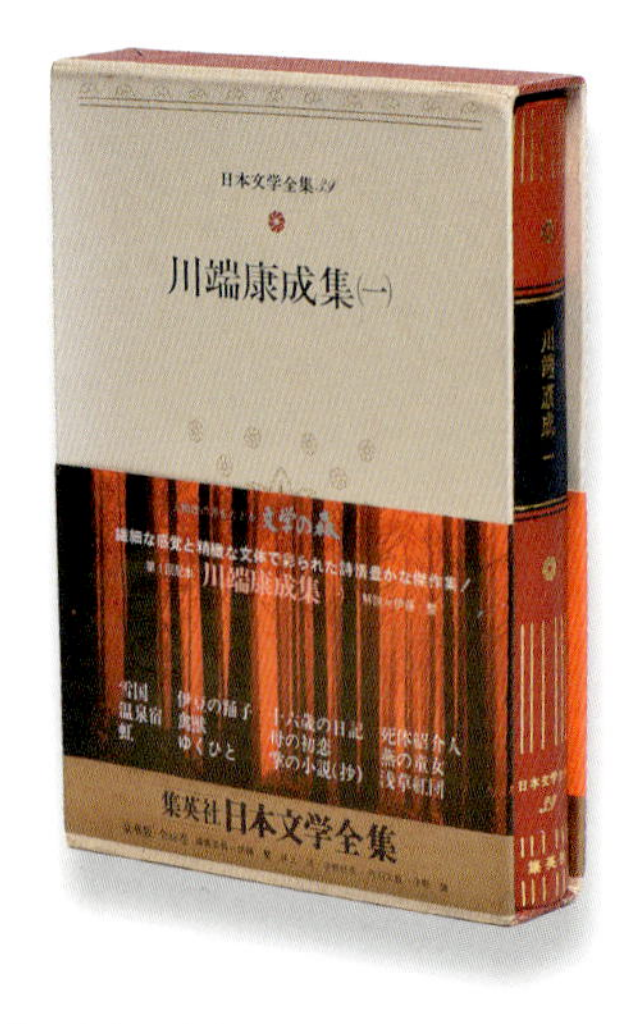

『日本文学全集』（集英社豪華版）147頁

『川端康成自選集』（ノーベル賞記念版）139頁

『カラー版日本の文学』（集英社）166 頁

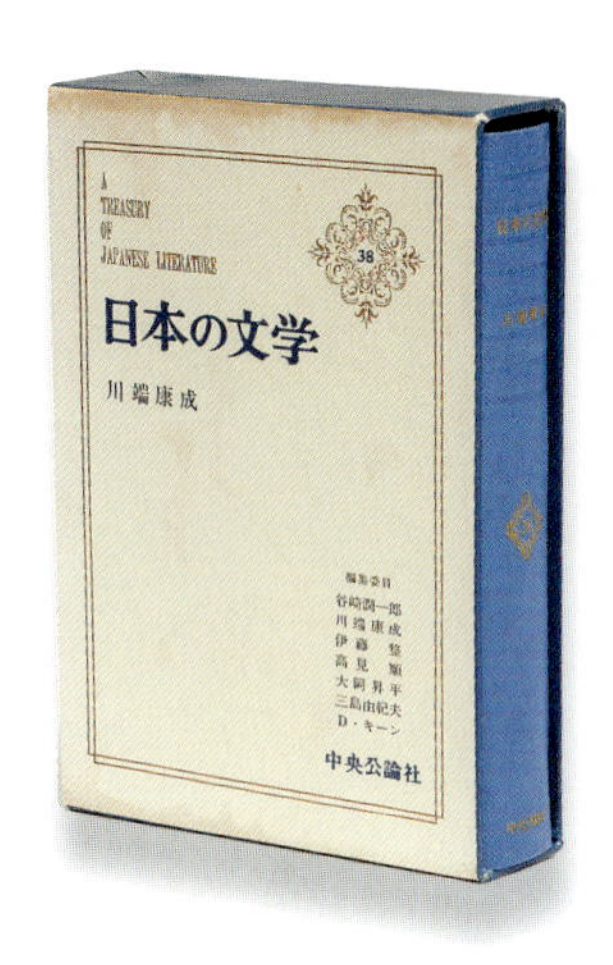

『日本の文学』（中央公論社）157 頁

『現代日本文学館』166 頁

『川端康成作品選』（ノーベル賞記念版）139 頁

『現代文豪名作全集』（第三次庫田叕装幀）
180 頁

『現代文豪名作全集』（第一次安田靫彦装幀）
176 頁

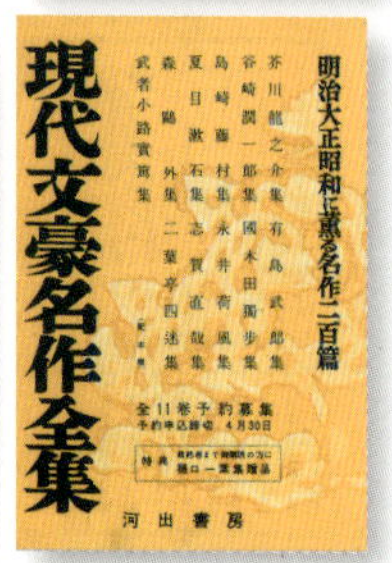

現代文豪名作全集内容見本

『現代文豪名作全集』（第二次白川一郎装幀）
177 頁

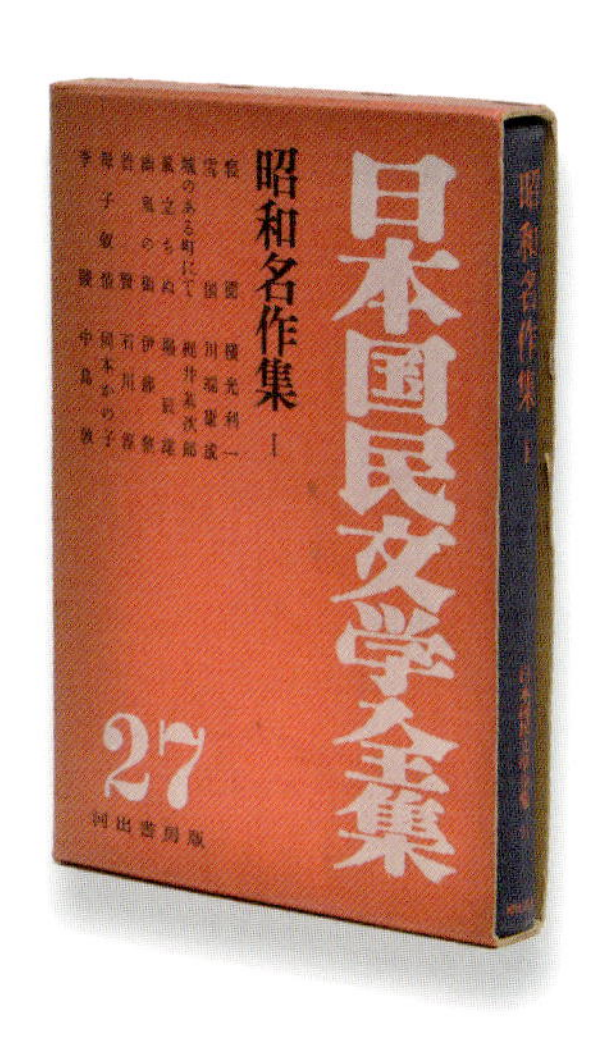

『日本国民文学全集』（元版第二七巻）
186 頁

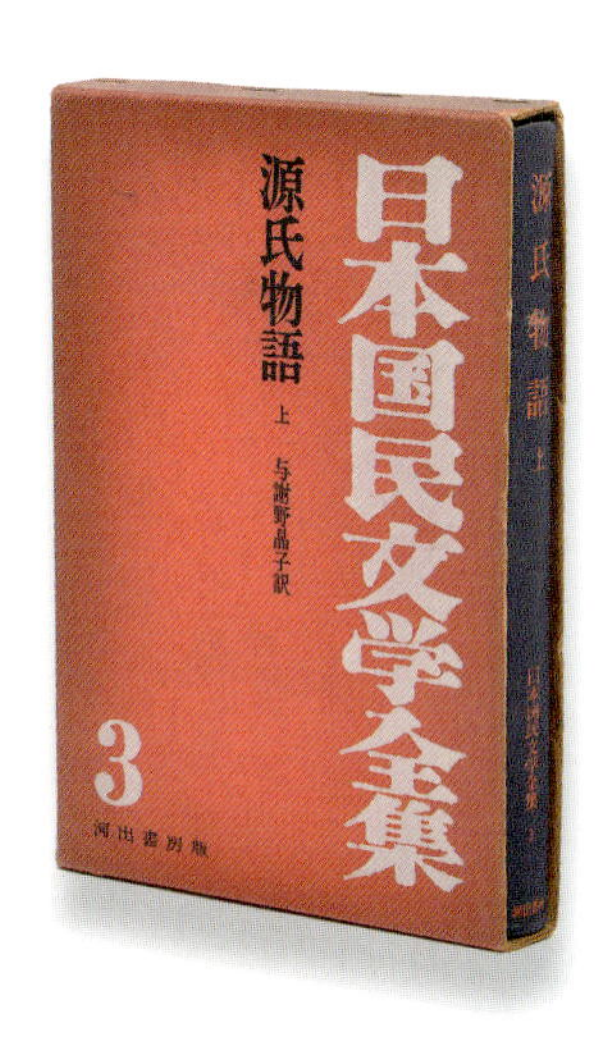

『日本国民文学全集』（元版第三巻）
184 頁

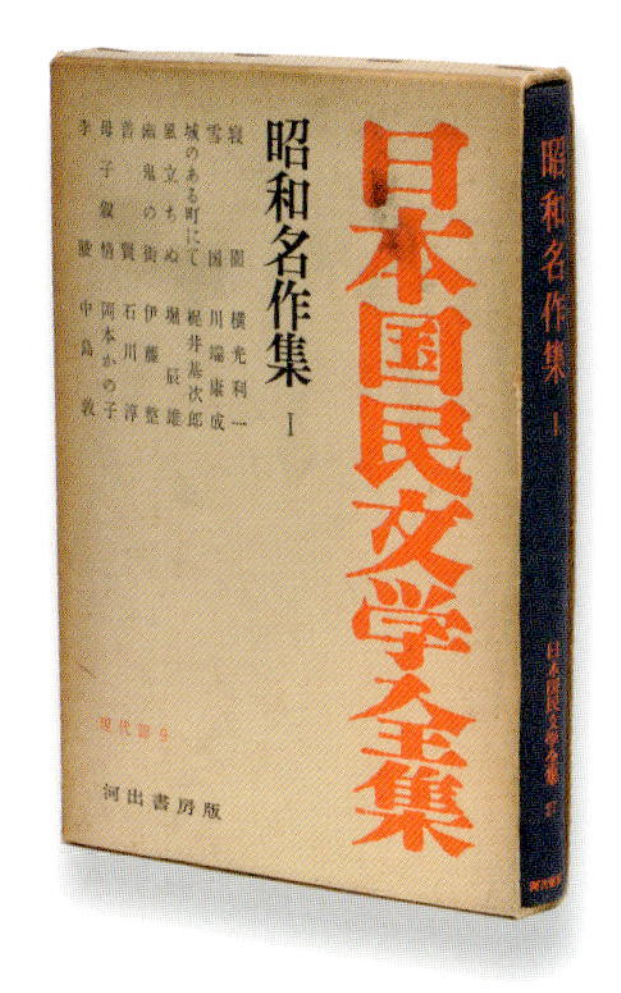

『日本国民文学全集』（現代編第九巻）
186 頁

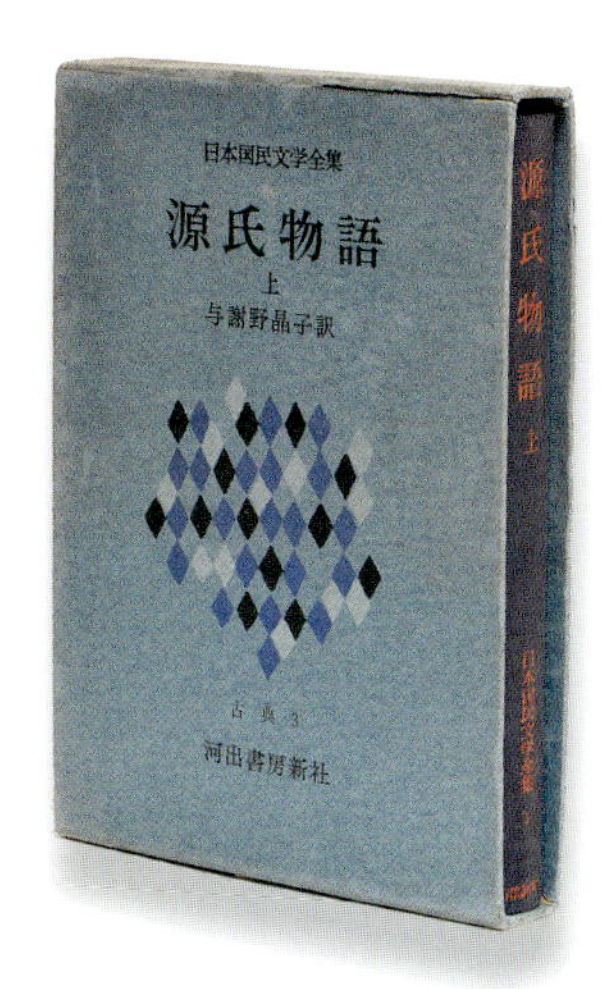

『日本国民文学全集』（古典編第三巻）
186 頁

『日本文学全集』（カラー版）191 頁

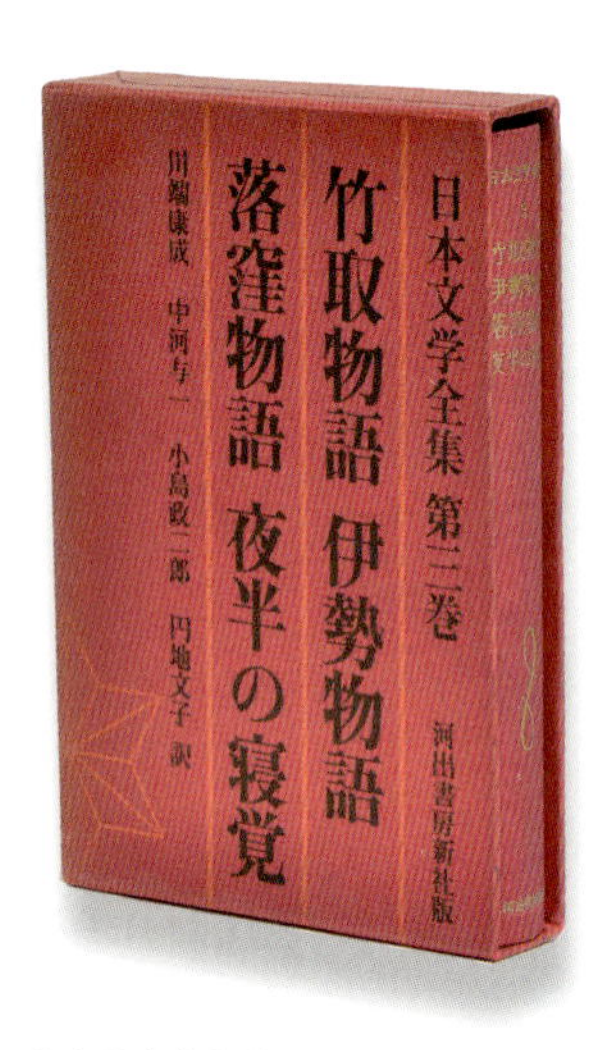

『日本文学全集』（河出ワイン・カラー版）188 頁

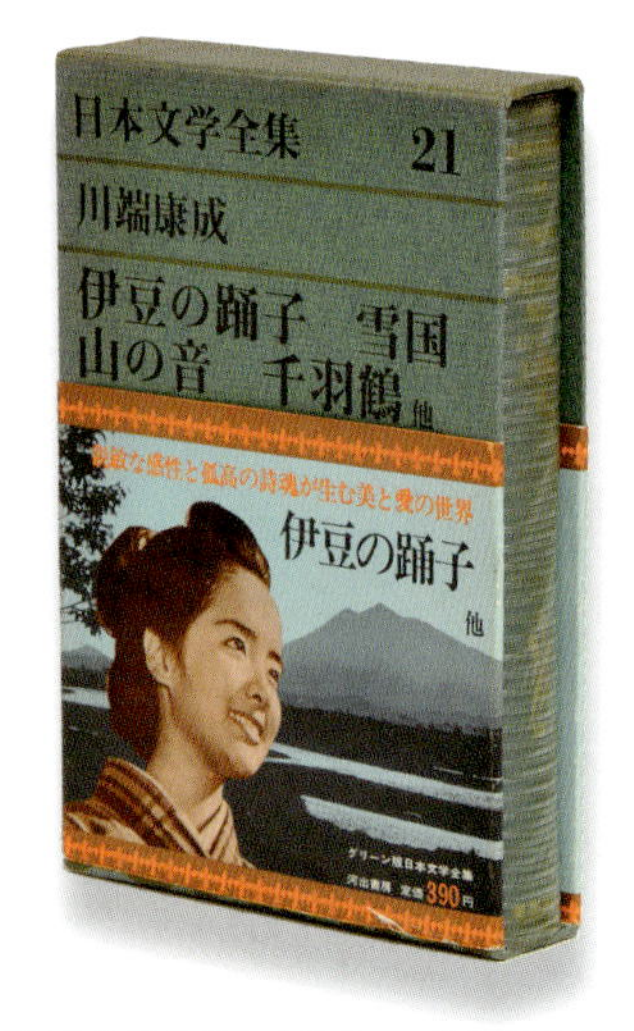

『日本文学全集』（グリーン版）192 頁

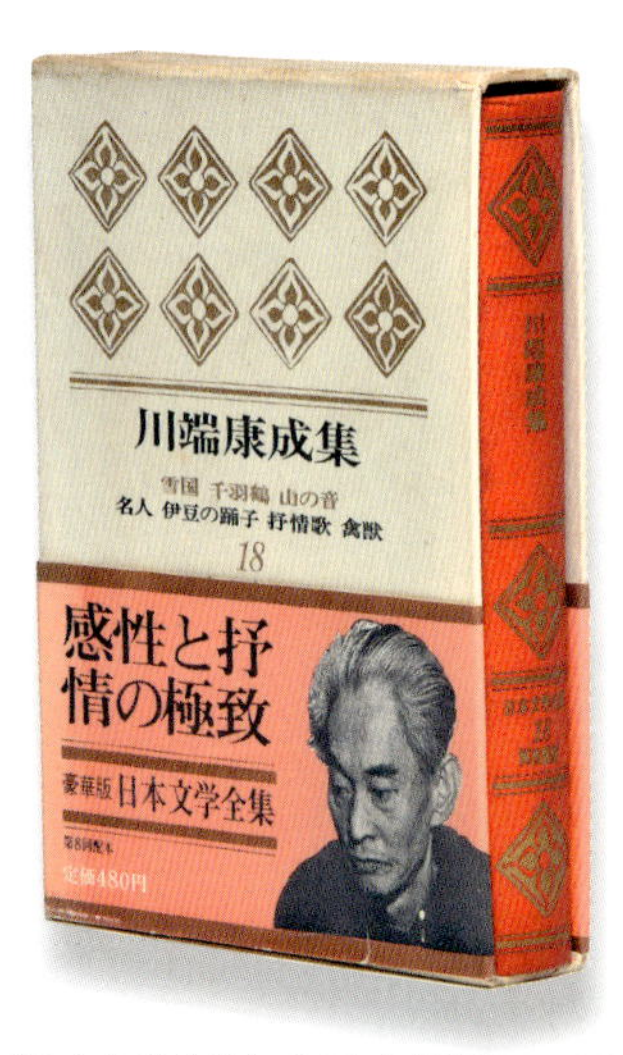

『日本文学全集』（河出豪華版）189 頁

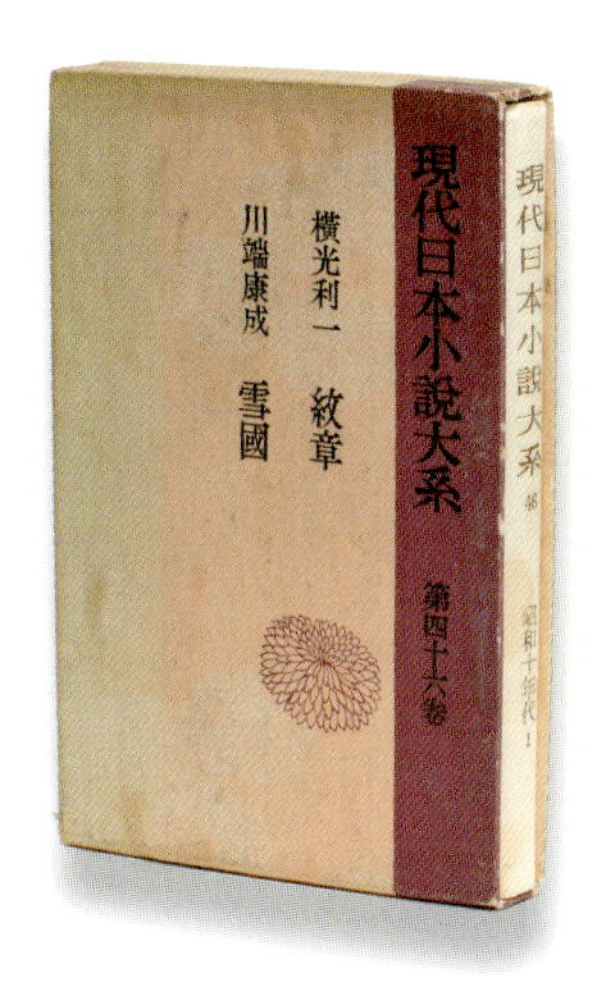

『現代日本小説大系』174 頁

『三代名作全集』182 頁

『現代の文学』195 頁

『現代日本小説大系』174 頁

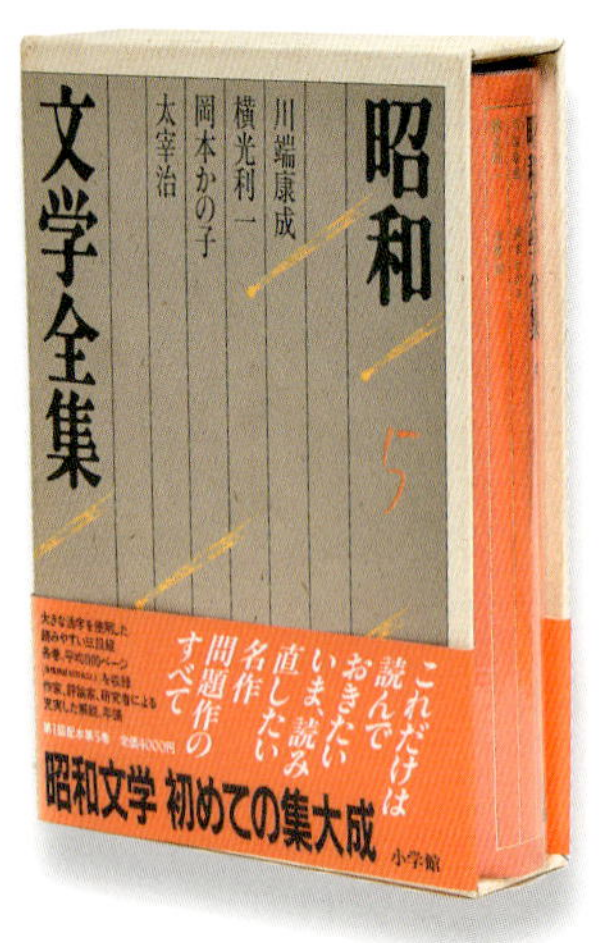

『昭和文学全集』（小学館）233 頁

『現代日本の文学』205 頁

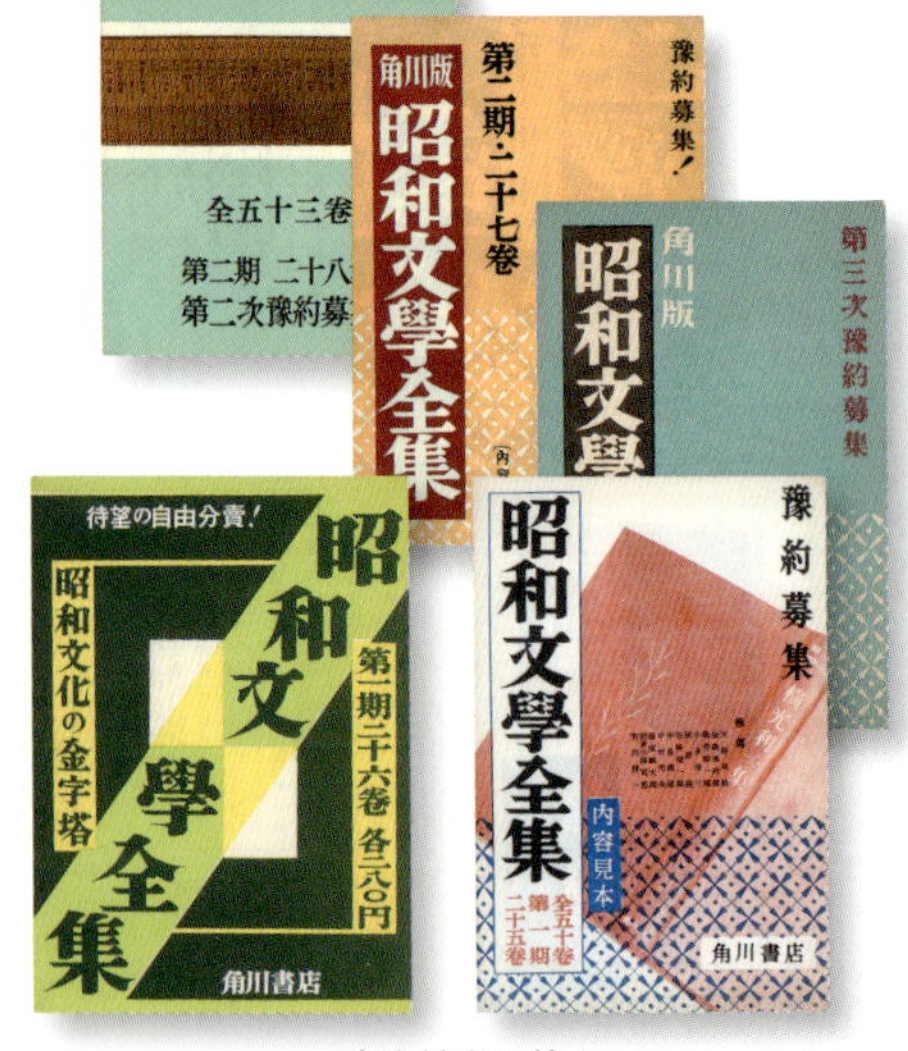

内容見本の数々

『現代日本の名作』217 頁

口絵写真は、定点観測のために、原則として川端康成の巻冊を使用した。ただし、講談社『現代長篇名作全集』や河出書房『現代文豪名作全集』（第一期）など、川端作品を含んでいないものは他の作家のもので代用した。頁数は、本文で言及している箇所である。

目次

はじめに　1

第一章　〈王道〉　筑摩書房の日本文学全集の歴史……7

一　代表的な文学全集とその周辺　9

二　『現代日本文学全集』の出発と増巻　14

三　『新選現代日本文学全集』と各種改編版　19

四　『現代文学大系』の登場――小型化への変化――　24

五　『現代日本文学大系』――『現代日本文学全集』を継ぐもの――　27

六　『筑摩現代文学大系』――小型版の完成――　30

むすび　34

第二章 〈先駆〉 角川書店『昭和文学全集』の誕生……35
一 追うものと追われるもの 37
二 開拓者『昭和文学全集』 40
三 『昭和文学全集』の完成 45
四 姉妹版『現代国民文学全集』 49
五 もう一つの『昭和文学全集』 52
むすび 57

第三章 〈定番〉 新潮社『日本文学全集』の変化……59
一 『現代小説全集』以降 60
二 『日本文学全集』の誕生 64
三 『日本文学全集』の改編 68
四 第三次と第四次の『日本文学全集』 77
五 『新潮日本文学』と『新潮現代文学』 83
むすび 87

第四章 〈現代〉 講談社『日本現代文学全集』とその前後……91

一　『日本現代文学全集』の概略　93
二　『日本現代文学全集』の豪華版と増補改訂版　96
三　『長篇小説名作全集』から始まる　99
四　『傑作長篇小説全集』が引き継ぐ　103
五　『現代長編小説全集』と純文学への接近　110
六　大衆文学と純文学の融合　114
七　『われらの文学』に見る新しい息吹　120
むすび　124

第五章　〈新進〉集英社の『自選集』と『日本文学全集』……127

一　一九六一年から六二年にかけて　129
二　『自選集』シリーズの骨格　132
三　『自選集』シリーズの諸問題　136
四　〈デュエット版〉『日本文学全集』の誕生　140
五　『日本文学全集』の影響と改判　144
むすび　149

第六章　〈差異〉　中央公論社『日本の文学』と文藝春秋『現代日本文学館』……151
一　中央公論社のホーム・ライブラリー　153
二　『日本の文学』の骨格　157
三　挿絵入の文学全集　161
四　『現代日本文学館』という名称　165
五　『現代日本文学館』の特色　168
むすび　171
第七章　〈拡大〉　河出書房『現代文豪名作全集』以降……173
一　『現代文豪名作全集』の初期形態　175
二　拡大する『現代文豪名作全集』　178
三　『日本国民文学全集』の思想　183
四　『日本文学全集』〈ワイン・カラー版〉と〈豪華版〉　187
五　『日本文学全集』〈カラー版〉と〈グリーン版〉　191
六　『国民の文学』と『現代の文学』　194
むすび　197

第八章　〈教養〉学習研究社と旺文社の文学全集……199
一　学年別雑誌をめぐる攻防　201
二　学習研究社『現代日本の文学』の成功　205
三　学習研究社系の『世界文学全集』　211
四　旺文社『現代日本の名作』の苦戦　217
五　『現代日本の名作』と旺文社文庫　222
むすび　230

おわりに　233

注　238
初出一覧　256
「日本文学全集の時代」年表　257
あとがき　262
索引　*1*

はじめに

1

一九六〇年代を頂点として日本の出版業界は、高度成長の波に乗ってすぐれた出版物を、陸続と、大量に生み出してくる。それはまさに、経済と文化の蜜月時代とでも呼ぶにふさわしい時期であった。この時代を象徴する代表的な出版物が、日本文学全集や世界文学全集の類である。

こうした文学全集類は、戦後まもなく一九四〇年代の終わりから先駆的なものを見ることができるが、文学全集として形を整えてくるのは五〇年代前半と考えるべきである。角川書店、河出書房、新潮社などの文芸出版に強い出版社が意欲的な全集を刊行し、これらに刺激されるように、筑摩書房の『現代日本文学全集』が配本を開始するのが一九五三年である。この全集は、戦後の文学全集の歴史の中では、極めて早い時期に属するものであるが、時代を超越するようなすぐれた編集と洗練された造本とで、一挙に文学全集の時代を招聘することとなる。

一九六〇年代はじめには、多くの出版社が次々とこの分野に参入し、英雄たちがしのぎを削る群雄割拠の戦国時代のような様相を呈することとなる。それは個性的な文学全集が百花繚乱の春を現出したものでもあった。季節にたとえて言えば、文学全集にとって、六〇年代の半ばから後半にかけては、生命力の横溢した、木の葉生い茂る夏の季節であったと言えようか。季節はいつかは移り変わり、宴も祭も永遠に続くものではない。六〇年代が終わると共に、文学全集の季節もまた秋を迎える。文学全集出版の一方の旗頭であった河出書房が一九六八年に会社更生法を申請することになるのはその意味で象徴的である。それでも文学全集類は次々と新たな企画を生み出してきて、七〇年前後は木の葉が美しく色づく秋のように、最後の輝きを見せるようである。そして木々が一枚一枚葉を落として冬に向かうように、文学全集も一つ一つ姿を消していく。ロングセラーとして長く書店の本棚を飾った一部の全集を除いては、時代の向こうに消えていったと言って良かろう。『現代日本文学全集』でこの時代の幕を開けた筑摩書房が、一九七八年に経営危機に陥ることもまた、季節の移り変わりを示すようである。

　それでも新しい季節はめぐってくる。一九八〇年代後半には小学館『昭和文学全集』、九〇年代はじめには『ちくま日本文学全集』、二一世紀の現在も河出書房から『日本文学全集』が刊行中であり、文学全集の季節は終わったわけではない。

　かつて、六〇年代を中心に多くの文学全集が妍（けん）を競っていた頃、出版社は叡智を傾けて様々な企画を練っていた。時には一つの出版社が複数の企画を同時並行で実行するなど、読者にとっても様々な選択が可能であり、読書・文学・文化・教養等々にとって、これほど恵まれた時代もなかった。出版業界も利潤を追求する企業の側面を有しており、出版戦略の元に市場を意識した企画や出版がなされたことも間違いない。それらを含めて、この文化の時代を象徴する文学全集の類について、きちんと総括しておく必要があるのではないか。

資料はいつかは散逸し、消滅する。古典文学の研究に多少とも携わっている私にとっては、その思いは極めて強いものがある。現代の文化資料、文学資料もまた例外ではないであろう。特に、一九八〇年代半ば以降の大量生産、大量消費の時代を通過したことは、出版文化や書物の保存という点から考えると、決定的なマイナスであった。書物もまた大量に生産され、大量に消費、廃棄されるものの一つに位置づけられた観がある。

さらに、二〇世紀末から、二一世紀にかけて長く続いた経済不況は、家計的には教養・文化への出費の抑制となり、図書館においても購入予算は減少の一途をたどり、東京都近代文学博物館のように、文化施設の閉鎖という形にまで及んでいる。図書館に関して言えば、購入予算の減額という問題だけではない。不況は当然施設面の不断の改善を阻害する。図書館施設、特に書庫や収蔵スペースの拡充が認められないことは、資料の保存にとって大きな問題となっている。公立図書館や大学図書館で「除籍」という言葉を聞くときほど胸の痛むものはない。

それでもまだ今ならば、各図書館はかろうじてこうした資料類を保存している。現物調査のために古書店を歩いても、値崩れはしながらも、まだ全集類は店頭に残っている。資料の保存が行われているうちに、閲覧や調査が容易であるうちに、あの時代の文化を象徴する文学全集類についてきちんと考えておきたい。またこうした作業が、これらの資料を見直す契機になればとも念じている。

ここで本書の構成についてまとめておく。文学全集はいくつもの出版社が、多くは複数の企画を刊行している。それらを一括して時系列の順に見ていくことは、極めて分かりにくい記述になると思われる。文学全集の時代とは、上述したように、戦国時代のようなものであるから、地域ごとに、戦国大名ごとに見ていくように、出版社単位で記述することが最も適していよう。本書は出版社単位で章立てをして、その中で他社の企画との関係について言及する方式を採った。

最初に、文学全集の時代の中心的な存在であった筑摩書房を取り上げる。筑摩書房を見ることによって、この会社のみならず、文学全集の時代全体を俯瞰することができる。ついで、時間を遡って、筑摩書房の文学全集に大きな影響を与えた、角川書店の文学全集について検討する。以下、主要な文学全集の刊行順に、新潮社、講談社、集英社、中央公論社、文藝春秋、河出書房、学習研究社、旺文社の順番に取り上げる。河出書房も長期間にわたって文学全集を刊行しているから、筑摩書房とは別の角度から、再度、この時代を歴史的に検証する意味で、あえて多くの出版社の後ろに置いてみた。学習研究社と旺文社は、これらの出版社とは多少毛色の違う面もあり、異業種からの参入という意味で最後の章に置いた。

各章においてはできるだけ、多様な視点を導入することに努めた。本書のように、個別の問題（個別の出版社）を、それぞれ通時的に考察する場合には、同じ方法同じ視点になってしまう危険がある。それを回避するために、できるだけ個々の出版社の独自の問題に光を当てるようにした。新潮社の場合はロングセラーの改編の問題、講談社の場合は大衆小説の全集との関係、集英社の場合は自選集という独特のシリーズ、河出書房の場合は古典文学と近代文学との融合など、各章で変化を持たせている。このような各社の独自の事情に光を当てることによって、戦後の出版文化史を、日本文学全集という断面から切り取ることができると思われる。

また、各章の内容や各出版社の文学全集の特徴を漢字二文字で象徴して、〈王道〉〈先駆〉〈定番〉

〈新進〉などのキーワードを作成し、章題の上に冠してみた。

なお、巻冊数などの数字は、原資料のままではアラビア数字と漢数字が混在するので、可能な限り漢数字に統一し、同様に、西暦・元号の混在も、西暦に統一した。出版社名は、河出書房新社、中央公論新社、文藝春秋社の場合も、河出書房、中央公論社、文藝春秋に統一した。また作家名や作品名も、全集によって旧漢字のものと新漢字のものがあるが、一書として統一を取るために、原則として新漢字に改めた。

巻末に、簡単な年表を作成しておいた。本書で言及した日本文学全集類のすべてと、関連する世界文学全集類を、それぞれ刊行開始の時点で記したものである。重要な全集については、改版・改編などについてもその都度取り上げている。本書の記述は、出版社別であるから、全体を比較しながら見て頂く参考になればと考えている。

第一章 〈王道〉

筑摩書房の日本文学全集の歴史

日本文学全集を論じるときに、最初に取り上げるべき出版社はどこか。このような問題提起をされたときに、恐らく全員が筑摩書房の名前を挙げるのではないか。角川書店、新潮社、講談社、集英社、中央公論社、文藝春秋、河出書房、旺文社、学習研究社等々の出版社が、それぞれに社風を反映させた個性的な文学全集を作り上げ、出版文化史的にも貴重なものが多いのであるが、一社に絞るとすればば、やはり筑摩書房と言うことになろう。

それは、一九五〇年代の『現代日本文学全集』から、九〇年代の文庫版『ちくま日本文学全集』に至るまで、実に四〇年間の長きにわたって、この分野の全集を多数、弛（たゆ）まず出し続けたことによる。一九六〇年代の半ば頃を頂点として、多くの出版社がこの種の全集の刊行に参入したが、継続期間の長さといい、刊行した種類の多さといい、筑摩書房の右に出るものはない。

もちろん、期間の長さや、種類の多さがすべてを決するものではない。しかし、一般的にも筑摩書房の日本文学全集の類は、評価が高く、テキストとしても信頼されているようだ。我が国最大の国語辞典である、小学館の『日本国語大辞典』の最新版（第二版）の別冊「主要出典一覧」を見ると、日本文学全集の類は、すべて筑摩書房版で占められているのである。近代日本文学の作品から用例が取られる場合、『鷗外全集』『一葉全集』『藤村全集』などの個人全集か、岩波文庫、角川文庫、新潮文庫などの文庫版か、『明治文学全集』『日本現代詩大系』『現代短歌大系』などの時代別やジャンル別の叢書か、あるいは日本文学全集の類からであるが、最後の分野では、筑摩書房の『現代日本文学全集』『新選現代日本文学全集』『筑摩現代文学大系』のみが取り上げられているのである。これらは一つの目安と考えて良いであろう。

本章では、日本文学全集の歴史を概観するという意味でも、まず筑摩書房の全集を取り上げて行きたい。そののち、出版社別に、また時代順に、出版文化史上重要な文学全集を見ていくこととする。

一　代表的な文学全集とその周辺

戦後に刊行された、筑摩書房の日本近代文学の全集の類を、刊行の順に列挙すると以下の如くになる。西暦は刊行開始もしくは第一回配本（一括配本を含む）の時期である。

『現代日本文学全集』（一九五三年）
『新選現代日本文学全集』（一九五八年）
『現代日本文学全集』（愛蔵版）（一九六〇年）
『現代文学大系』（一九六三年）
『現代日本文学全集』（定本限定版）（一九六七年）
『現代日本文学大系』（一九六八年）
『日本文学全集』（一九七〇年）
『増補決定版　現代日本文学全集』（一九七三年）

『現代日本文学』（一九七四年）
『近代日本文学』（一九七五年）
『筑摩現代文学大系』（一九七五年）
『ちくま日本文学全集』（一九九一年）

「愛蔵版」「定本限定版」を丸カッコに入れ叢書名の下に持ってきたものと、「増補決定版」を叢書名の中に入れて表記方法を改めたのは、後者は『新選』と合体させた新しい組み合わせであるからである。

右の一覧の中には新編集ではなく、叢書名を改めたり、再編集をしたものも含まれるが、それにしても膨大な叢書群である。しかも、その一つ一つの叢書が、極めて高水準で、近代日本文学の全集を代表するものとなっている点が重要である。以下、各節で詳述していくが、それに先だって、最後の『ちくま日本文学全集』を簡単に見ておきたい。

『ちくま日本文学全集』のみは、出版された時期にもよろうが、文庫版という形態といい、文字表記を新漢字・現代仮名遣いに改めていることといい、選ばれた作家・作品といい、それ以前のものとは大きく異なっているのである。これはまた、時代が要請した、それなりに有益な別種の書物であるというのが、筆者の認識である。

『ちくま日本文学全集』の独自性は、選ばれた五〇人の作家[1]に、如実に現れている。森鷗外、夏目漱石、島崎藤村、谷崎潤一郎、志賀直哉、川端康成等々と肩を並べて、白井喬二、尾崎翠、夢野久作、色川武大らが選ばれており、従来のラインナップとは大きく異なっている。また一人一冊主義が完全に貫かれ、この種の全集類の常連であっても、小品を中心にして他の作家と抱き合わせで入れられることの多かった、正岡子規や寺田寅彦を独立させたのも大いなる見識であろう。この独自性は、作品の選択にもはっきりと見て取れる。

たとえば、島崎藤村の場合は、『夜明け前』の第二部のみという、実に思い切った選択がなされている。ここでは、藤村の小説の開結二経とも言うべき『破戒』も『東方の門』も、詩集も、岸本捨吉ものも何一つ併載されない。『夜明け前』ただ一作に絞り、文庫版という分量上の制約もあって、第二部のみを収載するのである。次節以下の考察で次第に明らかになろうが、日本文学全集の類で作品を選ぶ場合には、物故作家の場合には全作品から、現役で活躍中の作家の場合はそれまでに発表されたものの中から、代表作と目されるものが数点、創作時期もできれば初期から晩年に掛けてバランス良く選ばれ、一冊、もしくは数冊で、当該作家の全体像が把握できるようになっていた。その意味では、非常に教養主義的な書物でもあったのである。

島崎藤村の場合であれば、初期の詩集から作品を抄出して載せ、小説家への転身を果たした『破戒』、捨吉ものから『春』か『桜の実の熟する時』あたり、大作『夜明け前』は一部を抄出するか関連するものとして『大黒屋日記抄』の一部か、それから『をさなものがたり』などの児童文学の秀作を若干、スペースがあれば絶筆となった『東方の門』も、というところであろうか。

このように考えてくると、『ちくま日本文学全集』は、従来型の全集がその作家の全体像を提示するのに対して、あえて作家の一部分のみを示して、読者が自主的に作家に近づいていく方針を持っているのではないだろうか。

もう一つ、文庫版『ちくま日本文学全集』の特徴は、新漢字・現代仮名遣いに改めたという点がある。実は、それまでの筑摩書房の文学全集は、漢字・仮名遣いなどの表記を、作者の使用したもの尊重し、旧漢字・旧仮名遣いのものはそのまま掲出することを原則としてきたのである。一口で、明治以降の近代文学と言っても、戦後施行された、新漢字・現代仮名遣いに馴れた読者層が増えてくるにつれて、本来の表記では読みづらさを感じるようになってくる。作品の普及ということを考えると表記を読みやすいものに改めることはあり得るであろう。個人全集を有するような文豪の場合は、全集では本来の表記を守り、文庫本などでは現代仮名遣いという棲み分けも可能である。しかし、個人全集を持たない作家の場合、日本文学全集の類で読むことが多くなる。第四節でも再述するが、筑摩書房のみは、これら文学全集としては最後まで、作者の使用した表記を尊重し、旧漢字・旧仮名遣いを守ったのである。上述したように『日本国語大辞典』が筑摩書房の文学全集から引用するのは、その文章が書かれた時代を示す語彙の用例として、表記を改めているものは使用できないからである。ただ、こうした原典尊重にも限界があり、また文学の普及を意図するということもあって、文庫版の『ちくま日本文学全集』は、その方針を変更したものである。

なお、厳密な意味での全集ではなく、アンソロジーとも呼ぶべきもので、最初の『現代日本文学全集』にやや先行するものとして、B6判並装で、全四五冊の『現代日本名作選』がある。『千羽鶴』『山の音』が一冊に収められた川端康成の場合（一九五二年九月初版）は、帯に「芸術院賞」と記され、巻末の続刊案内にも「大岡昇平『武蔵野夫人・野火』読売文学賞」と記されるなど、当時話題の作品を集めたものである。所収作家の上限は、幸田露伴・夏目漱石である。このシリーズは、一冊につき一人の作家で、抱き合わせの作者はないが、四五人の中には、中野重治、小林多喜二、平林たい子、壺井栄、宮本百合子、佐多稲子、徳永直等々が含まれ、時代の傾向もあったであろうが、プロレタリア文学に手厚い布陣となっている。一九五二年から五四年の刊行で、装幀は恩地孝四郎であった。

また、同じ「名作」という文字を冠したものに、一九六〇年から六二年にかけて刊行された、小B6判で函入り上製本、全四六巻の『世界名作全集』がある。その名前から明らかなように、世界文学全集の区分に入れるべきものであるが、四六巻の中、八巻を日本の近代文学に割り当てている。夏目漱石、谷崎潤一郎が単独で一冊、二人で一冊となっているものが、森鷗外と芥川龍之介、島崎藤村と山本有三、志賀直哉と武者小路実篤、有島武郎と宮本百合子である。その他の日本文学を川端康成を含む冊の例で挙げると、第四六巻（一九六一年九月）は、函や背表紙には「雪国」「風立ちぬ」「斜陽」と記され、川端康成・堀辰雄・太宰治で一冊を形成するが、函や背表紙や奥付は作品名で記し、作家名は記載されないか、小さく添えられる形である。「名作」の「全集」だからこの形を取ったのであろう。作品はこの三作だけではなく、他に『千羽鶴』『菜穂子』『ヴィヨンの妻』が収載され、一人二作ずつ、バランス良く並べられている。巻末には山本健吉の、語りかけるような口調の簡潔な解説が付いており、このシリーズが対象とした読者層が想像できる。装幀は真鍋博であった。

このほか、本章の主たる対象である一九六〇年代を中心に筑摩書房が刊行した近現代文学の特殊な全集類を鳥瞰しておく。まず、四六判の『新鋭文学叢書』全一二巻がある。一九六〇年の刊行で、文字通り、「新鋭」の作家一二人だけを取り上げたものである。有吉佐和子を戸板康二が、開高健を堀田善衛がというように、編集・解説の組み合わせも面白いものである。六五年から四半世紀をかけて完成させた『明治文学全集』は極めて精密な高水準の全集で、改めて取り上げる必要のないほど良く知られたものである。筑摩書房一社に限らず、文学全集という名前の叢書の中で、最も永く残るものであろう。六七年からは『日本短篇文学全集』というユニークな全集も刊行している。全四八巻でうち最初の五冊は古典の現代語訳、坪内逍遙・尾崎紅葉らの第六巻から、野間宏・堀田善衛らの最終巻まで近現代文学である。尾崎紅葉『巴波川』や志賀直哉『焚火』、永井龍男『胡桃割り』など珠玉の短篇揃いで、手になじみやすい小B6判の造本ともうまくバランスが取れていたのだが、きわめて特殊な文学全集であったため、販売上は苦戦したのではなかろうか。これらが、上述した、筑摩書房の近代日本文学の総合的な全集の周縁に位置していたのである。

以下、筑摩書房の文学全集の骨格をなす『現代日本文学全集』から、節を改めて具体的に述べたい。

二　『現代日本文学全集』の出発と増巻

『現代日本文学全集』は、筑摩書房が最初に刊行した、現代日本文学の総合的全集である。最初の企画にして、極めて高度な完成型を有しているという点において、最初の勅撰和歌集『古今和歌集』を連想させるものがある。『古今和歌集』は、選び抜かれた和歌の水準、整然とした巻序構成、巧緻極まりない連想的排列、どれ一つとっても、八代集全体、勅撰和歌集全体の最高峰を示していると言えよう。『後撰和歌集』以降の勅撰和歌集は、時に模倣し、時に独創を交えて『古今和歌集』を越えようとした。『古今和歌集』から、『新続古今和歌集』にいたる二一の勅撰和歌集が、中古中世の和歌史を豊かにしたように、『現代日本文学全集』以降、各社がこの叢書を手本と仰ぎ、この叢書を乗り越えようとして、様々なすぐれた文学全集が後続することとなる。

文学全集を勅撰和歌集にたとえるのは、両者が共に完全な独創芸術ではなく、一種のアンソロジーであると言うことに拠る。『古今和歌集』に収載された和歌は、『古今和歌集』のために詠まれたものではない。『現代日本文学全集』に収載された作品は、『現代日本文学全集』のために書き下ろされたものではない。既に存在する和歌や作品を選び抜く眼力と共に、『古今和歌集』という一つの書物として、『現代日本文学全集』という一つの叢書として、体系づける構成力を必要とする。『古今和歌集』には紀貫之らの四人の撰者がいた。そして『現代日本文学全集』には、名編集者臼井吉見がいたのである。一九五三八年三月、苦境の続く筑摩書房の経営を打開するために、臼井は『現代日本文学全集』を立案する。『筑摩書房の三十年』によれば「だいたい百巻近いプランが立っている」と述べ「ずらずらと宙で、数十巻の名前をあげた」というから[2]、臼井の頭の中で十分に考え抜かれたプランだったのである。この数か月前、臼井は『国民文学全集』を提案し「純文学、大衆文学の枠をはずし」た大規模な企画を提案したが通らなかったという[3]。『現代日本文学全集』は『国民文学全集』を土台に、純文学に絞り込んだものであっただろう。練りに練られた企画であったのはこうした背景があろう。なお、臼井の『国民文学全集』構想は、その二年後に、河出書房が小規模ながら『日本国民文学全集』という形で実現させる。名称の類似のみならず、純文学と大衆文学を一つの叢書に収めるという共通性がある。この叢書については、第七章で詳述する。

臼井吉見という天才的な編集者によって奇跡のように生み出された『現代日本文学全集』であるが、

その父や母に該当するような叢書がないわけではない。母を捜せば、叢書名が重なる、円本時代の改造社の『現代日本文学全集』がある。筑摩書房の『現代日本文学全集』の「刊行のことば」は、次のように書き起こされている。

改造社の「現代日本文学全集」が出てから、もはや三十年近くになります。（中略）この間、百名に及ぶ新作家の活動があり、改造社版に加わつた作家の多くもまた、生涯の収穫期として幾多の名作を残しています。明治に発して、三代を重ねた現代日本文学の全貌を展望し、吟味するには、今こそ最適の時期であると信じます。往年の成果を受けつぐに足る責任ある新全集が今こそ出されねばならないと考えます。

即ち、改造社の『現代日本文学全集』のスタイルを母体として、質的充実と量的拡大を図ったものこそが、筑摩書房の『現代日本文学全集』である。

それでは父に該当するのはなにか、それは角川書店『昭和文学全集』ではなかろうか。「昭和」という限定詞付とはいえ、本格的な文学全集としては戦後最初のものである。発刊は、前年一九五二年一一月、第一回配本の『横光利一集』は、年間ベストセラーに食い込む売れ行きであった。『筑摩書房の三十年』にも「競争相手に角川書店の『昭和文学全集』があった」と記されている。この父親を越えるために、編集も、造本も、一層すぐれたものが希求された。

臼井の企画した全百巻のプランは営業部の反対もあって、五六巻に圧縮されての出発であったが、驚くべき売れ行きにより、途中で増巻が決定され、最終的には全九七巻別巻二巻、総計九九冊という、ほぼ当初の計画通りの冊数となった。いったんは、五六巻で完成するようになっているから、追加の巻々とのつながりは多少悪くなっている。明治・大正・昭和の三代を五六巻という窮屈な編集故に、夏目漱石も一冊のみで、第一一巻に『坊っちゃん』『それから』『こゝろ』などの収載に留まっていたが、増巻の結果、第六四巻『吾輩は猫である』『明暗』の第二分冊、第六五巻『三四郎』『行人』などの第三分冊を刊行することができた。

こうした過程を経ているため、『現代日本文学全集』は、当初の五六巻と増巻の巻冊との序列の関係が分かりにくい。そこで、後には、序列を改めて、九七巻を時代順に排列し直した『定本限定版現代日本文学全集』などを刊行した。一一巻、六四巻、六五巻であった『夏目漱石集』の三冊が、こちらでは、二四巻、二五巻、二六巻ときちんと並んでいるのである。すなわち、『現代日本文学全集』には、二種類の巻序があるのである。

ところで、筑摩書房には、創業五〇周年を記念して出された『筑摩書房図書総目録　一九四〇―一九九〇』（一九九一年二月刊。以下、『筑摩目録』と略記することが多い）という書物がある。B5判八七四ページの大部なもので、書誌情報も詳細な、大変な労作である。『筑摩目録』では、この『現代日本文学全集』の二つの巻序情報をきちんと併記している。最初に刊行された五六巻とこれに追加した初版の巻序（漱石ならば一一、六四、六五巻）を表に掲げ、改編されたものだが時代順に並んだ『定本限定版』の巻序（漱石ならば二四、二五、二六巻）を丸カッコに入れて、正確な書誌情報の提供に心がけているのである。

小さなことであるが、『筑摩目録』のこの部分の情報について述べておきたい。「五〇回配本の頃増巻を決定した」とあるのだが、正確極まりない記述の同書としては「頃」というのは、珍しくおおまかな記述である。増巻を決定した折の内容見本を見ると、その混乱の背景が見られる。全九七巻別巻二巻の全貌を最初に開陳した内容見本は、冒頭に「『現代日本文学全集』増巻に当って」の文章を置いており、そこには「すでに四十四回の配本を終わりました」とある。一方、巻末には「既刊四十五冊」と記して一覧表が掲げられている。表現を統一するならば「四十五回の配本」とありたいところである。ところが、一覧表に掲出されている冊数を数えてみると四六冊あり、四六回配本の『里見弴・久米正雄集』（五六年三月）まで並んでいるのである。恐らくは、四四回配本『水上滝太郎・久保田万太郎集』（五六年一月）の配本終了後に、増巻の詳細を決定して、冒頭の「『現代日本文学全集』増巻に当って」の作成に入ったが、四五回配本『小林秀雄集』（五六年二月）刊行までには間に合わず、急遽次回配本の、四六回配本『里見弴・久米正雄集』の名前も入れたのであろう。かくしてこの内容見本が完成したのは五六年二月の『小林秀雄集』刊行以降、三月初旬と考えておきたい。こうした混乱があるので『筑摩目録』では、増巻決定の時期を「五〇回配本の頃」と概数で記したのであろう。

なお、『筑摩目録』では、一九六七年一一月刊行の『定本限定版　現代日本文学全集』から巻序を改めたように読めるが、六一年刊行の『愛蔵版』で既に、増巻分を含めて時代順に並べた巻序に改められている。『愛蔵版』は『定本限定版』ほどは流通しなかったようで、図書館や古書店でも見る機会は少ないが、当初刊行された元の版や『定本限定版』が簡素な機械函であるのに対して、堅牢な貼函であり、表紙も金泥を混ぜ漉きをしたような豪華な造本で『愛蔵版』の名前にふさわしいものである。

三　『新選現代日本文学全集』と各種改編版

本節以下、筑摩書房の日本文学全集を個別に見ていくが、全集のすべてについて述べることは散漫になるので、いわば定点観測をすることによって、その特色を際だたせていきたい。具体的には、川端康成の作品を収めた巻を中心に取り上げることによって述べる。

『現代日本文学全集』は、一九五三年八月刊行開始。上述した如く途中で増巻され、全九七巻別巻二の九九冊が完結したのは五九年四月である。菊判、八ポイント活字の三段組、一冊平均四三〇ページ前後、定価は三五〇円[4]。坪内逍遥・二葉亭四迷に始まり、田宮虎彦・大岡昇平・武田泰淳・三島由紀夫らに至る、明治から一九五〇年代までの主要な文学作品を完全に網羅した、大型の本格的な全集である。終戦から一〇年も経たない段階で、このように高水準のすぐれた全集の企画をなし得たということは、ほとんど驚嘆に値する出来事である。

『川端康成集』は第三七巻として、一九五五年一一月に刊行。『十六歳の日記』『伊豆の踊子』以下、『雪国』『千羽鶴』『山の音』などの代表作を連ね、『純粋の声』に至る一六作が収められ、伊藤整「川端康成の芸術」と中村光夫の解説、さらに、一九五五年までの年譜（七月の事跡まで収載）を附載する。作品選定も、解説・付録類も、月報の記事にいたるまで、当時の最高水準であるといって良かろう。加えて造本がすばらしく、デザイン性豊かな装幀と美しく目に優しい料紙は、初版刊行時から半世紀以上たった今日でも、たとえごく普通の保存状態であっても、新本に接するが如き鮮やかさを保っている。装幀は恩地孝四郎である。

増巻された部分の特色は、福沢諭吉・岡倉天心・片山潜・大杉栄など文学以外にも幅を広げたこと、藤村・鷗外・漱石など大文豪に二冊目以上を確保したこと、国木田独歩から徳永直・中野重治を経て大佛次郎・石坂洋次郎まで、当然収録されるべきところ冊数の都合で割愛されていた作家を補ったことなどである。

最終形態で『現代日本文学全集』の特色を補っておけば、『明治小説集』『大正小説集』『昭和小説集（全三冊）』『現代詩集』『現代短歌集』『現代俳句集』『現代戯曲集』『現代訳詩集』『現代文芸評論集（全三冊）』『文学的回想集』など、同一ジャンルを通史的に把握する試みの巻冊が多いことに特徴がある。これに別巻として『現代日本文学史』『現代日本文学年表』が加わるわけであるから、まさに現代文学史をまるごと収めた全集であったのである。

『現代日本文学全集』の残る配本も一〇冊を切り、完結が近づいていたころ、筑摩書房は『新選現代日本文学全集』の刊行を開始する。

書名からも窺われるが、『現代日本文学全集』の補遺を心がけたものであり、井伏鱒二、石川淳に始まり、昭和の主要な作家三一人に一人一冊ずつのスペースを割き、『戦後小説集』など全三八冊からなる。第一回配本の第三巻『川端康成集』の函に掛けられたカバーには、朱文字で「昭和作家の戦後代表作の集大成」と記されている。堀田善衛や三島由紀夫らに伍して井上友一郎が一冊を占めているのが、時代色を表していようか。

『川端康成集』に収められたものは『舞姫』『日も月も』『みづうみ』以下、戦後の作品、それも一九五〇年代以降に発表の近作ばかり八作である。全体の半分近くの分量を占めているのが、一九五六年に『朝日新聞』に連載され、五七年に掛けて新潮社から刊行された長編小説『女であること』である。この作品は、『新選現代日本文学全集』よりも半年早く刊行された角川書店の『現代国民文学全集』にも収められ、当時の人気の高さがしのばれる。[5] 巻末には、三島由紀夫「永遠の旅人—川端康成氏の人と作品—」と、高見順の解説が付されている。『現代日本文学全集』から数年しかたっていないので、年譜は付けられていない。上述した如く、外函にはさらにぐるりと覆う形で紙のカバーが掛けられており、口絵と同じ川端の写真が大きくあしらわれ、本書所収作品の一覧や、全三八冊の一覧なども記されている。内容案内を兼ねたカバーであった。『現代日本文学全集』とは色違いの同一装幀で、刊行時定価も同じく三五〇円である。

この『現代日本文学全集』と『新選現代日本文学全集』とをセットにしたものが『増補決定版　現代日本文学全集』である。一九七三年に刊行された。ただし『新選現代日本文学全集』にあった『戦後小説集』の二冊を除いて、『福永武彦・小島信夫集』『井上光晴・高橋和巳集』など新たに七冊を加えた。当代の作家をより多く収載しようとしたのであろう。『現代日本文学全集』は月報を一冊にまとめて全一〇〇冊とする方式が『定本限定版』で確立されていたから、新編集の『新選』版四三冊を加えて、全一四三冊の、空前絶後の大部の文学全集となった。一四三冊は通しの巻数ではなく、『新選』版の方は「補巻」と記される。別巻や補巻はどの全集でも数冊に留まるが、この『増補決定版』では補巻が四三冊にものぼっている。

『増補決定版　現代日本文学全集』はセット販売として企画されたものだが、これだけ大部の全集となると、購読者の確保も困難であったかもしれない。『現代日本文学全集』と『新選現代日本文学全集』を改編して、もう少し小規模の叢書に組み直されたものもある。『近代日本文学』全三五巻、『現代日本文学』全三五巻という二つのシリーズがそれである。これらについては、『筑摩目録』ではとりあげられていないので、内容見本によって刊行の経緯を探ってみる。

一九七四年七月の日付入りの「筑摩文学全集《第一期》」という内容見本がある。『現代日本文学』『近代世界文学』全三五冊の内容一覧とその解説である。『現代日本文学』は「この全集の骨格を成すものは昭和三五年に完結した『新選現代日本文学全集』で」と記しており、一方『近代世界文学』は『世界文学大系』と『筑摩世界文学大系』の二つの全集から選んだものと述べている。この内容見本に臼井吉見は「永く鮮度を保つ全集」の一文を寄せている。『近代世界文学』では、六〇年代からちょっとしたブームであったスターンの『トリストラム・シャンディ』（朱牟田夏雄訳、元版は『筑摩世界文学大系』二二巻、一九七二年）を含んでいるのが注目される。セット販売ごとに奥付の日付が記載されるので初版の厳密な発行日時は不明だが、手許にある『現代日本文学』の一番古いものは七四年九月一日のもので、最も発行が遅いものが七九年三月三〇日のものである。

上述した内容見本では「完成の暁には……第二期　近代日本文学・世界古典文学」を刊行の予定とも記されていた。実際に刊行された『近代日本文学』を見てみると、『現代日本文学全集』を母体としているが、一部をそのまま抽出したものではなく、数冊を改編している。『現代日本文学』に比べると丁寧な作業である。(6) 第二期に回った分、制作に時間的余裕があったのであろうか。手許にあるもので最も古いものが七五年八月三〇日発行のもので、これが初版であろうか。とすれば、ちょうど一年の時間が丁寧な改編を可能としたものと思われる。最も発行が遅いのは『現代日本文学』と同じ七九年三月のものである。なお、この間七六年三月、七七年九月などにも刊行されており、ほぼ毎年版を重ねていたことが分かる。

第二期として予告された『世界古典文学』は結局刊行されなかった。代わりに『古典日本文学』が出版されている。当初は「ギリシア・中国の古典から源氏物語まで、世界諸民族の文化の創造を追体験」できる『世界古典文学』の予定であったが、日本の古典のみとなったのである。内容は上代文学から近世文学まで日本の古典の現代語訳である。『近代日本文学』『現代日本文学』と同一シリーズであるから、三五冊で構成する必要があった。母体となったのは、筑摩書房が一九五九年から六二年にかけて刊行した『古典日本文学全集』全三六巻別巻一、計三七冊である。母体の全集とほとんど同じ冊数であったから、選択の余地はなかった。『古典日本文学全集』のうち、第九巻『栄花物語』(与謝野晶子訳)を割愛して、第一〇巻以降が一つずつ繰り上がっただけである。こうした窮屈な編集であったから、営業的には苦労したかもしれない。『現代日本文学』『近代日本文学』に比べると眼にすることは少ないが、七五年一〇月や、七九年七月の版を見たことがある。

以上、『現代日本文学』『近代世界文学』『近代日本文学』『古典日本文学』は同一の企画で冊数も同じ、装幀は庫田叕(くらたてつ)で、朱色の鮮やかな表紙が印象的である。「美観と耐久性を入念に吟味した貼函入り」で、七〇年代の豊かさを反映したものであろう。『現代日本文学』や『近代日本文学』は、五〇年代、六〇年代のすぐれた編集を、豊かな七〇年代の衣装をまとって蘇らせたと言えようか。それだけ基本となった『現代日本文学全集』の水準が高かったのである。

四　『現代文学大系』の登場――小型化への変化――

前二節で、『現代日本文学全集』とその増補版『新選現代日本文学全集』、さらにそれらを改編したものを見てきた。『増補決定版　現代日本文学全集』が一九七三年、『現代日本文学』『近代日本文学』が一九七四年・七五年など、七〇年代まで、『現代日本文学全集』が形を変えて発売されていることを確認した。その一方で筑摩書房は、文学全集の黄金時代と呼ばれる一九六〇年代に、これら『現代日本文学全集』の再編版とは別に、いくつかの文学全集を刊行している。時間を遡ってそれらを見ていきたい。

一九六三年九月から筑摩書房は、四六判、二段組、全六九冊の『現代文学大系』の刊行に着手する。菊判、三段組、全九九冊の『現代日本文学全集』の重厚長大路線からの思い切った路線変更である。読者層・購買層の拡大、他出版社との競合、大衆化路線への目配りなど様々な問題を考慮した結果であろう。このころ他社の文学全集は、五九年刊行開始の新潮社『日本文学全集』、六〇年刊行開始の河出書房〈ワイン・カラー版〉『日本文学全集』など、小型化・軽量化の流れにあった。後に、日本の社会、経済、文化全般に明らかになる重厚長大路線からの転換を、出版業界はいち早く察知していたのであろうか。

ただし筑摩書房では、今回の全集でも編集方針は大きく改めてはいない。第一巻を坪内逍遥・二葉亭四迷・北村透谷にあてて、明治から昭和戦後に至るまで、代表的な作家作品をバランス良く配置している。これは筑摩書房の良い意味での頑固さが出たというべきで、判型を小型にし活字を大きくして読みやすくする一方、高水準の作品排列は守ることにより、良いものが親しみやすい形で提供されることになった。

　第一回配本はオーソドックスに第二五巻『芥川龍之介集』、続いて当代の人気作家第六〇巻『井上靖集』、筑摩書房の看板であり『現代日本文学全集』の第一回配本であった島崎藤村を三回目に回す余裕も見られ、配本にも工夫と変化を凝らしている。第三三巻『川端康成集』は、一七回配本である（一九六四年一一月）。収載作品は必ずしも年代順ではなく、巻頭から『雪国』『千羽鶴』『山の音』『伊豆の踊子』と並べ『純粋の声』まで全一二作である。『現代日本文学全集』から『十六歳の日記』など七作品を除き、近作『眠れる美女』が入る。『新選現代日本文学全集』と共通する作品は一つもない。巻末に一九六四年までの年譜（八月の事跡までを含む）と、手塚富雄が「人と文学」を執筆している。[7] 刊行時定価は四三〇円である。なお、初版の函には、口絵と同じ川端の近影を大きくあしらった水色のカバーが掛けられており、全六九巻（既刊分白ヌキ数字）の内容も記されている。六三巻〜六六巻が『現代名作集』の四冊で、以下『現代詩集』『現代歌集』『現代句集』と続く。『現代日本文学全集』では独立していた『現代戯曲集』『現代訳詩集』『現代文芸評論集』『文学的回想集』が姿を消すのも時代の流れであろう。六八年七月第六九巻『現代句集』を最終回配本として完結した。一九六三年から六八年までの刊行である。東京オリンピックの前年から、大阪万国博覧会の前々年までと言い換えれば、時代色が明らかであろう。装幀は、以前『世界名作全集』を担当した真鍋博である。

　表記の問題もここで述べておこう。六〇年代に入ると、新漢字・現代仮名遣いに改める出版社が多く、文学全集の大衆化路線を進む集英社や河出書房は早くから現代仮名遣いに踏み切っていた。『現代文学大系』に一年遅れて出発する中央公論社『日本の文学』も谷崎潤一郎を説得して現代仮名遣いを採用した[8]。老舗の文芸出版社新潮社は一九五九年刊行の『日本文学全集』では旧漢字・旧仮名遣いであったが、同じ全集を六七年に改編・再刊するときに、わざわざ新漢字・現代仮名遣いに表記を改めているのである[9]。このような流れの中で、時流に合わせて造本の軽量化を図った筑摩書房の出方が注目されたが、『現代日本文学全集』以来の初出の表記を守る方針をここでも貫いたのであった。これは、後続の『現代日本文学大系』『筑摩現代文学大系』でも貫徹されるのである。筑摩書房がこの方針を変更するのが、文庫版の『ちくま日本文学全集』で、最初からこのシリーズを別扱いした所以でもある。

ところで、図書館の蔵書や古書店の店頭で、しばしば筑摩書房刊行の『日本文学全集』というものを見ることがある。全七〇冊で黒一色の表紙が却って斬新で印象深いものである。これは『現代文学大系』六九冊に月報をまとめて一冊として、図書月販からセット販売されたものである。『筑摩書房図書総目録』にその名前が出ないのは、改名・発行が図書月販の主導で行われたためなのであろうか。筑摩書房は文学全集としては、既述の『現代日本文学全集』『現代文学大系』、後述する『現代日本文学大系』『筑摩現代文学大系』と、名称に必ず「現代」を付けるから、普遍的な名称の『日本文学全集』は極めて異質であると言えよう。一九七〇年から七七年ぐらいまで繰り返し販売されたようで、上述したように、比較的目にすることが多いものである。

五　『現代日本文学大系』――『現代日本文学全集』を継ぐもの――

四六判の『現代文学大系』の完結は、一九六八年七月であったが、筑摩書房は翌月から早くも新しいシリーズの刊行を始める。『現代日本文学大系』全九七巻別巻一巻がそれで、判型は再び菊判に戻る。一つの企画が完結すれば直ちに次の企画が出発するというのは、いかにも文学全集の時代の六〇年代を象徴する出来事である。河出書房のように『世界文学全集』『世界の文学』など類似の企画をいくつも同時並行で刊行していた出版社もあった時代である。[10] しかし時代の趨勢と言うよりも、出版史に一つの金字塔を打ち立てたと言って良い『現代日本文学全集』の後継の叢書を作りたいという思いが、筑摩書房の側にあったためなのではなかろうか。菊判という判型、別巻を除いて全九七巻という冊数に、そのことが窺われる。

『現代日本文学全集』の編集が遙かに抜きんでたものであることは間違いないが、造本についてはやはり五〇年代という時代の影響を受けざるを得なかった。恩地孝四郎の装幀はすばらしく、料紙も当時としてはこれ以上望みようのないほどすばらしいものであったが、外函はやや貧弱な紙製の機械函であった。高度成長を成し遂げた現在であれば、高水準の内容に、高水準の衣装をまとって刊行することができる。時代にふさわしい、しかも後世に残るような文学全集を意図したのではなかろうか。重厚感漂うクロス装の美しい表紙、表紙と見事に調和する堅牢な貼函、上質な本文料紙、本文二段組と附録の評論・年表三段組の棲み分けなど、すばらしい本作りであった。

もちろん編集自体が、『現代日本文学全集』を越えようとする意欲に充ち満ちている。『現代日本文学全集』の第一巻は『坪内逍遙・二葉亭四迷集』、『現代文学大系』の第一巻は『坪内逍遙・二葉亭四迷集・北村透谷集』であったが、今回は、逍遙・四迷の前に政治小説として宮崎夢柳・矢野龍渓の作品まで収録している。空前絶後という評価が決して大げさでない『明治文学全集』の刊行にすでに着手していた筑摩書房にしてみれば、何の造作もないことであったろう。『現代文学大系』で逍遙・四迷と組み合わせられていた北村透谷は、第六巻で山路愛山とセットになっているが、小論にいたるまで多数の作品が収録されており、これはかつて『透谷全集』の出版を意図していた筑摩書房の矜持[11]でもあっただろうか。

こうした意欲が多少空回りをした観があるのは、一冊に極めて多くの作家を組み合わせる例が見られることである。文学全集の場合、各冊のページ数を平均化するために、作家や作品に応じて、一人複数冊、一人一冊、二人一冊、三人一冊など変化を持たせなければならない（例外に『新潮日本文学』がある。第三章参照）。その場合でも多くて一冊に四人の名前を並べるぐらいで、それ以外は「名作集」のような名前の下に収録されることが多い。ところが『現代日本文学大系』は、文学史上落とせない作家はできるだけ個人名を表に出して収録する姿勢である。そのため一冊に一〇人前後の名前が列挙されることがある。詩歌の場合は特にそれが著しく、第二八巻は『若山牧水・太田水穂・窪田空穂・前田夕暮・土岐善麿・川田順・飯田蛇笏・水原秋桜子・中村草田男・加藤楸邨・石田波郷集』、第六七巻は『金子光晴・小熊秀雄・北川冬彦・小野十三郎・高橋新吉・萩原恭次郎・山之口貘・伊東静雄・中原中也・立原道造・草野心平・村野四郎集』と、一二人の名前が列挙される。こうなると背表紙で収録作家を判断するのも結構大変である。詩歌でなければ多少人数は減るが、それでも第二二巻『幸徳秋水・堺枯川・田岡嶺雲・大杉栄・荒畑寒村・河上肇集』、第四〇巻『魚住折蘆・安倍能成・阿部次郎・生田長江・倉田百三・長谷川如是閑・辻潤集』など六人から八人を組み合わせたものも少なくない。もっともその結果、第二五巻『与謝野寛・与謝野晶子・上田敏・木下杢太郎・吉井勇・小山内薫・長田秀雄・平出修集』のように、文学史の横の広がりを実感できるものもあり、特に『明治文学全集』でも背表紙にはなかった平出修の名前を表に出したのは卓見であるといえよう。[12]

第一回配本は前回同様『芥川龍之介集』、続いて『島崎藤村（一）集』『夏目漱石（一）集』と、配本にも手堅さと、本格志向が見て取れる。島崎藤村、夏目漱石は、それぞれ二冊を割り当てられているが、同様の待遇を受けたのは、森鷗外と永井荷風と谷崎潤一郎である。荷風はやや厚遇されているとも言えようが、こうした文学全集では藤村・鷗外・漱石・谷崎が複数冊選ばれるのは一般的な人選である。ただ、その一方で、多人数の作家を組み合わせた結果、通常の全集であれば一人一冊である作家が、二人三人と組み合わせられる場合がある。『現代文学大系』で第二回配本に起用されていた井上靖は永井龍男との組み合わせで第八六巻に出る。第四四巻『山本有三・菊池寛集』、第五七巻『中野重治・佐多稲子集』、第八一巻『野間宏・武田泰淳集』、第八五巻『大岡昇平・三島由紀夫集』などは、通常ならば一人ずつ独立編集となるはずである。太宰治でさえ、坂口安吾と組み合わせられて第七七巻となっている。

これらに『現代名作集』三冊、『現代詩集』『現代歌集』『現代句集』『文芸評論集』『現代評論集』が加わり、全九七冊を形成する。最後の二冊などは、この叢書の本格志向を象徴するものである。別巻は奥野健男の『現代文学風土記』で良質の文学案内である。

第五回配本の、第五二巻『川端康成集』（一九六八年一二月初版）の収載作品は二四作品と、筑摩書房のこれまでの全集の中では最も多い。先行する全集との作品比較では、当然ながら『現代日本文学全集』と共通するものが最も多く、『現代文学大系』では除かれた『十六歳の日記』『死体紹介人』などが復活、『新選現代日本文学全集』とも『水月』という共通作品を持つ。なぜか筑摩書房版の文学全集ではこれまで収録が見送られていた名作『名人』が今回は収載された。これによって川端の代表作はほぼすべて含まれたといえよう。巻末には長谷川泉の「『伊豆の踊子』論」の長編論文の他、小林秀雄「川端康成」、川端・高見順・巖谷大四の座談会「新感覚派」が採録されるなど、付録も充実している。年譜は一九六八年までで、同年一〇月のノーベル文学賞受賞の記事も含まれている。

刊行時定価は七二〇円であった。これまで、三五〇円、三五〇円、四三〇円と来ていたものが、ここで一挙に七割増の単価となっているのが、時代を示してもいよう。物価上昇の波は、配本途中で九二〇円に定価を押し上げている。筑摩書房の最大・最良の日本文学全集と言って良いが、惜しむらくは、時代がこのような全集を受け入れるだけの懐の深さを失いつつあったということである。その意味では、「遅れてきた〈全集〉」とでも呼べば良かろうか。

六 『筑摩現代文学大系』――小型版の完成――

最もすぐれたものが、最もよく売れるわけではない。文学全集においても同様である。菊判大型の

『現代日本文学大系』は制作する側の理想に溢れた全集であったが、文学や読書以外の様々な愉しみに溢れた七〇年代ではやや苦戦したであろう。しかし『現代日本文学大系』は、文学全集が殆ど姿を消した二〇一〇年代でも筑摩書房は絶版にせず、大型新刊書店では多くの巻を手に取り、購入することができるのである。それだけ生命力のある本格的な全集であったのである。

新しい時代に合わせるべく、筑摩書房は文学全集の再度の小型化を図り、四六判の『筑摩現代文学大系』全九七巻の刊行を一九七五年五月に開始する。『現代日本文学大系』の完結から一年八か月後のことである。以前の「現代文学大系」という名前に社名の「筑摩」を冠していること、判型も共通することから窺われるように「『現代文学大系』を増補・拡大したもの」[13]であった。一から新しい企画を起こす体力を失っていたのか、[14]もはや文学全集の時代ではないという諦念なのであろうか。それでも「九七」巻という数字に拘泥したあたりに、『現代日本文学全集』『現代日本文学大系』を継ぐものという意識が透けて見えるようである。

母体となった『現代文学大系』との関係を大まかにまとめれば以下の通りである。『現代文学大系』全六九巻のうち、一人一冊、もしくは二人または三人の組み合わせである六一巻までは極力母体を生かすようにする。窮屈な編集であった第六一巻『堀田善衛・阿川弘之・遠藤周作・大江健三郎集』第六二巻『島尾敏雄・安岡章太郎・庄野潤三・吉行淳之介集』の二つは全面的に解体して、ほぼ二人で一冊の形に拡大する。六三巻以降の『現代名作集』三冊『現代詩集』『現代歌集』『現代句集』は原則として割愛する。『現代文学大系』全六九巻のうち、そのままの形で残ったのが五一冊であった。

差し引き、新編集は四六冊分であるが、新編集は『筑摩現代文学大系』発行の時点に近い作家や作品が多いことが予想されよう。実際、七一巻『杉浦明平・花田清輝集』第七二巻『松本清張・山本周五郎集』など、最後の二七冊はすべて新編集である。新しい作家以外の増巻は、『現代文学大系』では抱き合わせであった作家の独立である。『現代文学大系』の第三一巻『滝井孝作・尾崎一雄・上林曉集』、第三七巻『葉山嘉樹・小林多喜二・徳永直集』、第三八巻『宮本百合子・佐多稲子集』、第五一巻『永井龍男・田宮虎彦・梅崎春生集』から、『筑摩現代文学大系』では、尾崎一雄、葉山嘉樹、宮本百合子、永井龍男が独立して一冊を与えられた。その一方で、『現代文学大系』では単独収載であった田山花袋は、国木田独歩と抱き合わせになっている。

こうした作家個人に与えられるスペースの変化は、収録作品の増減に留まるが、『現代文学大系』六三巻以降の『名作集』の類は、ほとんど継承されなかったのである。それでも新しい作家の場合、河野多恵子『幼児狩り』、倉橋由美子『パルタイ』などが、第八二巻『曽野綾子・倉橋由美子集』、第八三巻『瀬戸内晴美・河野多恵子集』として独立したように残ることができたが、広津柳浪『今戸心中』、小杉天外『初すがた』など、文学史上逸することのできない作品が洩れてしまった。それ以上に残念なのは、『現代詩集』『現代歌集』『現代句集』が引き継がれなかったから、韻文の名作がことごとく抜け落ちてしまったことである。ただ、これについては、筑摩書房も対応すべきと考えていたようで、一九七九年に『愛蔵版筑摩現代文学大系』としてセット販売したときに、『現代詩集』『現代歌集』『現代句集』の三冊は別巻として復活させている。(15)

第三二巻『川端康成集』（一九七五年一〇月）は、『現代文学大系』の三一巻をほとんどそのまま踏襲しており、所収作品はページの割付まで完全に一致する。口絵写真は一九六九年のものに改められている。『現代文学大系』では、六四年のニューヨーク撮影のものが使用されていた。年譜も、『現代文学大系』では一九六四年までであったが、七三年までの事跡が追加されており、六八年のノーベル文学賞受賞、七二年の自死、七三年の川端康成賞の創設のことなどが記されている。ただ、解題「人と文学」は、『現代文学大系』の手塚富雄のものをそのまま使用しており、末尾の文章が「作者が、今までの作品に出しきってはいない「全部」を大事にされ、いよいよ加餐されんことを祈るのである」とあるのは、川端没後の時点としては違和感がある。そのため解題の初出の日付（六四年一一月）が付記されている。

これを、川端康成と同じ一八九九年（明治三二）生まれの尾崎一雄の巻冊と比べてみればその違いは明瞭である。『現代文学大系』では、滝井孝作・上林暁と三人で一冊であった尾崎一雄は、『筑摩現代文学大系』では、第四七巻『尾崎一雄集』（一九七七年一〇月、六〇回配本）として独立した。紅野敏郎執筆の「人と文学」が付されるが、そこでは、最近作の『あの日この日』（講談社、一九七五年）や、『単線の駅』（講談社、一九七六年）[16]までバランス良く取り上げられている。挿入写真も一九七五年野間文芸賞授賞式の折に女優松坂慶子より花束を受けるものがあり、一般読者を引きつける工夫が成されている。新編集の巻々に精力を傾注したのであろう。

むすび

筑摩書房の近代日本文学の全集としては、『筑摩現代文学大系』が最終形態となった。『現代文学大系』を母体としており、完全な新編集ではなかったことに、文学全集の時代が過去になりつつあったことが示されている。それでも、『現代日本文学全集』以来この分野を常に領導してきた筑摩書房は、その後も、『ちくま文学の森』を経て、文庫版の『ちくま日本文学全集』という形で、新時代に即応した、文学全集のスタイルを提起して見せた。物事には、変わる良さ、変わらない良さがある。『ちくま日本文学全集』が、時代に応じて柔軟に変わる良さを示したものであれば、今日でも、大型の『現代日本文学大系』を絶版にしない姿勢は、頑固な変わらない良さを示したものである。私達は、過去も、現在も、筑摩書房という水先案内人によって、文学の広大な海原に漕ぎ出すことができるのである。

第二章　〈先駆〉　角川書店『昭和文学全集』の誕生

げ考察してみた。四〇年間という長期にわたって、多くの種類の日本文学全集を継続して出版してきた唯一の出版社だったからである。同時にその水準の高さは、文学全集の歴史を俯瞰する上で一つの指標になるものでもあった。しかし筑摩書房の日本文学全集は孤立して存在するものではない。他の出版社の同様の企画と相互に影響を与え合い、切磋琢磨することによって、常に新たな生命力を付与され、読者層をも拡大することによって、長期間の継続が可能となったのである。

その意味で、筑摩書房が最初に手がけた日本文学全集である、『現代日本文学全集』の誕生の背景を探ることは重要であろう。一九五三年という時代を考えると、ほとんど奇跡的とも言って良いすぐれた出版であるだけに、何らかの形で手本、あるいは目標となった他社の全集の存在があるはずである。それは、前章でも見たように、戦前の改造社の『現代日本文学全集』と、前年から刊行を開始した角川書店の『昭和文学全集』であった。『昭和文学全集』もまた、改造社の『現代日本文学全集』を継ぐ意識があったから、同じ立場に立つ筑摩書房に与えた影響は極めて大きいと思われる。[1] また、出版文化史の上でも、『昭和文学全集』は、「質量ともに戦前におとらぬ文学ものの全集」[2] として位置づけられている。戦後の文学全集ブームについては、五二年秋から「消費景気下の全集ブーム」[3] と位置づけられるが、後述する如く、『昭和文学全集』の第一回配本が、五二年一一月なのである。

そこで本章では、筑摩書房の『現代日本文学全集』から一年前に遡り、角川書店の『昭和文学全集』を取り上げて考察してみたい。また、角川書店は、いくつかの日本文学全集の類を出版しているが、一〇年の歳月を隔てて、もう一度『昭和文学全集』を刊行している。もちろんその中身は異なるのだが、同じ名称を使用していることから、最も思い入れの深いシリーズであったかと思われる。この二つの『昭和文学全集』に加えて、角川書店の刊行したいくつかの日本文学全集の類を併せて検討してみることとする。

一　追うものと追われるもの

筑摩書房の創業三十年を記念して刊行された、一種の社史である『筑摩書房の三十年』[4]によれば、『現代日本文学全集』の淵源は、一九五三年初め頃の編集会議で臼井吉見が提案した『国民文学全集』の企画であったという。その経緯に関連して次のように記される。

この企画を出したのは、前年の十一月から配本が始まった角川書店の『昭和文学全集』が成功したことも、動機のひとつになっていたかもしれない。横光利一の『旅愁』が第一回配本で、好調なスタートを切り、苦境にあえいでいた角川書店を安泰にした。

臼井の提案は、当時の筑摩書房の財政状況や規模を勘案して、一度は否決されるのだが、「純文学、大衆文学の枠を外して」という国民文学の構想から、純文学の分野に大きく舵を切った「現代日本文学全集」という計画に改められ、社長の古田晁や竹之内静雄の強力な後押しもあって、同年四月に正式決定、八月の第一回配本に向けて、一挙に走り出すこととなる。内容見本一つにも様々な工夫が凝らされた。前掲書には、再度次のように記されている。

競争相手に角川書店の「昭和文学全集」があった。これを追う立場にあった「現代日本文学全集」は企画・造本等あらゆる点で、全社をあげて真剣に取組んだ。

自社の社史に、このように、二度にわたってその名前を記していることからも、角川書店の『昭和文学全集』が、いかに強く意識されていたかが推測されよう。

事実、その淵源が改造社の『現代日本文学全集』にあるとはいえ、本文三段組の基本的なスタイルも、巻頭に著者の写真と筆跡を置くことも、巻末に解説と年譜を付すことも、全八頁の別冊月報を添えることも、すべて角川書店の『昭和文学全集』と筑摩書房の『現代日本文学全集』とに共通するのである。後者は前者を強く意識し、前者を追い越すために、様々な工夫を凝らした。その最たるものが本文料紙である。これらの全集の刊行から約半世紀を経た今日、両シリーズを手に取ってみるとその差は歴然としている。『昭和文学全集』の方は、本文料紙は時代相応のもので決して上質ではなく、どんなに保存が良くとも、今日繙(ひもと)いてみれば、経年劣化は甚だしいものがある。[5] 価格を二八〇円に抑えたこともありやむをえなかったであろう。これに対して、特漉上質紙五〇ポンドを使用した『現代日本文学全集』の方は、大げさに言えば昨日刊行されたばかりのもののようで、半世紀の歳月を全く感じさせない。これに恩地孝四郎の装幀と相まって、その造型美は眼を見張るものがある。

『昭和文学全集』に比べると、天地を約一センチ大きくしたことも読みやすさを保証することとなった。しかし、このような成功も、先行する『昭和文学全集』という格好のお手本があったからこそなし得たともいえよう。『昭和文学全集』を「追う立場にあった」からこそ「全社をあげて真剣に」取り組むことができたのである。

『昭和文学全集』への対抗意識の強さは、『現代日本文学全集』の初期の配本にも現れているのではないか。第一回配本が『島崎藤村集』であるのは、この作家の国民的人気から言っても、筑摩書房の地縁から言っても、社名の由来から言っても[6]、当然の帰結であるが、もう一つ見逃してはならないのは、『昭和文学全集』の方では、『島崎藤村集』は、この時点では含まれていなかった点である。それだけに、藤村の『若菜集』『破戒』から始まる新しい日本文学全集のインパクトは極めて大きかったであろう。筑摩書房の『現代日本文学全集』は、第一回配本の『島崎藤村集』以下、芥川龍之介、森鷗外、斎藤茂吉、井伏鱒二、佐藤春夫の順に刊行する。斎藤茂吉、井伏鱒二、佐藤春夫がこの位置に来るのはやや意外な感がないでもない。実は当初の六人のうち、芥川龍之介以外は、だれ一人として角川書店の『昭和文学全集』(第一期)には含まれていない作家なのである。購買意欲をそそるためにも、角川版では読むことのできない作家を巧みに並べたのではないだろうか。あるいは、『昭和文学全集』との平和共存をはかったとも言えるかもしれない。なお、『芥川龍之介集』は、角川書店・筑摩書房共に五三年九月の刊行であり、これは両者が正面からぶつかったこととなった[7]。

このように、筑摩書房の『現代日本文学全集』の良き手本であり、競争相手でもあった『昭和文学全集』とは、一体どのようなものであったのか、次節以降で詳しく見てみよう。

二　開拓者『昭和文学全集』

角川書店が『昭和文学全集』の刊行を開始したのは、一九五二年一一月のことで、この月第一巻『横光利一集』、第二巻『山本有三集』が刊行されている。『横光利一集』は、この年のベストセラーの第七位に入る大健闘であった。[8] 以降、ほぼ原則として、一月に二冊の配本がなされ、以下順番に、寺田寅彦、獅子文六、永井荷風、小林多喜二・中野重治・徳永直、志賀直哉、宮本百合子、川端康成と続く。第一期は全二五巻の予定で、ほかに武者小路実篤、宮沢賢治、林芙美子、石坂洋次郎など昭和前期の代表的作家をほぼ網羅し、詩人としては高村光太郎・萩原朔太郎、新進作家としては大岡昇平・三島由紀夫あたりまで含まれている。第一〇巻に安倍能成・天野貞祐・辰野隆（たつのゆたか）集があり、ほかにも、阿部次郎や小宮豊隆など、教養主義的な側面も有するのがこの全集の特色である。巻数は刊行の順番を示すものである。前述した刊行初期の作家の排列から明らかなように、巻は作家の生年や活躍時期の順に並んでいるのではない。第一期全二五巻の完結は五三年一一月である。二五巻中（別巻の夏目漱石は除く）、単独の作家は一六人、抱き合わせの巻は九巻である。これが、第二期になると、全三三巻中（別巻の森鷗外は除く）、単独の作家が一一人、抱き合わせの巻が二二巻となり、両者の比率は逆転する。既に刊行の始まっていた、筑摩の『現代日本文学全集』に対抗するためにも、第二期ではできるだけ多くの作家を網羅する必要性に迫られたのであろう。

第一期の完結から間をおかず、翌月、五三年一二月に第二六巻『吉川英治集』第二七巻『小泉信三集』の同時配本で、第二期がスタートする。この配本に明らかなように、娯楽性・教養性両睨みの布陣といって良かろう。次節で述べる如く、当初、二六巻の予定で始まった第二期の巻数は、次第に増加し続け、最終的には別巻を除いて三三巻となる。本編五八巻、別巻二巻の、全六〇巻が完結するのは、一九五五年五月であり、第一期から通しても、約二年半のスピード配本であった。当時の出版や流通事情を考えると、このような素早い刊行を成し遂げたこともまた驚嘆に値するが、その背景には予約購読を推進したということもあったのではないだろうか。

『昭和文学全集』は、約三〇年前の、円本全盛期の全集の予約に倣い、予約金を取る形で、部数の確保に努めたようである。当初の申し込み方法については、次のような形であった。

予約申込金、金壱百円（最終回費の一部に振当）を、第一回配本代金と別に御拂込下さい。但し一時拂は予約申込金不要です。

予約金を徴収している以上、刊行の遅延は許されない。出版社としての信用そのものに関わるからである。そのため、第二期では、次々と追加の巻が出て巻数が漸次増加しつつも、刊行期間に空白はなく、完結にこぎ着けている。

この全集は、A5判四〇〇ページ平均、三段組で、一期、二期を通算すると、最終的には五八巻に別巻二巻の全六〇巻である。ページ数は当初は三五〇ページ平均の予定であったが[9]、第七回配本『志賀直哉集』から増ページされ、四〇〇ページ平均となった。この前後の配本のものには、「愛読者のご支援に応え　増頁断行!!」というチラシが挿入されているものがある。所収作家は、第一巻の横光利一、第二巻の山本有三から、第五八巻の下村湖人まで、昭和前期を代表する一〇〇人近くの作家が含まれている。谷崎潤一郎、山本有三、石坂洋次郎の三人だけが二巻を割り当てられているのが目を引く。当時の国民的人気作家といったところだろうが、増巻の事情もあるのかもしれない（次節参照）。別巻の二巻は、『夏目漱石集』『森鷗外集』であるから、「昭和」という名称を冠したがゆえに当初は含むことのできなかったこの二大文豪を、別巻という形で遇したのである。ところでこの二巻は、全巻予約購読者に無料進呈されたものである。たとえば、第九回配本の『川端康成集』の月報の最終ページには「最終巻までご購読の方に　夏目漱石集　無料贈呈」と題して次のように記されている。

第一期第二十五巻まで、お買ひあげの読者に対て、別巻（全集と同型・同装幀）夏目漱石集を無料進呈いたしますことが、月報前号及び新聞紙上に発表されましてより、全国無数の愛読者の方々から、多大の御好評を賜ってをります。……尚漱石集配本は、最終巻と同時に行ひます。

右の記事から分かるように、この特典は、『昭和文学全集』の刊行当初から設定されていたものではない。最初に予約募集をした折の内容見本にもそのことはまったく記されていない。販売の梃子入れのため、「昭和」ゆえに取り込めなかった漱石を含めるため、急遽計画されたものであろう。次節でも述べるが、この『昭和文学全集』は、編集方針が完全に固まってからスタートしたのではなく、刊行途中で様々な工夫が付け加えられていく。営業面に大きく寄与したであろう『夏目漱石集』の無料配布という特典も、その一つである。その意味では、進化する全集とも呼ぶべきものである。逆に言えばそれは、戦後初めての本格的な日本文学全集を刊行する、開拓者の苦しみを示すものでもあった。

編集の工夫、進化という点では、『川端康成集』の作品収載にはっきり見て取れる。

五三年三月に刊行された、第九巻『川端康成集』の全収録作品は、順に『雪国』『伊豆の踊子』『禽獣』『虹』『舞姫』『名人』『千羽鶴』『山の音（第一二章にあたる「傷の後」まで）』の八作品である。ところが、前年秋に、『昭和文学全集』の企画が発表された時点の内容見本の「川端康成集」の項目を見ると、「雪国・舞姫・虹・花のワルツ・禽獣・他」となっていて、『名人』以下の三作品の名前がない。「他」の部分に含まれる可能性は皆無ではないが、戦後の川端文学を代表する『千羽鶴』と『山の音』を収載する予定であれば、当然売れ行きの大幅な増加が見込めるから、当初から記載するはずである。事実、「増頁断行」のチラシには「さきに内容見本に各巻平均三五〇頁と予告しましたが、第七巻志賀直哉集より各巻平均四〇〇頁に増頁し、新たに名作の数篇を加へ、内容の充実完璧を期しました。（川端康成集に『千羽鶴』『山の音』の二篇を加へ、又谷崎潤一郎集に『少将滋幹の母』を加へました如き、その一例です）」と記される。

実際の第九巻を見ると『千羽鶴』『山の音』だけで約一三〇ページあるから、五〇ページの増ページで処理できるものではない。また、第九巻は全三八〇ページで、これは「平均三五〇頁」といっていた時の第一回配本の『横光利一集』と同じページ数である。「平均四〇〇頁」にはまだ余裕があり、増頁云々はむしろ格好の口実で、何らかの事情で、当初は確約が取れなかったこの作品を、収録が決定したので差し替えたのであろう。『花のワルツ』並びに「他」に含まれていたいくつかの作品と入れ換えられたのである。

実は、『千羽鶴』と『山の音』は、経営危機にあった筑摩書房を救った本であったのである。「千羽鶴」の書名で、五二年二月に刊行された、小林古径の装幀の豪華本は「敗戦後の豪華版の走りといわれるような出来栄え」で、「翌三月に出た普及版は二十万を越えるベストセラーにな」り、「瀕死の筑摩書房を甦らせた」のである。[10] 芸術院賞受賞という追い風もあって、豪華本の方も、六月には限定五百部版、八月には特製版を出し、九月から刊行の始まった『現代日本名作選』のシリーズでも、藤村の『春・桜の実の熟する時』、大岡の『武蔵野夫人・野火』などとともに、まっ先に刊行された。いわば、筑摩書房のドル箱であった。それだけに、『昭和文学全集』の計画の段階では、この二作品の確約が取れなかったのであろう。あるいは交渉中ということであったのかもしれない。

　ともあれ、この二作品の収載が決定したことは、角川書店側にとっても大変有利なことであった。この時点で川端は、最終的に『山の音』として結実する物語を、断続的に執筆中だったから、筑摩の普及版以降の「朝の水」「夜の聲」「春の鐘」「鶏の家」「都の苑」「傷の後」の話を含めることができたのである。[11] 替わって、川端の戦前の秀作の一つで、かつては新潮社の『昭和名作選集』に収められ、この数年後に刊行される瀟洒な全一〇巻の『川端康成選集』[12]の第五巻の表題にもなっている『花のワルツ』が、姿を消すこととなったのである。

『昭和文学全集』は、所収作品のみならず、どの作家を入れるのかという選択についても、紆余曲折があったようで、特に第二期においては、絶えざる変更・修正が繰り返されているようである。そのことについては、節を改めて述べたい。

三 『昭和文学全集』の完成

紀田順一郎に『内容見本にみる昭和出版史』という書物がある。本の雑誌社の〈活字倶楽部〉というシリーズの一冊として刊行されたものだが、[13] 紀田らしい、面白い切り口の試みである。同書一〇七ページ以下に、角川書店『昭和文学全集』も取り上げられ、一〇八ページには内容見本の写真も添えられているが、その内容見本には「第一期二十六巻 各二八〇円」「待望の自由分売」などと記されている。ただ、この内容見本は、『昭和文学全集』刊行当初のものではない。「自由分売」とあることからも分かるように、第一期完結以後のものであろう。[14] 実は、『昭和文学全集』は当初の刊行予定編目がしばしば変更されており、その変更の都度、新しい内容見本を作る必要があった。それらを比較することによって、『昭和文学全集』のいわば、発展過程を追うことができるのではないだろうか。紀田が使用しなかった内容見本も使って少しく考えてみたいと思う。

手許に蒐集できた、『昭和文学全集』の内容見本は五種類である。このようなものの性質ゆえ、それぞれの製作・配布時期を詳細に究明することは困難であるが、可能な限り推測してみたい。また、これ以外の時期の内容見本についても引き続き調べてみたい。

『昭和文学全集』の最初の内容見本は、第一回配本予定の『横光利一集』を表紙にあしらったものである。裏表紙には「昭和文学全集予約規定」があり、頒布方法、刊行期日、申し込み方法、会費などについて記された上で、天に横書きで「申込締切 十一月三十日かぎり」と大きく朱書されている。

綴り込みの申し込み葉書にも「昭和二十七年　月　日」と、申し込みの月日を記入する欄が印刷されており、この内容見本は同年の初秋ころには配布されたものではないだろうか。

この刊行直前の内容見本に記された編目は、最終的に完結した第一期のものと変動がある。川端の『千羽鶴』や谷崎の『少将滋幹の母』の名前が見られないことは前節で言及した。それ以外にも、やや大きな相違がある。この段階では単独の巻の予定であった『小林秀雄集』は、実際には『小林秀雄・河上徹太郎集』の形で刊行され、その関連で、当初の『河上徹太郎・亀井勝一郎・中村光夫集』が『亀井勝一郎・中村光夫・福田恆存集』と変更されている。また、当初は『芥川龍之介・堀辰雄集』という抱き合わせの予定であったものが、それぞれ独立させて一冊が割り振られている。芥川の単独収載というのは当然の変更のようでもあるが、筑摩書房が『現代日本文学全集』の第二回配本に『芥川龍之介集』を予定したことと何らかの関係があるのかもしれない。ともあれ、芥川・堀の分離独立によって当初の予定より一冊ふえることになる。一時払いは全巻二五巻で六三〇〇円という会費を設定していたから、総巻数の枠は守らなければならない。結局、増えた一冊分の替わりに、当初予定されていた『現代詩集』が見送られることになる。『現代詩集』は第二期に『昭和詩集』の形で復活することとなる。

このような小異はあるが、第一期の分については、当初の計画の微調整の範囲内で完結したと言って良い。これが第二期にはいると、所収作家の追加が絶えず行われ、当初は、全二六巻（別巻『森鷗外集』は除く）の予定でスタートしながら、最終的には三三巻（同）にまで増加している。そのあたりの変化の過程を、内容見本によって見てみる。

まず、表見返しに「昭和文学全集ができるまで…」、裏見返しに「完成近き新社屋の偉容！」とある[15]、第二期刊行に際して、最初に作成された内容見本の表紙には、第二期・二六巻と明記されている。ただし七ページには、第二期二六巻内容一覧と白抜き文字で大書した下に、小さく「追加二巻交渉中」と記されている。一六ページの予約申込規定にも、「全巻一時払の方は、金六五五〇円を一月三一日迄にお払込み下さい。（但し二巻追加の場合は別途に金五〇〇円を申し受けます）」とも書かれ、編集方針が流動的であったことが分かる。今回も第一期に倣い、一時払い以外の読者からは金一〇〇円の予約金を取り、最終回配本時の代金に充当させている。建前上は全巻購入予約者を対象とした全集であった。

内容的には、上記の内容見本に見える巻冊で、最終的に変更となったものは、以下のものである。『武田麟太郎・高見順・平林たい子集』の予定が『武田麟太郎・高見順集』と『平林たい子・壺井栄集』に、『中河与一・阿部知二・伊藤整集』が『中河与一・阿部知二・芹沢光治良集』『伊藤整集』に、それぞれ分冊され、単独収載予定の『大内兵衛集』が『長谷川如是閑・大内兵衛・笠信太郎集』に改編されている。『大内兵衛集』は巻数の増減を伴わないものであり、かなり早い段階で行われた。半年後の第二次予約の段階では既に変更されている。

増巻二巻の方針がほぼ確定的になった段階で、角川書店は第二期二八巻第二次予約募集を行った。新しい内容見本の表紙は、緑地に「第二期二八巻」「第二次予約募集」云々の文字を記し、中央に第一期以来の全冊の函の背文字をずらりと並べたデザインである。書影の中には、後に変更される『武田麟太郎・高見順・平林たい子集』の文字も見える。今回は「昭和二九年五月下旬配本開始」とあるから、第二期刊行の開始から半年以内に、二冊増巻が決定的になり、第二次予約を募集したものである。なお、同時に、第一期の分は第四次予約募集がなされ、売れ行きが衰えていないことを思わせる。二八巻になった今回の全巻一時払い金は、七八四〇円であった。内容的には『続谷崎潤一郎集』が加わり、さらに「追加一巻交渉中」と記されている。

第二期は、最終的に全三三巻となった。当初の二六巻から、伊藤整や平林たい子の分冊変更による二巻増と、続谷崎を加えて、二九巻。残りの四巻は以下の通りである。第五一巻『島崎藤村集』、第五四巻『続山本有三集』、第五六巻『続石坂洋次郎集』、第五八巻『下村湖人集』である。藤村は、是非とも加えたかった作家であろうが、ここまで遅れたのは、全一九巻の『島崎藤村全集』を刊行している新潮社や、『現代日本文学全集』の第一回配本に藤村を持ってきた筑摩書房との折衝に時間がかかったのであろうか。[16] あるいは「追加一巻交渉中」というのは藤村のことであったのだろうか。結局『島崎藤村集』は遅れに遅れ、『昭和文学全集』の第五一巻に収録できた作品も『嵐』『伸び支度』『市井にありて』などであり、昭和以前の『破戒』や『新生』はもちろんのこと、『夜明け前』も『東方の門』も収載することは叶わなかった。また、山本有三や石坂洋次郎の続編も、当時の人気の反映ではあろうが、全体を見渡すとややバランスの悪い感は否めない。第五四巻の『続山本有三集』に『女の一生』を収録したが、二年後の『現代国民文学全集』にも再度収められる結果となっている。これなども、急遽続集が設定されたことと関わるのかもしれない。

このように紆余曲折はあったが、一九五五年五月に、角川書店の『昭和文学全集』は全六〇巻の堂々たる全集として、その全貌を表すこととなる。全巻完結後、別巻の『夏目漱石集』『森鷗外集』

も含めて全六〇巻が分売されるようになった。「全巻セット販売！」「自由分売！」の文字が踊る内容見本も作られている。「全冊セット販売」とは、第一期・二期を通算して、三〇巻ずつの二セットとし、約五％引きの特価販売も同時に行ったのである。分売の場合、一冊あたりの売価は二八〇円で、第一期刊行時点のものを守っているのは見事である。

四　姉妹版『現代国民文学全集』

角川書店は、『昭和文学全集』の完結からちょうど二年後、一九五七年五月から、全く同じ判型で、『現代国民文学全集』の刊行を開始した。今回の全集は、第三巻に野村胡堂、一五巻に川口松太郎、二八巻に直木三十五が単独で割り当てられ、また二七巻は『現代推理小説集』であることなどから分かるように、大衆文学の分野に大きく枠を広げたものである。叢書名としては、『昭和文学全集』とは一見無関係であるが、装幀を見ると、明らかに姉妹版として企画されたものであることが分かる。たとえば、両者ともに外函の下部約五分の二の部分にシリーズで統一された模様があり、さらに少し短めの同じ模様の帯が掛けられている。[17] 表紙は、『昭和文学全集』が赤、『現代国民文学全集』が青地で、ともに同じポイントの活字で「川端康成集」などと金文字が刻されている。本文も同じ三段組である。函のままでも、図書館などのように函をはずした形でも、ページを開いても、両者が姉妹版であることは明白である。出版社の側もそれをはっきりうたっており、『現代国民文学全集』に帯のように付けられた、「売り上げ報償券」には、次のように記されている。

弊社はここに「昭和文学全集」の姉妹篇として「現代国民文学全集」(全三十六巻)を刊行いたしました。

本全集は各家庭でも安心して楽しく読める国民の全集であり「昭和文学全集」以上に幅のひろい読者層の支持を受けるものと信じます。この際格別の御芳情と御尽力とにより大大的に販売下さいますよう切にお願い申し上げます。

『現代国民文学全集』は、大衆文学のみで一つのシリーズを作り上げるのではなく、『昭和文学全集』と共通する作家がかなりいる。[18] たとえば第一巻は『獅子文六集』であるが、所収作品は『海軍』(岩田豊雄)『青春怪談』『おばあさん』であり、『昭和文学全集』の『自由学校』『てんやわんや』『胡椒息子』と、作品が重複しないようになっている。[19] 獅子文六の場合は、両シリーズの色彩の相違は必ずしも明確ではないが、[20] 川端康成の場合は、所収作品の違いが際だっている。

『昭和文学全集』第九巻(一九五三年九月、三八八ページ、頒価二八〇円、地方売価二九〇円)では、『雪国』『伊豆の踊子』『千羽鶴』『山の音』『名人』『舞姫』等々と川端文学の代表作をすべて揃え、『現代国民文学全集』第二三巻(一九五八年四月、三八二ページ、頒価三二〇円、地方売価三三〇円)では、『女であること』『川のある下町の話』のように、比較的親しみやすい人気作品を集めている。川端康成のように、振幅の広い作家の場合は、このような棲み分けが可能であっただろう。[21] なお、『昭和文学全集』には伊藤整の解説と、川端自身が作成した一九五二年までの年譜が、『現代国民文学全集』には山本健吉の解説と一九五七年までの年譜(昭和版を踏襲するが、一部微細な修正がある)が付載されている。

今回の全集は、上述したように、大衆文学の分野に大きくウィングを広げた点に特徴がある。上述した作家以外でも、村上元三、石川達三、源氏鶏太と並べればその色彩は明確であろう。また、文豪の所収作品でも、多少なりともその色彩を出そうとしているようだ。たとえば、『現代国民文学全集』第二〇巻『夏目漱石集』ではページの大半を『吾輩は猫である』に割き、『三四郎』『それから』『こゝろ』などの『昭和文学全集』との違いを打ち出している。

それでは、娯楽性、通俗性ばかりを重視したかというとそうでもない。昭和という名称を冠したばかりに、前回は収録できなかった、尾崎紅葉・泉鏡花・幸田露伴・国木田独歩などを今回は収録し、前シリーズの欠を補うという姿勢はかなり鮮明である。ある意味では柔軟かつしたたかな編集方針である。その、最大の成果は、『島崎藤村集』に見られる。『昭和文学全集』では、第二期の五一巻にようやく藤村の巻冊を設けることができたが、『嵐』『伸び支度』『市井にありて』というラインナップは、角川としては大いに不満であったに違いない。満を持した今回は、シリーズの平均ページ数を大きく上回る五〇〇ページ以上の大冊を準備し、第一九巻に『夜明け前』全編を収録している。

それ以外の特徴としては、一四巻『青春小説文学集』、第三四巻『国民文学名作集』、第二七巻『現代推理小説集』などの名作集にあるが、『伊豆の踊子』が「青春小説」に、『坊っちゃん』『野菊の墓』が「国民文学名作」に分類される、前二者の棲み分けについてはやや分かりにくい面がある。面白い試みは、第一八巻『国民の言葉　百人百言集』や第三六巻『国民詩集』である。特に、後者には、島崎藤村・土井晩翠・与謝野鉄幹の近代詩から、和歌、俳句、さらには民謡、そして「孝女白菊の歌」「鉄道唱歌」から「鉾をおさめて」「東京行進曲」旧制高校寮歌までの近代歌謡、ヴェルレーヌ、ハイネ、キーツから讃美歌までの翻訳詩と、実に幅の広い詩歌が採取されている。「国民詩」の名にふさわしいものである。

叢書名の由来は、当時文壇の議論の中心であった国民文学論の影響などもあろうが、二年前の一九五五年から刊行されていた、河出書房の『日本国民文学全集』も意識していたのではないか。『源氏物語』から夏目漱石や島崎藤村、『大菩薩峠』や『富士に立つ影』までという、極めて幅の広い『日本国民文学全集』は、現代という枠組みはあっても、純文学から大衆文学までという、『現代国民文学全集』のヒントになったのではないかと思われる。角川版の第三二巻『中里介山集』には、河出書房の『日本国民文学全集』の目玉の一つであった『大菩薩峠』を、「甲賀一刀流の巻」から「白根山の巻」までの部分ではあるが、収録しているのである。

五　もう一つの『昭和文学全集』

角川書店は、昭和文学や、昭和文学全集という名前には、深い愛着を持っていたようで、一九六〇年代に入って、もう一度『昭和文学全集』というシリーズを企画する。一九六一年から六四年にかけて刊行された四〇冊の全集で、四六変型判で[22]、二段組、平均五〇〇ページである。一〇年前の、同じ名前の全集に比べて、判型を小さくした分、ページ数が増えた勘定になろうか。冊数も六〇冊から、四〇冊に減じ、所収作家も、菊池寛・倉田百三・小林多喜二等々がはずれ、開高健・大江健三郎他が加わるなど、刊行時点に近い作家を優遇しているようである。

二つの『昭和文学全集』に、共通して含まれている作家の場合でも、編集の工夫が見られる。第四巻『川端康成集』(一九六一年一二月、四八三ページ、三九〇円)の例で言えば、五三年刊の『昭和文学全集』以後の作品である『みづうみ』(『新潮』一九五四年一月〜十二月号)を巻頭に載せ、清新さを打ち出し、以下『山の音』『千羽鶴』『雪国』『伊豆の踊子』の代表作四作と共に、骨格を形成させている。そのほかでは、『名人』『舞姫』の代わりに『十六歳の日記』『母の初恋』『たまゆら』などを入れて違いを出そうとしている。前回の『昭和文学全集』では「傷の後」の章まででであった『山の音』は、「雨の中」「蚊の群」「蛇の卵」「秋の魚」の最終章まで全編が収められている。刊行当時は、外函の上に、さらにぐるりと全体を覆う形で紙カバーが掛けられていたが、そこには「千羽鶴・みづうみ他」「川端康成」と記され、角川がこの二作をセールス・ポイントにしようとしたことが窺われる。なお、当初の内容見本では、川端の作品排列は『山の音』を冒頭に『千羽鶴』『雪国』と続き『みづうみ』は四番目であったが、刊行に当たっては、新収の『みづうみ』を巻頭に持ってきて、強調しようとしたのである。解説は進藤純孝が担当、年譜も随分詳細になり、一九六一年までの記事が一七ページにわたって載せられている。造本で言えば、下小口を化粧断ちしていないという特徴がある。別冊の月報に当たるものが「アルバム」と記され、写真を多用したものであることも特徴である。このアルバムは巻冊ごとのページと、叢書全体の通しのページが併記されている。川端の場合は一〜一六ページという表記と、第四巻であるから、それまでの三巻分を受けて四九〜六四ページのページ数と二つ記されている。別冊のみ集めて、通しページの順番に並べると近代文学アルバムとなるように工夫されている。[23] これはヴィジュアル時代の先取りでもあったろう。また、外函の上部に、縦六センチ弱、横二〇センチ強の紙が貼付されており、それには所収作品名などが記されているが、その一部に縦横約六センチ弱で名画がデザインされている。これは、巻毎に異なるもので、サファイヤ・セット第四巻『川端康成集』は安井曽太郎の薔薇、第一八巻『宮沢賢治集』はアンリ・ルソーのヴァンサンヌの森、ルビー・セット第二巻（巻数の問題は後述）『野上弥生子集』はゴーガンの女の顔といった具合である。これなども、視覚的効果をねらったものであろう。表紙は清楚なクリーム色無地で、背表紙上部に小さく作家名・叢書名を箔押しにしたものとのバランスも良く、一転して見返しの鮮やかな赤との対象も印象的であった。装幀は原弘（はらひろむ）・永井一正である。

所収作家を比較してみると、五〇年代の『昭和文学全集』に単独で取られていた作家で、今回洩れたものは、寺田寅彦、永井荷風、宮本百合子、徳田秋声、大佛次郎、小泉信三、尾崎士郎、正宗白鳥、舟橋聖一、和辻哲郎、島崎藤村、下村湖人である。大佛次郎と舟橋聖一が洩れたのはやや意外な感じがするが、(24) それ以外は、主たる活躍が戦前の作家である。明治・大正の文豪夏目漱石・森鷗外は当然除外されている。また、小泉・和辻の撤退に象徴されているように、教養主義的な部分は完全になくなっている。明らかに時代の変化を感じさせる。逆に、前回、背表紙に名前の見えなかった作家で、今回新たに登場しているのは、松本清張、有馬頼義、石原慎太郎、源氏鶏太、山崎豊子らで、やはり大衆に支持されている作家の進出が目立つ。

このように、角川書店版の二つの『昭和文学全集』は、形態的にも、内容的にも、全く別個のものであるが、名称が完全に重なるために、書誌情報としては混乱する危険性がある。現に、『角川書店図書目録（昭和二〇―五〇年）』（一九九九年刊行）でも、共に「昭和文学全集」の名前で掲出されている。一九五〇年代の全集、六〇年代の全集というように刊行時期を付して呼ぶか、六〇冊版の全集、四〇冊版の全集というように冊数で区別するか、あるいは判型で呼び分けるかである。いずれの場合も、現物を実際に見る場合には問題はないが、書名だけでの情報の場合は注意を要する。特にカード検索や、インターネット情報の場合は、気を付けねばならない。国立国会図書館では、一九五〇年代の全集をそのままのタイトルの「昭和文学全集」とし、六〇年代の全集を「角川版昭和文学全集」としている。[25] CiNii Books上での情報も同様の使い分けをしているが、実は、この「角川版」という表記は、函と扉題（内題）の部分に小さく書かれているだけで、背表紙や奥付にはただ「昭和文学全集」とのみ記されているだけなのである。図書館では函は廃棄されることが多いし、背表紙の文字で探すことが一般的であるので、やや分かりにくい恨みはある。

またこの全集は、全四〇冊が、二〇冊ずつ一セットで、サファイヤ・セット、ルビー・セットとも呼ばれている。もはや予約制ではなく、完全分売ではあるが、このようにセット名が、一種の全集の名前のように呼ばれた。まず、サファイヤ・セット二〇冊が六一年九月から、平均二か月に三冊のペースで刊行され、一年後の六二年九月に完結、翌一〇月から毎月一冊ずつルビー・セットが刊行された。前記、角川書店の目録では、全冊通しで四〇冊とされているが、当初は、それぞれ、一から二〇までの通し番号が記されていた。上述した『野上弥生子集』は、ルビー・セットの第二巻であった。サファイヤ・セットの場合は、セットの通し番号はそのまま全集全体の通し番号でもあるから問題ない。ところが、後から刊行されたルビー・セットの場合、ルビー・セットとしての通し番号と、サファイヤ・セットも含めて『昭和文学全集』全体の通し番号と二種類が併存する。『野上弥生子集』の場合、函と本体の奥付には、ルビー・セットの二巻目ということで、「2」という数字がある。一方、本体の背表紙には『昭和文学全集』としての通し番号の「22」という数字が刻されている。書誌を奥付で取る場合には混乱するであろう。また、今日でも保存の良いものでは、刊行当時のままに、函の上に作者の名前、収載作品、顔写真が印刷された紙がぐるりと函を完全に覆う形で被せられているものがあるが、その紙には「昭和文学全集　サファイヤ・セット」などと記されている。厳密に函に掛けられたカバーまで保存している場合には、このシリーズ名で呼ぶこともある。(26)

さらに、一九八六年から一九九〇年にかけて、小学館から全く同名の『昭和文学全集』が刊行されるに至っては、小学館版との、出版社名の弁別のための名称とさえ誤解されやすい。六〇年代の、全四〇冊の、四六変型判の全集を、単純に角川版と呼ぶのは危険であると思われる。同じ角川書店版の二つの『昭和文学全集』を厳密に区別する統一的な名称が必要である。

なお、角川書店は、一九六四年の『昭和文学全集』の完結を最後に、この種の全集から早々と撤退してしまうが、一九七〇年前後に、『日本近代文学大系』という注釈付きの大型全集（菊判、全六〇巻、一九六九年〜七五年）を出していることが注目される。近代文学にも注釈を施す時代が近づきつつあることをいち早く見抜いた例としても、また注釈水準が極めて高度である例としても、特記すべきものである。創業二五周年記念出版にふさわしい、大型の卓越した企画は、一〇年近い歳月を、この企画の検討と準備にあてたという。(27)とすれば、ちょうど四六変型判の『昭和文学全集』が刊行されていた頃から計画されていたわけである。そのようなことも考えあわせれば、明治・大正文学の学問的集大成ともいうべき『日本近代文学大系』は、親しみやすさや視覚的効果によって新しい読者層を開いた四〇冊版の『昭和文学全集』と共に、一九六〇年代・七〇年代の角川書店の日本文学全集を形成していると言えよう。

むすび

角川書店が、一九五二年から刊行を開始した『昭和文学全集』は、戦後の実質的な日本文学全集の濫觴（らんしょう）であった。それだけに、出版計画も手探りの状況で進めねば成らず、編集方針もしばしば変更を余儀なくされた。にもかかわらず、一定の期間内に、強固なまとまりを持つ全集を作り上げた角川書店の手腕は並々ならぬものがある。後発の、筑摩書房『現代日本文学全集』の完成度には叶わないものがあるが、先駆者としての地位は、いささかもゆらぐものではない。つづいて角川書店は、大衆化の流れを素早く読みとり、『現代国民文学全集』を続編のような形で刊行した。また、一〇年後の、四六判の新しい『昭和文学全集』は、大衆化と共に視覚性も重視していた。さらに、高水準の注釈付きの『日本近代文学大系』をいち早く企画するなど、常に時代に先駆ける出版を行ったのが、角川書店の特色であろう。

ところで、一九五〇年代、六〇年代の文学全集の出版は、当初は小規模な出版計画で、売れ行きや人気を確認できた段階で、増巻に踏み切る例が多い。河出書房の『世界文学全集』などはその最たるものであるが、諸出版社の日本文学全集の類も、勃興期ともいうべき五〇年代のものにはその傾向が強い。

五三年に刊行を開始した筑摩書房の『現代日本文学全集』は、当初は五五冊としてスタートしたが、後に全九九冊の全集に改編された。また、新潮社が五九年に刊行を始めた七二冊の『日本文学全集』も、計画の極初期では六六冊の見通しであった[28]。

このような全集ものの場合、最終的に完結した形で論じられることが多い。出版社の総合目録でも実際に出版された形で記載される。社史の類でも完成されたもので言及されることがほとんどである。大著『日本出版百年史年表』でも、スペースの関係から、刊行開始時点で、最終形態が示される[29]。しかし、当初の企画や、その当時の出版事情や社会状況などは、それでは完全に知ることはできない。それらを補うのが出版広告や、内容見本類である。本章は、これらの資料を生かそうとした試みでもある。

第三章　〈定番〉

新潮社『日本文学全集』の変化

前二章で筑摩書房と角川書店の、近代日本文学の全集を取り上げてみた。筑摩書房では『現代日本文学全集』『現代文学大系』、角川書店では『昭和文学全集』『現代国民文学全集』などの名前が使用されていた。そこでは、「現代」「昭和」などの限定詞が使用されていたのである。ところが、こうした限定詞を付けずに、単純に「日本文学全集」という名前で、明治時代以降に限定した、近現代の日本文学のみの作家・作品に絞った全集が出版されることがある。ことがある、と述べたが、実際には、「日本文学全集」という名前を聞いた場合、私達は無意識のうちに、そこから江戸時代以前の日本文学を除外して、近現代の日本文学の集合体を想定することがほとんどであると思われる。「日本文学」の「全集」を名乗りながら、実質的には「近代日本文学」の「全集」であることが一般化するに際しては、新潮社の全集の果たした役割が大きいと考えられる。近代日本文学の全集を、『日本文学全集』という名前で定番にしたのは、新潮社の叢書によるのではないかと考えるものである。

一　『現代小説全集』以降

いささか大時代的ではあるが、一九二五年（大正一四）年の『現代小説全集』を、新潮社の日本文学の全集の淵源として取り上げてみたい。全一五巻で、二五年四月、第一巻『芥川龍之介集』を第一回配本として刊行開始、二六年八月、第一〇巻『谷崎潤一郎集』で完結した。一人一冊が貫かれ、複数作家抱き合わせの冊はない。収載作家は、芥川以下、泉鏡花、菊池寛、久保田万太郎、久米正雄、佐藤春夫、里見弴、志賀直哉、島崎藤村、谷崎潤一郎、田山花袋、近松秋江、徳田秋声、正宗白鳥、武者小路実篤であり、巻序は作者の五十音順である。冊数は一五冊に留まるが、堂々とした造本は、圧倒的な存在感を示すものである。たとえば、堀辰雄文学記念館の敷地内にある、再現された堀の書庫、その書棚には『現代小説全集』第一巻の『芥川龍之介集』が鈍い光を放って鎮座している。書庫は庭からしか覗くことができず、薄暗い本棚の書籍群は、目を凝らしてようやく書名が確認できるものであるが、その中で、この一冊は一際目を引くものである。芥川と堀との関係から、ことさらそのように見えるのかもしれないが、時代を超越した造本美にもよるものである。

菊判の大型本で天金、表紙にはロンドンのオーギャド社特製品のレザー・クロースを用いている。表紙や背表紙の金箔の乗りも良く、九〇年以上たった今日でもいささかも色褪せていない。口絵に顔写真と筆蹟を載せるのは定番だが、筆蹟はこの全集のために見事に統一された書式である。巻末に短く略歴を付す。作家と作品の選定が理に叶っているのはいうまでもないが、目次には初出の年（必要に応じて年月）が記されるという厳密な校訂ぶりである。外函はやや地味だが、極めて堅牢な貼函で、これも今日でも殆ど損傷がないものが多い。各冊を手に取ればずしりと重く、それはこの全集の内容の重さを示しているようだ。

このようにすぐれた全集が大正末期に刊行されていたことは、日本の出版界の水準の高さを示すものだが、一冊四円五〇銭という金額のために、この直後に到来する円本の波に呑み込まれることとなってしまった。円本時代、新潮社は『世界文学全集』を刊行して気を吐くものの、最初に口火を切った改造社『現代日本文学全集』が、日本文学の総合的全集の代名詞のようになった。

さて新潮社は、戦後まもなく、一九四六年暮れに『昭和名作選集』を数冊刊行しているが、これは戦前の企画の重版や継続である。むしろ四八年からの、瀟洒な『川端康成全集』全一六巻、重厚な『島崎藤村全集』全一九巻という二つのすぐれた個人全集に、新潮社の地力を見ることができよう。

正式な全集や叢書の形ではないが、一九四九年から五二年にかけて、新潮社は、代表的な日本の作家の作品集を集中して出したことがある。『川端康成集』の例で言えば、B6判並製で、五二八ページ、一九五一年八月発行で、定価四〇〇円、表紙は川端龍子でカットは岡鹿之助である。所収作品は『伊豆の踊子』『春景色』『温泉宿』『水晶幻想』『騎士の死』『化粧と口笛』『抒情歌』『雪国』『イタリアの歌』『金塊』『花のワルツ』『朝雲』の全一二作品。解説、付録の類はない。

巻末の広告によれば、豊島与志雄・井伏鱒二・亀井勝一郎・伊馬春部編『太宰治集（上中下）』をはじめ、神西清編『堀辰雄集』、亀井勝一郎編『井伏鱒二集』、石川淳編『森鷗外集（上下）』、久保田万太郎・河盛好蔵編『永井荷風集（上下）』、内田百閒・伊藤整編『夏目漱石集（上中下）』、川端康成・亀井勝一郎編『岡本かの子集』、青野季吉・豊島与志雄編『芥川龍之介集』、草野心平編『宮沢賢治集』、蒲原有明編『藤村全詩集』、『山本有三集（上巻）』、『志賀直哉集（暗夜行路）』の各集が既に刊行されている。定価は三一〇円から四〇〇円である。さらに九月には三好達治編『萩原朔太郎集』と川端康成編『横光利一集（上下）』が、一〇月には『志賀直哉集（短編集）』の各集が、刊行の予定と記されている[1]。一冊ごとに編者が変わるのが面白く、それぞれの作家に最適の編者が付く形となっている。『川端康成集』『山本有三集』『志賀直哉集』には編者名が記されていないから、これらは自選であろうか。それぞれ「豪華縮刷決定版」と記され、刊行点数の多さとも考え合わせると、統一された叢書名こそないものの、一種の日本文学全集を意図していたものであることが分かる。

一九五三年八月、新潮社は四六判の『長編小説全集』の刊行に着手する。『現代日本文学全集』の刊行を計画していた筑摩書房の古田晁が、同様の企画を打ち出す可能性のある出版社として、河出書房と共にその動向を最も気にしていたのが、新潮社であった。新潮社の企画が、『長編小説全集』で、総合的な全集ではないということに、ほっと胸をなで下ろしたことであろう。文芸出版の老舗新潮社の動きは、筑摩書房にとって最も警戒すべきものであった[2]。

『長編小説全集』は全一九巻、四六判二段組。「この頃、話題を呼び、ベストセラーを続けている戦後の長編を主として網羅し集大成したもの[3]」であった。所収作家は全二四人。函でも背表紙でも扉でも奥付でも「長編小説全集」と大書し、作家名はポイントを落として記す。各冊ごとの作家名は、こうした全集に多い「……集」の形ではなく、「……篇」という珍しいものである。以上のことを、第七巻『川端康成篇』の扉の例で言えば、扉左上部にやや大きく「長編小説全集　7」と記し、扉下部に同じ大きさの文字で「川端康成篇」「千羽鶴」「舞姫」「虹いくたび」と並べて記される。作家名と所収作品名が同列に並べられているのである。

第一巻『石川達三篇』、第二巻『石坂洋次郎篇』から、第一三巻『火野葦平篇』、第一四巻『舟橋聖一篇』までが一人一冊、第一五巻『井伏鱒二・中山義秀篇』、第一六巻『内田百閒・広津和郎篇』、第一七巻『源氏鶏太・三島由紀夫篇』、第一八巻『今日出海・永井龍男篇』、第一九巻『林芙美子・平林

たい子篇』までが二人で抱き合わせの巻であった。井上靖・川端康成・丹羽文雄などの定番作家、尾崎士郎・獅子文六などの当時の人気作家に加えて、井上友一郎、林房雄、火野葦平が単独収載というのが時代を現していると言えようか。排列は、かつての『現代小説全集』と同様に、作者名の五十音順である。その徹底ぶりは、二人抱き合わせでも、最初の作者名によって、井伏→内田→源氏→今→林、と並べるなど律儀なまでに貫かれている。第二巻『石坂洋次郎篇』、第七巻『川端康成篇』で口火を切り、八月中にさらに、第一巻『石川達三篇』、第四巻『井上靖篇』、第五巻『尾崎士郎篇』、第八巻『獅子文六篇』、第一四巻『舟橋聖一篇』と一挙に五冊を刊行。一一月末の第一六巻『内田百閒・広津和郎篇』で完結、短期決戦の全集であった。本文料紙の質はあまり良くないが、話題作を集めたことで数万部を売り上げたらしい。川端康成『千羽鶴』、獅子文六『自由学校』、舟橋聖一『芸者小夏』など、ここ数年内の話題作を糾合したのであるから、多くの読者を獲得したであろう。逆にこうした叢書であるから、戦前までの文豪は入る余地はなく、筑摩書房『現代日本文学全集』と競合することはなかったのである。

二　『日本文学全集』の誕生

こうした経緯を経て、新潮社が『日本文学全集』の刊行に着手するのは、一九五九年のことである。判型はB６変型判で、縦に比べると横幅はやや小さめで、ほっそりとした印象の全集である。本文は二段組で、六年先行して出版された、この時期を代表する全集である筑摩書房の『現代日本文学全集』が菊判の三段組の大型本、さらにはその先駆であった角川書店の『昭和文学全集』もＡ５判三段組であったのとは、対極にある本作りであった。これら先行する叢書の、重厚路線に対して、親しみやすさを前面に打ち出した観がある。このスタイルは大成功であった。[4] 一冊のページ数は約四二〇ページから約六六〇ページまで幅広い。一冊の平均ページ数にあまり拘泥しないこの出版社の特性は、後に『新潮日本文学』という文学全集の常識を軽々と越えた叢書に結実することとなる（五節参照）。

当初は六六冊として発表されたが、配本前に七二冊に修正され、[5] 第一回配本時の骨格がそのまま維持される。角川書店『昭和文学全集』、筑摩書房『現代日本文学全集』が刊行途中で増巻に踏み切ったのとは対照的である。追うものの強みであろう。初回配本の第六六巻『井上靖集』が五九年五月、最後の配本の第七二巻『名作集（４）昭和篇・下』は六五年の一月の刊行であるから、約六年がかりで順調に完結している。

第一巻『二葉亭四迷集』第二巻『尾崎紅葉・幸田露伴集』から第六七巻『堀田善衛集』第六八巻『三島由紀夫集』まで、見事に隙のない選択がなされている。第六九巻以下の四冊は、明治、大正、昭和（上・下）に時代別に分けた名作集である。Ｂ６判で七二冊であるから、取り上げることのできる作家や作品には大きく制限が加えられるはずであるが、[6] それを逆手に取って、一分の無駄もない排列を成し遂げていると言って良い。このような全集の場合、どうしても編集時点に近い作家の評価が難しい。その時点ではベストセラー作家であっても、後には時代の流れに淘汰されてしまう場合もある。多くの全集では、そのような作家の一人や二人は含んでいるのであるが、この全集ではそうしたことはほとんどない。刊行から半世紀近くたった現在から見ても、作家や作品の選択は、文学史的道理にも見事に叶っているのである。コンパクトな見かけとは裏腹に、極めて完成度の高い全集であったといえよう。編集には、川端康成・伊藤整・平野謙ら六人があたり、編集委員以外にも臼井吉見、亀井勝一郎、埴谷雄高、福永武彦、本多秋五らの多彩な顔ぶれが各冊の編集と解説を担当するという、五〇年代にスタートした全集としては、贅沢と言っても良いような布陣を敷いたこともその背景にあろう。解説以外にも、簡潔にして要を得た年譜と、吉田精一作成の注解と付録も充実していた。

『川端康成集』は、第三〇巻で、六〇六ページ、五九年七月初版、二六〇円である。装幀は、上半分がクリーム色、下半分が鶯色の洒落たツートンカラーで、全体を薄いクリーム色の紙表紙で覆う。外函は赤い貼函で、この時代にしてはしっかりとした材質である。手に取りやすい軽いソフトな表紙と、蔵書として保存に耐える堅牢な函の組み合わせが実に巧みであった。翌六〇年から刊行される『世界文学全集』全五〇冊も、デザインこそ違え、堅牢な黄色の函入りであった。『川端康成集』の所収作品は順に『伊豆の踊子』『虹』『雪国』、短編集『愛する人達』から『母の初恋』ほかの九作品、『山の音』『みづうみ』である。解説は編集委員の一人山本健吉が担当し、これに注解と、五九年五月までの年譜が巻末に付されている。他の出版社のこの種の全集では川端の定番とも言うべき四作品のうち、『千羽鶴』が入っていないのが注目される。これは上述した『長編小説全集』（一九五三年八月）の第七巻に『千羽鶴』が含まれていたことと関係するのかもしれない。(7)

ここで、この全集の配本の順番について簡単に見ておこう。このような全集の場合は、勢いを付けるために、あるいは全集としての認知度を高めるために、最初に読者の購買意欲をそそるような、著名な作家の巻を持ってくるはずである。逆に言えば、初期の配本に回った作家が、その時点での、実力人気を兼備した文豪であるとも言えよう。この全集の最初の一〇回の配本は以下の通りである。井上靖→芥川龍之介→川端康成→三島由紀夫→太宰治→夏目漱石→志賀直哉→谷崎潤一郎→伊藤整→幸田文。概ね妥当な選択と思われるが、井上靖、三島由起夫らの位置づけがかなり高いのが注目される。当時の人気を重視したものであろうか。これら新進・中堅に名声の定まった大家・文豪を交えて、なかなかバラエティに富んだ排列である。夏目漱石よりも、井上靖や三島由紀夫や太宰治を前に持ってきたのは、比較的若い読者を意識したのかもしれない。当初の一〇人に幸田文の名前が入っているのはやや意外であると受け取られるかもしれないが、『流れる』『おとうと』が評判を呼び、前者は五六年東宝で映画化（成瀬巳喜男監督、田中絹代主演）され、後者は六〇年の大映映画（市川崑監督、岸恵子主演）が企画中であったから、時宜に叶った選択だったのである。

この全集は、上述したような赤い堅牢な函に入っているが、それには配本順が印刷されているのである。その記述によると、第三一巻『堀辰雄集』も第六五巻『田宮虎彦集』も四一回配本となっている。これは前者がミスプリントで、『堀辰雄集』は第一四回配本なのである。これは初版のみならず、再版以降も同じ誤植がある。因みに、挟み込みの月報では、通し番号の〈37〉が二つあって、〈38〉がない。これは第三七巻『宮本百合子集』と第三八巻『平林たい子集』の月報を共に〈37〉としてしまったためである。記事はそれぞれの作家に関する別々のものであるが、通し番号だけが誤って同じになっている。もちろんこれは『平林たい子集』の月報が〈38〉とあるべきところである。このようなこともいずれ分かりにくくなるから、記しとどめておこう。

ともあれ、全七二冊のうち、三〇万部を超えたものが八冊、二〇万部を超えたものが三一冊、平均

一七、八万部である。[8] この叢書の成功によって、「日本文学全集」という名前で、明治以降の、近現代の日本文学の全集を指すことが定着したのである。[9]

三 『日本文学全集』の改編

新潮社は、一九五九年から七一年にかけて、名称こそ『日本文学全集』と同じだが、全巻の冊数の異なるものを四種類刊行している。既述の五九年刊行開始六五年完結のものは七二冊の全集であったが、これ以外に、六七年初版の全五〇冊のもの、六九年初版の全四〇冊のもの、七一年初版の全四五冊のものをあわせて、四つのシリーズがある。

これらは、B6判の判型をはじめとして、根幹部分は大きく変更はないから改編版とでも言うべきものである。ただ、全巻冊数の変化から窺えるように、収録作家や作品にはかなり変更も見られるから、同名異種の全集として扱わねばならない。同じ新潮社の『日本文学全集』の『川端康成集』でも、シリーズによっては第三〇巻であったり、第二〇巻だったり、第一四巻だったりする。巻数の相違だけならば問題はないが、その都度年譜も増補され、何よりも収録作品そのものに出入りがあるのである。大は六〇六ページから、小は五一三ページまで、九〇ページ近くの増減がある。また表記も、旧漢字・旧仮名遣いのものもあれば新漢字・現代仮名遣いのものもあるのである。従ってそれらは基本的には別種の書物なのであるから、新潮社『日本文学全集』の『川端康成集』という言い方で一括することはできないのである。従来は等閑視されていた、これら同名異種のものについて考えてみたい。

なお、便宜上、五九年刊行開始の七二冊版のものを第一次全集、六七年初版の五〇冊版を第二次全集、六九年初版の四〇冊版を第三次全集、七一年初版の四五冊版を第四次全集というように適宜呼び分ける。本節では第二次全集についてまず見てみる。

一九六五年の七二冊版の第一次『日本文学全集』の完結からわずか二年後の六七年に、新潮社は最初の改編版とも言うべき、第二次の五〇冊の全集を刊行する。後述する、第三次、第四次の改編が小規模のものであるのに対して、今回の改編はかなり大がかりなものである。その改編の骨子をまとめると次の五つになろう。

1　冊数を五〇冊に圧縮する（第一次より二二冊、約三割減）。
2　表記を新漢字・現代仮名遣いに改める。
3　全巻のページ数を平均化する。
4　生存している作家は、年譜を増補する。
5　表紙や函の装幀を改める。

形態的には1が、内容的には2が、最も大きな変化であり、3、4、5はやや小さな変化と言っても良かろうか。1から順に検討する。

七二冊のものを五〇冊に圧縮する際に、もとの第一次の全集が第二次ではどうなったのかを大きく分けると次の（イ）〜（ニ）の四項目に分類できる。なお、以下においては、区別を明瞭にするために、第一次全集の巻数はこれまで通り漢数字で、第二次全集の巻数は算用数字で示す。また、第一次全集では『夏目漱石集』の形だが、第二次全集では『夏目漱石』と「集」の文字は省略される。これは、第三次以下も同じである。

（イ）第一次のものが、第二次では完全に削除される場合。

第一一巻『徳田秋声集』、第五三巻『石川淳集』、第六九巻『名作集（明治篇）』、第七〇巻『名作集（大正篇）』。合計四冊減。第二次では49、50が『現代名作集（上・下）』であるが、これは第一次第七一巻第七二巻の『名作集（昭和篇、上・下）』そのままである。また第六九巻『名作集（明治篇）』の中で、伊藤左千夫『野菊の墓』のみは、（ニ）で述べる2『国木田独歩・岩野泡鳴・伊藤左千夫・田山花袋・正宗白鳥』に移行する。

（ロ）第一次では複数冊の作家が、一冊に削減される場合。

第六、七巻『島崎藤村集（一、二）』→4『島崎藤村』の例。一冊減。

夏目漱石や谷崎潤一郎は、第二次でも、第一次同様二冊を割り当てられている。

（ハ）第一次では単独の作家を、二人で一冊にまとめる場合。

第二五巻『佐藤春夫集』二六巻『久保田万太郎集』→17『佐藤春夫・久保田万太郎』

第三八巻『平林たい子集』三九巻『佐多稲子集』→26『佐多稲子・平林たい子』

第四〇巻『壺井栄集』五六巻『岡本かの子集』→27『壺井栄・岡本かの子』

第五八巻『円地文子集』五九巻『幸田文集』→41『円地文子・幸田文』

第六一巻『椎名麟三集』六二巻『梅崎春生集』→43『椎名麟三・梅崎春生』

第六五巻『田宮虎彦集』六七巻『堀田善衛集』→46『田宮虎彦・堀田善衛』以上六冊減。

（二）第一次のものを三冊から八冊を組み合わせて、二冊にまとめる場合。
第一巻『二葉亭四迷集』二巻『尾崎紅葉・幸田露伴集』三巻『樋口一葉・泉鏡花集』四巻『徳冨蘆花・国木田独歩集』八巻『田山花袋集』一二巻『正宗白鳥集』一三巻『岩野泡鳴・近松秋江集』
↓1『二葉亭四迷・尾崎紅葉・幸田露伴・樋口一葉・泉鏡花・徳冨蘆花』2『国木田独歩・岩野泡鳴・伊藤左千夫・田山花袋・正宗白鳥』
第二〇巻『菊池寛・水上滝太郎集』二一巻『里見弴・宇野浩二集』二三巻『内田百閒・坪田譲治・中勘助集』二八巻『広津和郎・葛西善蔵集』三三巻『滝井孝作・上林暁・尾崎一雄集』三四巻『梶井基次郎・中島敦・嘉村礒多集』四五巻『尾崎士郎集』五二巻『火野葦平集』↓14『滝井孝作・中勘助・宇野浩二・菊池寛・葛西善蔵・嘉村礒多』15『尾崎一雄・上林暁・坪田譲治・梶井基次郎・中島敦』32『里見弴・広津和郎・尾崎士郎・火野葦平』
第四九巻『高見順集』五〇巻『阿部知二・芹沢光治良集』五二巻『中山義秀集』↓36『高見順・阿部知二』37『中山義秀・芹沢光治良』合計一一冊減。

以上のような、かなり複雑な編集作業を経て、二二冊分が削減されたことが分かる。これをもってしても、第二次の全集が、第一次のものとは大きく異なることが分かるだろう。削減の基本方針は、古い時代のものほど大胆に削減し、当時に近い作家ほど優遇されているといえる。これは、第三次、第四次でも一貫した方針である。近代日本の文学全集の類は、明治・大正・昭和の三代の名作を網羅することから始まったが、次第に古い時代のものが除かれていくのは、新潮社に限らず、出版社全体の一つの大きな流れである。八〇年代後期に新しく企画されたものは、三代にわたる全集ではなく、小学館の『昭和文学全集』であることがそのことをよく示していよう。なお、今回新たに抱き合わせとなった作家の所収作品数は、第一次全集に比べると大幅に減少しているから、当然巻末の解説類も書き改められている。

このように窮屈な編集をして五〇冊という冊数に改められたのは、七二冊版の第一次『日本文学全集』の一年後に刊行を始めた『世界文学全集』が全五〇冊であったため、六七年に両者を二つのセットにまとめて販売するときに、巻数を統一しようと考えたのである。販売は図書月販が担当した。

内容的な相違で最大のものは、新漢字・現代仮名遣いを導入したことであった。第一次の全集と、第二次の全集は、一ページ上下二段組から、行数、文字数にいたるまで全く同じであるため、同一作家、同一作品の場合は、第二次全集では第一次全集の組版をそのまま使い得たのである。経済効率から言えば、元版をそのまま使えるに越したことはない。にもかかわらず、あえて新漢字・現代仮名遣いに踏み切ったのは、それなりの大きな理由があったはずである。恐らくそれは、河出書房、集英社などの、文学の大衆化路線を走る出版社が、日本文学全集の類にも、積極的に、新漢字・現代仮名遣いを導入し、より広範囲な読者層をつかもうとしていたことによるのであろう。河出書房は早くから、大衆とか国民とかを意識していたこともあり、五〇年代半ばの『日本国民文学全集』あたりから新漢字・現代仮名遣いに踏み切り、六〇年代に入ると『現代の文学』、〈豪華版〉や〈カラー版〉の『日本文学全集』など、魅力的な全集を次々と刊行し、新しい読者層や若者を中心に幅広い支持を集めていた。さらに、この分野では後発の集英社が、新潮社とほぼ同じ大きさのコンパクトな判型で、書名も同じ『日本文学全集』を、現代仮名遣いの親しみやすい形で六六年から刊行するに至って、時代の流れは、大衆化、親しみやすさにあると、新潮社も結論したのであろう。筑摩書房・講談社と並んで、正字・旧仮名遣いを守る本格的な日本文学全集を出版した新潮社が大転換をした瞬間であった。なお、三社の中では、表記の問題を最も重要視していたのが筑摩書房で、一九七〇年代まで何種類もの日本文学全集の類を出し続けるが、いずれも旧仮名・正字路線を貫いていたことは第一章で述べたところである。

話を新潮社に戻すが、仮名遣いの変更は相当大変な手間であったと思われる。第一次・第二次全集共に収載作品に全く変化がない作家でも、仮名遣いを改めるだけで、ページがずれることがある。一例を挙げれば、『室生犀星集』がそれで、第一次全集第二四巻では五四七ページであったのが、第二次全集第16巻では五五一ページと、四ページも増えている。これは、現代仮名遣いへの移行に伴うものなのである。たとえば『杏っ子』の場合、三〇五ページに相違が現れる。「良心の装飾」の段であるが、第一次では「六萬圓ではいかがでせうかと言ひ」が、第二次では「六万円ではいかがでしょうかと言い」となるのだが、拗音の表記に伴って一文字増え、それが行末にぶら下がりの形であった句読点等をいくつか順番に次の行に送り、結局次の改行までに一行増えてしまったのである。こうした改行時の行数の増加が重なると、ページ数の増加につながる。第二次の全集では、年譜の増補による数行もしくは一ページ程度の増補を除いては、ページ数の増加がないのが一般的なのであるが、犀星の例のように、仮名遣いの変更がページ増につながる例もあるのである。

次に、全巻のページ数を平均化する問題についてみてみよう。

上述した如く、第一次の全集は、四二〇ページから六六〇ページまで、一冊のページ数に相当のばらつきがあった。これを第二次全集に改編するに当たって、一冊のページ数を平均化しようとする傾向が看取できる。具体的には、五五〇ページ以上の厚冊のものをできるだけ圧縮するという形を取る。冊数に変化のない作家の場合でも、ページ数が減っている、すなわち収録作品が減っている作家がかなりある。森鷗外、永井荷風、谷崎潤一郎（第一分冊）、志賀直哉、有島武郎、芥川龍之介、横光利一、川端康成、宮本百合子らの錚々たる作家の作品が削られている。

川端康成の例で言えば、第一次全集第三〇巻『川端康成集』から、『虹』『夜のさいころ』『燕の童女』『夫唱婦和』『子供一人』の五作品が除かれて、第二次全集20『川端康成』となり、約九〇ページ減少している。川端以外の作家では、有島『小さき者へ』、芥川『きりしとほろ上人伝』、横光『微笑』などが削られている。荷風の『濹東綺譚』は巻末の『作者贅言』が削除されてしまった。これらの作家はいずれも第一次では六〇〇ページ前後の厚冊であったのである。作品を精選した結果ではなく、ページ数の平均化のためであったと看做して良いだろう。ただ厚冊の作家がひとしなみにページ数が削減されたかというとそうでもなく、削るのにふさわしい分量の中編や短編がない場合はそのままの場合もある。厚冊でも残された作家は、獅子文六、大佛次郎、石坂洋次郎、石川達三、伊藤整、武田泰淳らで、これらにも、戦後作家への優遇が見て取れるかもしれない。

作品の削減は思わぬところに影響を及ぼすことがある。

たとえば、第一次第三七巻『宮本百合子集』は『貧しき人々の群』『伸子』『刻々』『乳房』『杉垣』『風知草』の六作品五七五ページであったが、これが第二次全集25になると、『乳房』が削除されて五三七ページとなる。もちろん単純に作品の本文を除いただけではなく、吉田精一作成の注解では「フラクション」「ブル新」など『乳房』に付けられた一〇項目の注解も削除されている。面白いのが、本多秋五執筆の「解説」である。本多は、宮本百合子の作家としての生涯を五つに分けて捉えようとするが、その第四期「《国》を破る作家」の時期の項目で、次のように述べていた。

不自由な制約の網の目をくぐって可能なかぎり書いたもの（評論にすぐれたものが多い）のうち、小説の代表作として挙げられるのが『乳房』と『杉垣』である。『乳房』（三五年）は、その前年に発表された『小祝の一家』とともに、社会主義的リアリズムの要請にこたえようとして、大きな人が背をかがめて小さな潜戸をくぐるような、異常なエネルギーをそそいでいる、その努力が印象される作品である。『杉垣』（三九年）は、時局の流れに洗われていると感じながらも、「それは向う脛のあたり」と、自信をもって生活している人物を描き出している。

ところが第二次全集では、このままだと収載していない『乳房』の解説まで述べてしまうことになるから、「『乳房』（三五年）は、その前年に」以下約一〇〇字分をそっくり削るのである。それでも「小説の代表作として挙げられるのが『乳房』と『杉垣』」と述べながら、後者についてのみ説明するというやや不自然さは残る。最小限の手直しで済ませようとすると、この程度には目をつぶらなければならなかったのであろう。

このように、厚冊の作家の場合は作品を削減することもあったが、一方で冊数の変化にかかわらず、生存中の作家については、その後の事跡を補って、年譜を増補している。分量的には、数行から一ページ程度が中心でそれほど多くはないが、名作集所収の作家まで細かく目配りがされている。増補の下限は、第二次全集が刊行された六七年の上半期あたりである。なお、解説についても、抱き合わせになった作家などでは、改められている。このような丁寧な修正は、第二次全集の特色の一つであった。第三次以降には見られないものである。

最後に装幀の問題についてみておこう。

第一次の全集は、表紙は二色刷の洒落たソフト・カバーであったが、函の方は堅牢な貼函入りであった。今回は表紙が厚手のハード・カバーに変わっている。臙脂（えんじ）の落ち着いた地色に、背の部分のみに金文字で「室生犀星」「日本文学全集」などと小さな活字で記す。簡潔な中にも金文字の豪華さが生きて、デザイン的にも見事なものである。ただし函の方は、前回同様赤を基調としたものの、第一次の落ち着いた色調に比べると、明るさはあるがやや軽めの印象は拭えない。材質的にも、薄手の紙函で、第一次に比べると、函の方は今ひとつといったところだろう。表記を現代仮名遣いに改めたのと同様に、新しい読者にはやや重苦しい函よりも、親しみやすさをと考えたのかもしれない。

第二次の全集が冊数を五〇冊としたのは、第一次の全集（一九五九～六五年）と雁行した『世界文学全集』（一九六〇～六四年）が全五〇冊であるのに合わせるためであることは上述した。この六四年に完成した『日本文学全集』と六五年に完成した『世界文学全集』は、共に赤や黄色の貼函に入っていて、赤版・黄版とも呼ぶべきものだが、函も表紙もデザイン自体は異なっていた。しかし今回は、冊数の変更のない『世界文学全集』の方も装幀を改めて、第二次『日本文学全集』と統一を取ろうとした。函も表紙も同じデザインで、色違いのものを採用したのである。『世界文学全集』の方は、表紙が濃い緑色地に金文字をあしらい、函は鮮やかな緑色である。第二次の全集は、新赤版（日本）緑版

（世界）とでも呼べば良かろうか。ここで想起されるのは、仮名遣いの項で言及した、集英社の動向である。集英社の方も、ほぼ同時期に刊行した、同じようなコンパクトサイズの『日本文学全集』は赤を、『世界文学全集』は緑色を基調とした装幀であった。あるいは一方が他方に影響を与えたのかもしれない。

四　第三次と第四次の『日本文学全集』

第二次全集の刊行から二年後、一九六九年に新潮社は、早くも第三次の全集を刊行する。今回の改編は小規模のもので、次の三点が骨子である。

1　冊数を四〇冊に圧縮する（第二次より一〇冊、二割減）。

2　新しい作家の分を補う。

3　函や表紙の装幀を改める。

今回もやはり1が最大の変更点である。圧縮に際しては以下の方法が取られた。なお、第二次全集の巻数は算用数字、第三次全集の巻数は〇囲み数字で示す。

（イ）第二次所収の作家・巻自体を削る場合。

7『永井荷風』14『滝井孝作・中勘助・宇野浩二・菊池寛・葛西善蔵・嘉村礒多』15『尾崎一雄・上林暁・坪田譲治・梶井基次郎・中島敦』32『里見弴・広津和郎・尾崎士郎・火野葦平』36『高見

順・阿部知二』39『武田麟太郎・坂口安吾・織田作之助』49、50『現代名作集（上下）』以上で八冊減。なお、『現代名作集』所収の作品で、後述する増補の三冊に回ったものが一部ある。

（ロ）第二次では複数冊の作家を一冊にする場合。

5・6『夏目漱石（一・二）』の作品を組み合わせて⑤『夏目漱石』に、8・9『谷崎潤一郎（一・二）』から第一分冊だけ残して⑥『谷崎潤一郎』とした。以上二冊減。第三次全集に至り、複数冊の作家は一人もいなくなった。

（ハ）複数の作家を抱き合わせにして、巻数を減らす場合。

16『室生犀星』17『佐藤春夫・久保田万太郎』→⑪『室生犀星・佐藤春夫』

19『横光利一』21『堀辰雄』→⑬『横光利一・堀辰雄』

25『宮本百合子』27『岡本かの子・壺井栄』→⑱『宮本百合子・壺井栄』以上三冊減。

合計で一三冊の減少で、第二次全集の全五〇冊を三七冊に圧縮し、その一方で新しく三冊を追加して、合計四〇冊の第三次全集となる。一三冊の減少に際して、背表紙から名前の消えた作家は、永井荷風から織田作之助まで総計二一名である。二二冊削減した第二次全集でも、背表紙から名前自体が消えた作家は、徳田秋声・水上滝太郎・内田百閒・石川淳の四名だけであった。作品数を細かく組み合わせても、重要な作家は残そうというのが第二次全集の方針でもあった。いわば文学史重視の姿勢とでもいえようか。それが第三次の全集では、永井荷風も菊池寛も中島敦も梶井基次郎も消えてしまったのである。同時代重視は、出版界では時代の主流であったかもしれないが、『日本文学全集』という名前からすると、内容的には物足りないものとなってしまったのも事実である。

新しく補われた作家は、基本的に新進の戦後派作家で、一冊あたり六人で、三冊一八人の新しい顔ぶれが加わる。具体的には以下の通りであるが、第二次全集50『現代名作集（下）』は、戦後の名作集の観があったので、それとの関連が分かるようにしておく。名前の前に◎があるのは『現代名作集（下）』と同じ作品を含む作家。名前の前に○があるのは別の作品が選ばれている作家、無印は第二次の『現代名作集（下）』には含まれていなかった作家である。

㊳『○阿川弘之・○安岡章太郎・◎吉行淳之介・◎小島信夫・○庄野潤三・○遠藤周作』、㊴『◎中村真一郎・◎福永武彦・○安部公房・◎石原慎太郎・◎開高健・◎大江健三郎』、㊵『◎有吉佐和子・◎松本清張・水上勉・◎北杜夫・瀬戸内晴美・司馬遼太郎』。大部分の作家は、第二次全集の『現代名作集（下）』と重なることが分かる。さらに言えば、これは第一次全集の『名作集（昭和編・下）』でもあるから、第一次当時の編集がいかに慧眼であったかということが、一〇年以上経って改めて確認されたといえようか。

最後に装幀の問題についてみてみる。第二次全集から、ハード・カバーに切り替え、金文字を効果的に使って豪華な印象を与えたことは上述したが、この方針は第三次でも基本的に継承されている。むしろ一層推し進められたと言って良い。全体を上品な濃紺の地色でまとめ、これに金の細かな縦線と、金地に新潮社の〈S〉の文字を鮮やかに浮き上がらせる。背文字の部分もたっぷりとした金箔に作者名と叢書名・出版社名を陰刻のような形で記した、すぐれたデザインである。外函は、第二次全集ではやや貧相な紙函となっていたが、今回は厚手の、表紙と合わせたような濃紺の縦線の上品な函である。総じて、小型の豪華版といった風格を漂わせる仕上がりとなっている。

第二次全集は、大規模な改訂であったが、冊数やページ数を減らすなど、基本的には守りの改編であった。今回は小規模ながら、新進作家にやや多くの紙幅を割くなど、攻めの改編の部分もあった。なお、『世界文学全集』も同時に四〇冊に改編され、やはり図書月販からセット販売された。

ここで関連して、四〇冊版に改編された『世界文学全集』の方も簡単に見ておこう。『世界文学全集』は六四年の完結時点でもともと五〇冊であったから、『日本文学全集』が二一冊減らした第二次全集の時も、装幀のみを改めただけで、内容的には全く変更がなかった。それが今回は四〇冊になったのであるから、過去二回のものと比べると一〇冊の減少となる。それは以下の二つの方針で行われた。算用数字が第二次の全集、〇囲み数字が第三次の巻数である。

（イ）長編小説を削る場合。
21・22『ユリシーズ（一・二）』ジェイムズ・ジョイス
28・29『魔の山（一・二）』トーマス・マン
34～36『静かなドン（一～三）』ミハイル・ショーロホフ　以上で七冊減。
（ロ）地域別の名作集二冊を一冊にまとめる場合。
45『ガリヴァ旅行記』スウィフト他、46『黒猫』ポー他、→㊳
47『うずしお』シュトルム他、48『マルテの手記』リルケ他、→㊴
49『スペードの女王』プーシキン他、50『どん底』ゴーリキー他、→㊵　以上で三冊減。

合計一〇冊の減で、四〇冊となる。そのほか、五〇冊版と共通の作家では、ヘルマン・ヘッセとアンドレ・ジイドが一部の作品を削除されてページ数が少なくなっている。[10] 削減のみで新しい作家が増えていない点、同一作家でも作品が削られる点など、むしろ第二次に改編されたときの『日本文学全集』のやり方に近いものがある。

第三次全集の刊行からさらに二年後、新潮社は、三たび改編版を刊行する。これが第四次の『日本文学全集』で、最後の改編版となる。改編のやり方はさらに小規模となって、次の二点である。

1　冊数を五冊増やして、全四五冊とする。
2　函の装幀を改める。

今回の改訂が極めて小規模であるのは、装幀にはっきりと現れている。本体の装幀は第三次の全集と全く同じであって、外函のデザインのみが変わっている。函から取り出すと、濃紺と金色のあの洒脱なデザインのままで、しいていえば、ビニールカバーが半透明のものから、透明なものに変わったぐらいである。したがって、図書館などで、函やカバーを外して排架すると、第三次と第四次の全集とは外形的には全く見分けがつかない。奥付を見て、初版が一九六九年一〇月三〇日のものが第三次、一九七一年七月二〇日のものが第四次と判断するより他はない。もう一つの見分け方は、最終ページが、第三次では『日本文学全集（全四〇巻）一覧表』で、第四次では『世界文学全集（全四五巻）一覧表』となっている点である。いずれにしても、外形的にはほとんど見分けがつかない。唯一の分かりやすい相違は、外函が、第三次の濃紺の細かな縦縞から、横縞入りの水色のものとなった点である。

デザイン的にはやや平凡であるが、明るい印象を与えられるものとなっている。

第四次全集の実質的な改変点は、冊数だけであると言っても良い。七二冊から五〇冊、さらに四〇冊と、第一次から第三次まで、総冊数は減少の一途であったのが、ここで始めて増加に転じている。一見大きな方針の転換のようであるが、どうであろうか。第四次の全集は□囲み数字で示す。

第四次の全集の中、第37巻『三島由紀夫』までは、第三次の全集と全く代わりはない。過去の第二次、第三次の全集は、古い時期の作家を中心に削減したため、川端康成の例を取ると、第三〇巻、第20巻、第⑭巻と次第に巻序が繰り上がっていったが、今回はそのようなことがないため、第37巻以前の作家の場合は第三次の全集と同じ巻数である。変化は第三八巻以降に集中する。第三次全集の㊳、㊴、㊵巻の三冊は、第二次全集『現代名作集（下）』所収の新進作家を中心に、一冊に六人を割り当てて増補がなされたことは上述したが、この時の一八人に、山本周五郎を加えた一九人を再度八冊に再編し直したものが、第四次全集の、最後の八冊なのである。『現代名作集（下）』は、実は第一次全集の『名作集（昭和篇・下）』そのものであったし、一九人の中一五人はこの時以来の作家であるから、既定の方針通りの増補と言っても良いのではないか。ただこの一八人（山本周五郎を除く）の作品は、第三次全集と第四次全集ではかなり入れ替えがある。[11]

第四次全集が、これまでにない小規模の改編であることを示すのは、同じ時に四五冊に改編された『世界文学全集』を見れば一層よく分かる。『世界文学全集』の方は、巻序がずれる問題を除けば、二年前の四〇冊の全集に、単純に五冊を追加しただけである。その五冊というのは、『魔の山』全二冊、『静かなドン』全三冊の計五冊であるが、これは上述した如く、五〇冊版の全集が四〇冊版に移行するときに削減されたもので、それを再度追加しただけである。もはや、既成の全集に手を加えることが限界に達したことを如実に示すものであるといえよう。今回も『日本文学全集』とは色違いの装幀で、函のみを改めて、図書月販がセット販売した。第四次全集の売れ行きはなかなかのもののようで、多くの重版がある。(12)

五 『新潮日本文学』と『新潮現代文学』

以上見てきたように、一九五九年刊行の、新潮社の七二冊版の『日本文学全集』は、当時としては極めて水準の高いものであったし、又息の長いものであったがゆえに、これを越える新しい企画が出にくかったのであろう。結局新潮社は、この全集を改編することによって新しい時代に合わせようとした。完結後二年を経ての第二次への改編はやや大がかりなもので年譜の増補もあり、内容的にも別種の良さがあるといえようが、その後、二年ごとに繰り返される、第三次・第四次全集への改編は、次第に小規模となり、先細りの感は正直言って否めない。特に、他社が競い合うように新しい企画をぶつけてくる、全集の時代とも言うべき六〇年代においては、やや力感に乏しい恨みが残るのである。

そのような思いを完全に一掃してしまったのが、時期的には少し遡るが、一九六八年九月から刊行の『新潮日本文学』である。実は、この半年前に、同社は、『新潮世界文学』という画期的な全集を刊行している。これは、全四九巻ながら、収載作家を二四人に厳選し、その作家の代表作はできるだけ盛り込むという方針である。たとえば、『ジャン・クリストフ』と『魅せられたる魂』の二大長編を収載するロマン・ロランは四冊、トーマス・マンが三冊、トルストイは五冊、ジッドやカミュも二冊ずつ、という具合である。四六判二段組で一冊が平均八〇〇ページぐらいであるから、もともと一冊が他の全集の一・五倍から二倍の分量があることを考え併せると、そのスケールの大きさが感得できよう。とにかく質量共に圧倒的な存在感を示すものであった。なかでもドストエフスキーは七冊を占め、『罪と罰』『白痴』『悪霊』『未成年』『カラマゾフの兄弟』等々主要作品を網羅し「全集の全集」[13]と呼ぶにふさわしいものであった。

『新潮日本文学』の場合は、そこまで作者を絞り込んでいるわけではないが、それでも全六四巻、六四人の作者で、抱き合わせは一つもない。一人一冊に限ったために、代表作が多い作者、長編が多い作者の場合は、一冊の分量が多くなる。最小の田宮虎彦、小島信夫の三一二ページに対して、夏目漱石一〇五四ページ、谷崎潤一郎一〇五九ページと実に三倍以上の開きがある。判型はこちらも四六判二段組である。このような全集の場合は、価格を一定にするために、各巻のページ数にあまり差が出ないように整えるのが一般的であった。大作家の場合は複数冊、寡作の作家は抱き合わせという方法を取るが、それでもページ数を揃えるために、従来は作品の選択には苦慮したのであった。第一次全集から第二次全集に移行する際に、同じ作家でも作品数を減らして、総ページ数の平均化を図ったことなども思い起こされる。

今回新潮社は、ページ数の平均化という常識を放擲（ほうてき）したのである。もともと第一次の『日本文学全集』の段階から、一冊のページ数よりも、収載作品を重視する立場であった。ただその場合、全集としての統一価格をどうするかという問題が生じる。全集では原則として各冊同じ値段、せいぜい厚冊のものと二段階に分けたものが例外的にあるぐらいである。今回は価格を五段階に細かく刻みを付ける方法を取ることにより、[14]分かりやすい一人一冊主義という構成を貫くことができたのである。従来の全集作成の常識を覆した、思い切った方針であった。結果的には極めてユニークな全集として大成功した。版を重ねて二〇年以上、新刊書店の店頭を飾っていた記憶がある。

もちろん卓越した編集が根底にあることを忘れてはならない。作家の選定もバランスが良く、森鷗外・夏目漱石・島崎藤村から始めて、上記の第二次『日本文学全集』で外された徳田秋声や、第三次全集で除かれた永井荷風も復活させる。一方中村真一郎や福永武彦から開高健や大江健三郎まで当代の代表的な作家も網羅していた。装幀もすっきりとした簡潔なもので、作者の頭文字をアルファベットで示した斬新なものであった。決して贅を凝らしたというわけではないが、印象深い本作りである。あらゆる面で新潮社の底力を見せた企画であったといえよう。唯一物足りない点を上げれば、絶妙の短編を残したものの、総作品数の関係から中島敦や梶井基次郎らが洩れてしまったことであろうが、一人一冊主義を貫くためにはやむを得ない選択であったのだろう。

『川端康成集』は、第四回配本第一五巻、七一三ページで、夏目漱石・谷崎潤一郎・司馬遼太郎に次ぐ分量を与えられている。そのため、『雪国』『伊豆の踊子』『千羽鶴』『山の音』の定番的代表作品に加えて、近年の代表作と言って良い『みづうみ』『眠れる美女』『古都』らをすべて含めることができた。文学全集で川端康成の作品を一冊にまとめたものとしては、最も充実したものである。特に『古都』は一九六三年に公開された中村登監督・岩下志麻主演日活映画の影響もあり当時の人気作品であった。この作品を収載できたのは効果が大きかっただろう。年譜と福永武彦の解説が付せられる。刊行は、一九六八年一一月で、前月のノーベル賞受賞を受けて、帯にも「ノーベル賞に輝く巨匠」と記されている。

新潮社はその一〇年後に『新潮現代文学』八〇冊の刊行に着手する。書名から明らかなように、当代の文学の集成である。『新潮日本文学』同様に、一人一冊の方針が堅持され、全八〇人であるが、作家の名前を表に出すのではなく、奥付では作品名のみ『古都・眠れる美女』『黒い雨・駅前旅館』などと記す。各巻のページ数は四〇〇ページ前後と平均化され、定価も一二〇〇円にまとめられている。第一巻を割り当てられているのが川端康成であることが、所収作家の上限を示していようか。その川端の場合も、『雪国』『伊豆の踊子』などの定番をあえて避け、『古都』『眠れる美女』を表題とし、戦後の代表作『千羽鶴』とその続編『波千鳥』、そして絶筆となった『たんぽぽ』など、後年の作品を中心に編集している。解説は山本健吉が担当している。このシリーズの特徴は、作家一人一人の函に異なった装画が施されることである。奥村土牛（おくむらとぎゅう）、小倉遊亀（おぐらゆき）、上村松篁、平山郁夫、中川一政から司修、黒田征太郎、安野光雅まで豪華な顔ぶれがずらりと並ぶ。たとえば第二六巻『桜島・幻花』（梅崎春生）では牛島憲之が桜島の絵を、第四〇巻『浮き灯台・流れ藻』（庄野潤三）では正井和行が浮き灯台の絵を描くというように、作品との関連の深い装画が函を飾っている。『古都・眠れる美女』（川端康成）の場合は、ノーベル文学賞受賞記念『川端康成自選集』（集英社）の装幀を担当し、後には、肉筆の光悦垣の装幀で耳目を驚かせ、近年の川端豪華版の代表格である牧羊社の豪華本『古都』に携わった東山魁夷が当たっている。まさに適任といえよう。

所収作家は、川端康成以下、井伏鱒二、中野重治、野上弥生子らに始まり、井上ひさし、古井由吉に至る。住井する ゑ、山口瞳ら、新潮社からロング・セラーを出している作家にやや特色があるが、総じて「現代」という名にふさわしく当代の代表的な作家を網羅した、新時代にふさわしい全集である。第一回・第二回が同時配本で、一九七八年八月八日、『砂の女・密会』（安部公房）と『戒厳令の夜・黄金時代』（五木寛之）であった。末広がりで縁起の良い八の字を集めて縁起を担いだのか、二冊とも奥付には八月五日発行とあるが、チラシなどでは「八月八日同時発売」と謳ってあった[15]。安部公房と五木寛之で刊行開始というのは、従来にない新しい全集であることをはっきりと示していよう[16]。装幀も含めて、良い意味での手軽さと洒脱さのある、印象に残るシリーズである。装幀といえば、白を基調にした『新潮日本文学』に対し、『新潮現代文学』の方は、現代を標榜するらしく鮮やかな赤いクロス装であるが、背表紙上部に、黒い小紙片型の題簽（だいせん）に作者名を金文字で浮かび上がらせるやり方は同じで、二つのシリーズの差異性と統一性を同時に示した、巧みな方法であったといえよう。

むすび

新潮社の『日本文学全集』は、一九五九年から七一年にかけて、三回の改編作業を行い、総冊数や装幀の異なる四種類の異版を刊行するという、この種の全集としては異例の道を歩んだ。全集が当初の計画から変更される場合は、初期の企画に増巻するという形を取るのがほとんどである。それが全体の冊数に組み込まれるのが、筑摩書房『現代日本文学全集』のような場合であり、第二期（第二集）、第三期（第三集）という別立にするのが河出書房の『世界文学全集』である[17]。角川書店『昭和文学全集』はこの両者の複合体である。これらはすべて当初の計画を拡大して、より大きな全集としての完成体へと進むという形であった。完成した全集に手を加える場合は、装幀を改め、普及版を豪華版に改装する、講談社『日本現代文学全集』や集英社『日本文学全集』などの例がある。[18] 新潮社のやり方は、これらのどれとも異質なものである。単純に冊数を減らすのではなく、その内容にまで踏み込んで、細かな修正を行っている。結局、一九五九年からの七二冊版の全集の完成度が極めて高かったために、新潮社はこの全集をできるだけ生かす形で、時代の変化に対応しようとしたのであろう。

大ヒット商品を出した企業は、業種の如何にかかわらず、それが時として自らの足かせになる場合がある。売れ行きや評判の良いものがあると、それを越える新しい企画が出にくい。小規模のモデル・チェンジという守りの戦略が中心となってしまう。それをどこで見切るかが、その後の企業の命運を左右する場合さえもある。新潮社の場合は、第三次・第四次の全集になると、『世界文学全集』も含めて、焼き直し的な色彩の強いものであった。豪華な装幀とは裏腹に、内容的には過去の遺産に寄りかかる傾向が強くなっていた。その一方で、従来とは、編集方針も装幀も全く異なる『新潮世界文学』『新潮日本文学』という二大企画をなし得たことが、文芸出版の新潮社の底力だったのであろう。

それにしても、結果的に新潮社は、文学全集の時代とも言うべき六〇年代のほとんどを、この全集の改編のみで乗り切ったのであった。改めて第一次の七二冊版の『日本文学全集』が、いかに読者の支持を幅広く得ていたものであるかが分かるのである。この全集には、戦後の新潮社の本作りの、一つの基本線が出ているのではないだろうか。

それは、内容的にすぐれたものを、決して重い印象を与えずに、親しみやすい形で読者に提供するという点である。たとえば、日本の古典文学の叢書でも、小学館や岩波書店が菊判やA5判の重厚路線を取るのに対して、新潮社の『日本古典集成』（一九七六年刊行開始）は、四六判の手軽なサイズであった。先行した小学館が、菊判の『日本古典文学全集』を一部改編して、四六判の『完訳日本の古典』などを出したのは、『日本古典集成』への対抗であろう。『日本古典集成』の普及度の高さは注釈の良さももちろんであるが、判型の影響も相当大きかったのではないか。

また、一九六六年の『大江健三郎全作品』に始まり、七〇年代前半まで続いた『安部公房全作品』『開高健全作品』『倉橋由美子全作品』の、一連の〈全作品〉シリーズは、やや細身の四六変型判のコンパクトなもので、平均ページ数も三〇〇ページ以下に抑え、手に取りやすく、主要な作品を網羅しつつも、全集の重さがない、実にすぐれた企画であった。[19]〈全作品〉シリーズより大ぶりであるが、刊行時期の近い『福永武彦全小説』も、全集と選集の中間を行くようなすぐれた本作りであった。造本もすばらしく、太宰府で両親と写っている少年時代の写真や、漱石の漢詩を写した墨蹟（ぼくせき）、あるいは「ピアノを弾く女」「浅間晩照」などの福永自身の絵が口絵を飾る愛蔵版がすぐれているのはもちろんであるが、たとえ普及版でも、岡鹿之助の絵が函を飾るこの全小説は、手に取るだけで福永の世界へと誘われるものであった。

従って、同じ全集であっても、重厚なもの、大がかりなものよりも、網羅的でなくても洒脱で洗練されているものの方が、いかにも新潮社らしい本という印象がある。別稿[20]で述べたので繰り返さないが、川端康成の全集や選集では、一二冊版の大判のものや、没後の三七冊版のものよりも、小型の安田靫彦の装幀の一六冊版の全集や、町春草の一〇冊版の選集の方にこそ、新潮社のカラーが良く出ていたのではないだろうか。

そのようなことを考えると、七二冊版の『日本文学全集』は、色々な意味で、新潮社の出版物を代表するものであるといえよう。

第四章　〈現代〉

講談社『日本現代文学全集』とその前後

戦後に出版された日本文学全集の類は無数にあると言って良いが、その中で、最もバランスの良いものを敢えて三つに絞れば、筑摩書房『現代日本文学全集』（刊行開始一九五三年）、新潮社『日本文学全集』（同一九五九年）、講談社『日本現代文学全集』（同一九六〇年）ではないだろうか。五〇年代から六〇年代にかけて出版されたこの三種の全集は、収録作品の選定の質の高さをはじめとして、正字・旧仮名遣いの本文表記を重視したという点でも、後続の全集のモデルとなった点でも、重要な位置を占めている。もちろん、先駆的な位置にあった角川書店『昭和文学全集』や、やや後発とはいえ体系だった編纂が魅力の中央公論社、文藝春秋、集英社の各版、購読層の拡大に寄与した河出書房の各全集などの功績も忘れてはならない。

さて、上記の三種の代表的な日本文学全集のうち、最後にスタートしたものが講談社のそれである。したがって、先行全集との差異性を打ち出すのに苦労をしつつも、後発の利点を生かして、先行のものを越える工夫もある。また講談社という出版社は、その発足から一貫して大衆文化の育成に力点を置きつつ、総合出版社の雄として今日の地位を築いた。従って、日本近代文学の総決算としての『日本現代文学全集』の編纂の前後には、この全集に隣接しつつ、大衆の嗜好をうまく取り込んだ、多くの長編小説の全集を刊行している。

それらの全集の名前には、「現代」「長篇（長編）」「名作」などの語が多く用いられ、一九五〇年頃から四半世紀以上にわたって継続的に出版されている。これらの全集を併せ見ることによって、二〇世紀後半の日本文学の受容の歴史、あるいはその変容の歴史を辿ることができると思われる。『日本現代文学全集』とその前後の「長篇（長編）」「現代」を冠した全集を併せて考察する所以である。

一　『日本現代文学全集』の概略

講談社が『日本現代文学全集』という名前の叢書の刊行を始めたのは、一九六〇年のことである。前年に筑摩書房が、『現代日本文学全集』という質量ともに当時の最高水準の全集を六年の歳月を掛けて完結させていたから、[1]後発の講談社としては、書名の「日本」と「現代」を入れ替えた形となった。筑摩書房のものとはやや混同しやすい名称となったが、「現代」という語は、『現代（のち月刊現代）』『小説現代』『週刊現代』『講談社現代新書』等々の名称に見られるように、講談社の出版の精神の一つであり、決してはずせないものであったから、こういった叢書名になったのではないか。

この全集は、判型がA5判二段組であるところにまず特色がある。先行の全集の判型を見てみると、角川『昭和文学全集』A5判三段組→筑摩『現代日本文学全集』菊判三段組→新潮『日本文学全集』変型B6判二段組、と変化してきた。いずれも先行の全集に対して、筑摩書房は拡大で読みやすさと情報量の多さを、新潮社は縮小で手軽さと親しみやすさをと、明瞭に分かる形で相違を打ち出してきた。『日本現代文学全集』はこの拡大・縮小の工夫を止揚した観がある。菊判よりは手に収まりやすく、B6判よりは所収分量を多く、同時に読みやすさも考えて一行の文字数を約三〇字にして二段組にした。たしかに、三段組で一行約二〇字というのは頻繁に眼が上下する感じで、やや読みづらかったかもしれない。作品本文の部分を二段組にすることで、付録の解説や年譜の三段組との違いも鮮明になった。

形式もさることながら、最大の工夫は内容にある。

所収作家を一覧して目に付くのは、明治文学に手厚い布陣であるということである。福沢諭吉・中江兆民・斎藤緑雨・内田魯庵らが抱き合わせで数巻を占めるのは、筑摩の『現代日本文学全集』（ただし当初の計画の五五冊の中にはなく、好評のため追加企画されたものに含まれている）などにも既に見ることができるが、それら以外にも、第一巻を『明治初期文学集』として河竹黙阿弥・三遊亭円朝・仮名垣魯文らを収載、第三巻は矢野龍渓・東海散士・末広鉄腸らの作品をまとめて『政治小説集』として立て、第一五巻には『外国人文学集』としてハーン・ケーベル・フェノロサ・魯迅らを立てている。前年五九年から刊行を開始したばかりの新潮社『日本文学全集』がどちらかと言うと小説中心であり、かつ明治前半はやや手薄であったこととは対照的である。総じて、筑摩『現代日本文学全集』の型に近く、後発の分、様々な工夫が凝らされている。「時代思潮とのつながりを明らかにする編集方針[2]」は、『社会主義文学集』『新感覚派文学集』『プロレタリア文学集』という見出しを立てていることからも窺える。

第六六巻『川端康成集』の例で少し具体的に見てみよう。刊行は、一九六一年六月で、売価は四五〇円、四六二ページである。同年に刊行された角川書店『昭和文学全集』サファイヤ・セット『川端康成』カスタム判（四六判変型）三九〇円と比べても、妥当な値段設定である。背革上製クロース装の造本も背の箔文字も落ち着いた雰囲気であった。茶色の貼函も堅固なものである。内容的には、筑摩の『現代日本文学全集』同様に、『伊豆の踊子』『雪国』『千羽鶴』『山の音』の主要四作品を中心に編纂しているが、『芥川龍之介氏と吉原』『梶井基次郎』などの人物評の小文を始め、『文芸時評』などをも収載する点に特色がある。批評家としての仕事も重視したのである。小説以外の分野にも広く目配りをする全集全体の方針はここでも貫かれている。視覚的効果もねらい、八ページにわたり、三〇点以上の写真を収載したのは、当時としては比較的目新しかった。巻末に中村光夫の作品解説、長谷川泉の「川端康成入門」、一九六一年までの年譜、一〇〇点以上の参考文献と付録も充実している。

編集委員は、伊藤整、亀井勝一郎、中村光夫、平野謙、山本健吉の五人の実力派を揃え、しかも五人とも五〇歳前後の最も充実した時期にあった[3]。内容見本にも取られた、円卓を前にした五人の姿は、講談社の社史にも再録掲載されている[4]。数か月に及ぶ議論を経て、所収文学者・思想家四〇〇人を超える、全一〇八巻、別巻一冊の構成ができあがった。五人の実力編集委員の間では「各委員の文学史観の相違から作家と作品の評価をめぐってぶつかりあい、火花を散らす場面もしばしば[5]」であったという。「最新の作家について、数年後にも一度検討して補足編集する予定[6]」というのも、そのあたりの空気を反映していようか。ともあれ、全一〇八巻という大全集は、先行する筑摩書房の『現代日本文学全集』全九七巻をしのぐ[7]最大のものであった。第一回配本が一九六〇年一〇月の第四三巻『谷崎潤一郎集』、以下、芥川龍之介・志賀直哉・太宰治・島崎藤村という配本も、本格的な近代日本文学の全集であることを窺わせるものである。もちろん自由分売であるが、同時に全巻予約を受け付けた。約一年後に第二次予約募集も行っていることから、この全集の人気の程を窺うことができよう。全一

○八巻の完結は一九六九年一二月のことで、実に一○年がかりの大全集であった。当初別巻一冊の予定であった『現代文学史』は『明治文学史』『大正文学史・昭和文学史』の二分冊となり、こちらの刊行はさらに一○年後の一九七九年である。講談社のような大出版社をして初めてなし得た息の長い仕事であった。

二　『日本現代文学全集』の豪華版と増補改訂版

『日本現代文学全集』本巻全一○八巻の完結とほぼ相前後して、講談社は、豪華版の刊行に着手する。一九六九年一月のことである。全一○八巻の元版を、三八巻に再構成して、装幀をがらりと変えた。元版の全集は、背革上製クロース装で、白色や薄茶色を基調とした、上品ではあるが比較的地味な函や表紙であった。それに対して今回は「豪華版」という名にふさわしく、「厚表紙カーフ張り四色箔押し」で、背表紙の金文字の叢書名、作家名、出版社名も見事に浮き上がっている。鮮やかな緑色地の二色箔押しの紙函入りであった。装幀は、戦後を代表するブックデザイナー原弘であった。判型は元版と同じA5判である。

『日本現代文学全集』は明治以降の日本文学の全分野に幅広く目配りをしたものであったから、大学や図書館や研究者には好評であっただろうが、その専門性の高さは、一般への普及という点では、やや苦戦を強いられたのではないだろうか。そこで、親しみのある代表的な作家を中心に約三分の一に圧縮し、求めやすいセットを作ったのである。もともとしっかりした編集方針に貫かれたものであるから、売れ筋のもの中心といっても、安易な迎合主義にはならなかった。

豪華版の選定の基準は、小説中心、作家中心のようである。詩歌・評論・戯曲などはばっさり削られている。正岡子規単独収載の巻などは是非残して欲しかったものである。また特色であった明治初期の諸作品や、文芸思潮ごとにまとめた巻などは当然削られている。一般読者を対象とすればある程度やむを得ないものであろうか。元版を極力尊重したから、北原白秋と抱き合わせであった三木露風や日夏耿之介は残ったが、土井晩翠・薄田泣菫も上田敏・木下杢太郎も三好達治・中原中也も洩れてしまうというやや平衡を欠く面がある。同様に、樋口一葉集に付載の三宅花圃・木村曙は残ったが、野上弥生子・宮本百合子・林芙美子・平林たい子・佐多稲子・壺井栄は選に洩れるという形で、女流作家を冷遇している観もある。しかしこのような作業では、ある程度仕方のないものであろう。どれを削っても、どれを残しても、誰もが満足をするという結論は出ないものである。そのような点を見越して、内容見本には、丹羽文雄が「三八巻に厳選した勇気を称えたい」と題して、「素人考えでは当然はいるべき作家が抜けていると思う。しかし近代文学館が選をしたわけではないのである。そういう批判に敢然と立ち向かった講談社の勇気を私は称えたい」と述べている。

元版の構成を極力生かしたが、元版の第八七巻『丹羽文雄・火野葦平集』と一〇二巻『井上靖・田宮虎彦集』を組み合わせて、豪華版第三三巻『丹羽文雄・井上靖集』を作り、元版の第九九巻『野間宏・堀田善衛集』と一〇一巻『武田泰淳・中村真一郎集』を組み合わせて、豪華版第三七巻『野間宏・武田泰淳集』を作っている。それ以外では当然の事ながら、中身は元版と完全に一致する。『川端康成集』の例で言うと、第六六巻から第二九巻へと、巻序は繰り上がっても、中身は元の全集と変わらない。豪華版の第二九巻『川端康成集』は初版は一九六九年一月[8]だが、冒頭の写真から、収載作品とその版組、巻末付録に至るまで、六一年刊行の元版の全集と同じである。従って、年譜も一九六一年まで、参考文献も一九六〇年までで止まっている。このように講談社の『日本現代文学全集』は、元版も豪華版も、装幀は改めたが、判型や内容は全く同一であった。後に、集英社が『日本文学全集』の元版（小B6判）を豪華版（四六判）に改装するが、このときは判型を大きくし、写真なども差し替えて対応している。後発のものは常に先行するものを乗り越える工夫が可能なのである。[9]

さて、講談社が、『日本現代文学全集』の内容そのものの増補改訂に取り組むのは、一九八〇年代になってのことである。元版（以下、旧版という）の全集をできるだけ生かす形で、「年譜　増補」「参考文献　増補」が最末尾に付け加えられている。第六六巻『川端康成集』の例で言えば、冒頭の写真から四六二ページまで、旧版の全集と全く同じで、四六三〜四六六ページが増補部分である。従って、巻頭の写真も、一九六〇年当時のものまでである。函や表紙の装幀は新しいものに改めている。旧版の函は茶色地のものであったが、新版では白地に、函の文字も旧版では「日本現代文学全集」「川端康成集」などの文字が横書きであったのが、新版では縦書きに改められている。背表紙の文字も、新版の金文字はのりも良く鮮やかである。函はやや薄手のものになったが金で大きく枠取りをしたデザインは印象深いものがある。装幀は蟹江征治であった。奥付も新版は「増補改訂版　昭和五五年五月」と初版の日付をここに設定し、改訂版であることも明示する。総冊数は、本巻一〇八冊に、別巻二冊、さらに今回は月報が二冊に合冊されて、全一一二冊となっている。全巻一括刊行で、一九八〇年五月二六日の発行である。

講談社は、ほぼ一年遅れで、増補改訂版に基づく豪華版も刊行するが、こちらの装幀は、函も表紙も、旧版に基づく豪華版のままである。さらに奥付も「第二〇刷発行　昭和五六年一一月」などと記され、旧版豪華版からそのまま版を重ねたように見える。ただし、『川端康成集』の例で言えば、四六三ページ以下の増補がなされているから、やはり増補改訂版の豪華版なのである。つまり普及版の方は、旧版と新版の相違が一目瞭然であるが、豪華版の方は、巻末の数ページを見ないと、新旧どちらの版を元にした豪華版かが分からないようになっているので注意を要する。

ところで講談社は、豪華版『日本文学全集』と同じく原弘のデザインで『世界文学全集』の豪華版も刊行している。『世界文学全集』の元版は、一九六七年から七二年にかけて刊行された四八巻のもので、判型は四六判であった。こちらも売れ筋の巻に絞り込んで、装幀を改めて豪華版とした。函は小豆色、表紙は青で、函や背表紙は『日本現代文学全集』豪華版と色違いである。七六年一〇月の版などを見たことがある。『世界文学全集』の豪華版は『日本現代文学全集』と判型を揃えるためにA5判としたので、四六判だった元版と比べると、天地左右の空白が多くなっている。

三　『長篇小説名作全集』から始まる

講談社の特色ある全集は、『日本現代文学全集』に前後して刊行された、いくつかの長編小説全集の類である。これらは『長篇小説名作全集』『傑作長篇小説全集』『現代長篇名作全集』『現代長編小説全集』『現代長編文学全集』等々、全集名も酷似し、「長編」「現代」の語が、講談社の文学全集にとっては重要な要素であったことが分かる。しかしそれらの全集も時代の変化と共に少しずつ変容を見せてくるのである。以下順次検討してみよう。

これらの全集の嚆矢となった、『長篇小説名作全集』は、一九五〇年の刊行。B6判四五〇ページ前後、本文二段組で解説の類は一切ない。背表紙の天に「長篇小説名作全集」地に「講談社版」と記し、「川口松太郎」などと作者名を大書、その下に「振袖御殿／芸道一代男／明治一代女」などと作品名を分かち書きにする。カバー・ジャケットの背も、同じ表記体裁である。この方式は、次の『傑作長篇小説全集』でもそのまま踏襲されている。装幀は恩地孝四郎である。

編纂は日本文芸家協会編となっているが、具体的な編纂委員は石坂洋次郎・江戸川乱歩・大佛次郎・丹羽文雄・広津和郎・吉屋信子の六人で、広津和郎を除いた五人に野村胡堂・田村泰次郎・石川達三・小島政二郎・川口松太郎・角田喜久雄・吉川英治・獅子文六・舟橋聖一の計一四冊が、当初の刊行予定であった。五〇年一月に野村胡堂・吉屋信子・田村泰次郎の三冊を同時刊行。二月以降四冊、三冊、四冊と刊行し、四月に当初の予定の全一四冊の刊行を終えた。「第一回分が発売されると、異常な人気で迎えられ、追加注文が殺到した」[10]という。最終的には、野村胡堂一四万、田村泰次郎一〇万、江戸川乱歩・吉川英治・大佛次郎らが九万部以上と[11]、大好評であったらしいが、奥付では初版の日付を記さない方針なので、何刷くらい増刷されたのかは不明である。たとえば、三月には第八巻吉川英治、第九巻石坂洋次郎、第一〇巻川口松太郎の三冊が同時刊行されたが、実見したものでは、石坂・川口のものが三月二五日発行であるが、吉川英治の第八巻は「五月一日印刷」「五月一〇日発行」と、五月初版のようになっている。吉川英治の五月の版は最終ページに「全一四巻堂々完結」とあり、四月の第一一〜一四巻刊行以降のもので、初版でないことは明らかなのだが、奥付の日付を見る限りはそのことは分からない。したがって、現物を確認しないとどれくらい刷を重ねたかは不明である。実見したものは初版が多いがそれでも、二月に同時刊行された第五巻石川達三と第六巻大佛次郎は、後者が「二月二五日発行」前者は「五月五日発行」と相違がある。

内容的にも、戦前のヒット作から、川口松太郎『明治一代女』、大佛次郎『鞍馬天狗　地獄の門』『同　宗十郎頭巾』など戦前のヒット作から、田村泰次郎『肉体の門』、石川達三『望みなきに非ず』、石坂洋次郎『美しい暦』、舟橋聖一『田之助紅（たのすけべに）』と当時の話題作をずらりと並べており、好評を博したのである。巻末の目録には「安い！　面白い！　現代花形一四作家の傑作満載」「名作小説普及のため万難を排して断行せる画期的廉価本」などと記されている。価格の安さは、このシリーズの一つのセールス・ポイントであったようで、同ページには大きく「各冊　四百数十頁」「僅か　百円」と記され「百円」は特に白抜きで記されている。ほぼ同時期に講談社系の光文社から刊行された文庫判の『日本文学選』が、前年四九年には九五円（漱石『吾輩は猫である』上下各冊）となっているのと比べれば、B6判で「カバーつき厚表紙美装本！」の本全集を「終戦後最大の大奉仕全集！」とするのも、あながちおおげさではない。当時の帯には、ちょうど背文字の下に来るところに大きく赤地に白抜きで「百円」と記されており、何とも印象的なスタイルである。この帯には音楽評論家の堀内敬三や参議院議員の加藤シヅエ、リーダーズ・ダイジェスト編集長の鈴木文史朗などが文章を寄せている。

講談社が『長篇小説名作全集』において「百円」という価格を前面に打ち出したのは、前年四九年一〇月から刊行されていた、シリーズ名も近似し一部内容的にも重なり合う春陽堂の『現代長篇小説全集』[12]が、「この内容！　この装幀！　この廉価！　一三〇円　堂々四〇〇頁の偉観」（帯に付けられた宣伝文句）として市場にあったことによるのではないか。講談社の「各冊　四百数十頁」は、春陽堂の「堂々四〇〇頁の偉観」を凌駕するための惹句であろうし、衝撃的とも言える「僅か　百円」という設定は、先行する春陽堂の「この廉価！　一三〇円」という文句を色褪せたものにしたであろう。

この講談社のいわば「一〇〇円作戦」は、七年後の、小学館との学年別雑誌競争でも受けつがれる。講談社は、一九五六年秋に『たのしい一年生』『たのしい幼稚園』を創刊、五七年新春に『たのしい二年生』『たのしい三年生』、五八年には『たのしい四年生』、五九年には『たのしい五年生』と順次創刊し、先行する小学館の学年別雑誌と全面的な競争体制に入る。その最初の山場が五七年四月号をめぐる攻防で、講談社が『たのしい一年生』の値段を切り下げ定価一〇〇円という価格で攻勢をかけた。一方小学館は講談社の作戦に対して、定価一二〇円の『小学一年生』四月号を発売直前に急遽回収、一〇〇円に値段を改めて対抗したという。[13]講談社の採算を度外視しての攻勢は、五〇年の『長篇小説名作全集』の一〇〇円路線の成功が背景にあったかもしれない。

ところで、一九五二年から刊行された角川書店の『昭和文学全集』は、全集ブーム・文学全集ブームの口火を切ったとされているが、[14]同時に、「戦後の円本」としても位置づけられている。[15]改造社『現代日本文学全集』に倣って起死回生の勝負をかけた『昭和文学全集』をきっかけに、各社参入しての全集合戦がはじまったのであるから、確かに戦前の円本の時と通じるものがある。しかし実はそれに先んじて、「戦後の円本」というコピーは、春陽堂の『現代長篇小説全集』が、帯にいち早く使用しているのである。これに、講談社が一〇〇円の全集で対抗し、廉価版競争というもう一つの戦後の円本合戦は、すでに四九、五〇年の段階からはじまっていたのである。[16]

講談社の『長篇小説名作全集』は当初の一四冊が大好評であったためか、ただちに増巻が決定され、富田常雄『姿三四郎』他、横溝正史『本陣殺人事件』他、藤沢桓夫『新雪』他、井上友一郎『銀座化粧』他の四冊、山手樹一郎『桃太郎侍』他、浜本浩『浅草の灯』他、加藤武雄『呼子鳥』他の三冊が同時に刊行され、最終的には全二一冊となった。もちろん当初の一四冊と、造本その他完全に一致するが、増巻の七冊のみには栞ひもがついていることが注目される。経済復興の度合いが造本にも反映していると見て良かろう。「既刊一四冊大好評　大増刷発売中」「新刊七冊全部出来」の文字が踊る巻末の目録には「銀行会社でも　工場鉱山でも　農村でも漁村でも　いたるところ　大好評」と記されているのが時代色を表している。[17]

講談社としても一つの節目となった出版で、社史では必ず強調されている。『講談社七十年史　戦後編』（一九八五年六月刊）九〇ページには、「文藝図書の大型企画」と注して、第一回配本の三冊を並べた写真が掲載されているが、『クロニック講談社の八〇年』（一九九〇年八月刊）二五五ページには全二一巻がずらりと並んだカラー写真が収められており、堂々たる存在感を示している。

四　『傑作長篇小説全集』が引き継ぐ

一九五一年五月から刊行された『傑作長篇小説全集』は、様々な点で前年の『長篇小説名作全集』と共通する点がある。「名作」を「傑作」と言い改めたシリーズ名の酷似を初めとして、所収作家、判型・装幀、当初発表されたものに増巻する方法、巻末広告の語句まで類似する。

五一年五月に、野村胡堂・富田常雄・角田喜久雄・田村泰次郎・横溝正史の五冊、六月に吉屋信子・山手樹一郎・菊田一夫・藤沢桓夫・小島政二郎の五冊同時刊行の、全一〇冊が当初の予定であったが、これに邦枝完二・火野葦平・舟橋聖一・白井喬二・富沢有為男が加わり、胡堂・常雄・喜久雄・泰次郎・正史・樹一郎・政二郎は二冊目を追加して、総計二二冊となる。追加の方法はやや混乱があるようだ。当初刊行された一〇冊のうち、菊田一夫を除く九人は『長編小説名作全集』と重複し、さらにそのうちの七人は二冊目が追加されているから、このあたりがこのシリーズの骨格であったのであろう。明らかに大好評であった前シリーズの延長線上にある。なお、追加された一二冊の問題は後ほど詳述する。

形態的にも、『長篇名作』と『傑作長篇』の両全集は類似点が多く、背表紙に大きく作家名を出す方法も共通する。これは今日では一般的な方法のようだが、当時は必ずしもそうではない。先行する春陽堂『現代長篇小説全集』は作品名を大書し、作家名は小さく記す方式だったし、講談社も次のシリーズの『評判小説全集』では作品名の方を背文字に大書する方法に転換しているのである。この問題は本節後半で再述する。

それ以外でも、背表紙の天地にシリーズ名と出版社名を小さく横書きにし、作家名を大書、所収作品を分かち書きにする方式も前シリーズと共通する。装幀は今回も恩地孝四郎であった。カバー・ジャケットの刺繡のデザインは小田奈美子である。

価格は、前シリーズの四五〇ページ平均で売価一〇〇円というのは、やはり相当無理をしたようで、今回は三五〇ページ平均、一五〇円となっている。それでもこの価格は売り物の一つのようで、帯には赤地に白抜きで価格が大きく記されている。その帯には、松竹の城戸四郎が「大衆と共に」という一文を寄せている。巻によっては山本嘉次郎の文章もある。

巻末の「五大特長」の文章によると、新作「未刊行の問題近作！」、分量「単行本二冊分」、大衆性「面白さなら飛切り！」、装幀「美麗堅牢カバーつき堂々の豪華本」、価格「大奉仕廉価版―出版界驚嘆の的」が、売り文句であったようだ。今回は巻末にこれら宣伝兼内容目録のページ以外に、五月刊行のものには「作者のことば」一ページ、六月刊行のものには「自作に寄せて」二ページが付載されている。[18]作者を前面に出す方針といえようか。各冊の冒頭に作者の写真を載せ、写真には署名が印刷されているのであるが、これもまた作者の占める位置の大きさを示していよう。写真は、絵筆を取る田村泰次郎、剪定中の富田常雄、子供に囲まれた菊田一夫など、通常の著者近影とは一風変わった趣がある。

この『傑作長篇小説全集』は、通常全二二冊とされている。講談社の側の資料でも、[19]全集綜覧の類でもそうであるのだが、これをそのまま書誌データとして、二二冊を一括して扱うのはやや問題があるのではないかと思われる。

というのは、上述した様々な内容や特色は、当初刊行された一〇冊（以下第一期と適宜略称する）にのみ当てはまるものである。この一〇冊の評判の良さによって、さらに一二冊が第二期として追加刊行されるのであるが、追加の一二冊は、書名こそ『傑作長篇小説全集』と共通するものの、造本その他、まったく別の叢書と言って良いほど異なっているのである。

実は、第一期の一〇冊は上述したように、作者の写真がついているのであるが、これが同時に扉の役を果たしている一風変わったスタイルであった。扉を兼ねる口絵写真の次はすぐに目次となっているのである。それが第二期では、著者の写真はなく、通常の扉の形式に戻っている。本文の組版も、ともにB6判二段組ではあるが、第一期は一段二三行であるのに対して、第二期は二〇行組である。第一期は上下の段を区別するために罫線を入れるが、第二期にはそれがない。そもそも印刷が、第一期が大日本印刷であったのが、慶昌堂印刷に変わっている。

装幀も第一期は恩地孝四郎で、小田奈美子の刺繍がカバーであったが、第二期は「表紙及びカバーは田中俊雄氏提供により「沖縄織物裂地」を製版印刷したるもの」（カバー折り返しの記載による）で、全く別個のものなのである。カバー付きの場合でも、図書館などのようにカバーを外しても、両者は同一のシリーズとは看做しにくい。

講談社は『講談社の歩んだ五十年（明治・大正編、昭和編）』『講談社七十年史　戦後編』『講談社七十年史年表』など、極めて充実した社史を刊行しているのでも知られるが、とりわけ『クロニック講談社の八〇年』（一九九〇年八月刊）は、同社刊行図書の書影を多数収載し、出版文化資料としても極めて貴重である。同書の二六五ページの「発行書籍一覧　一九三九―一九五三」には、最下段に「山手樹一郎『傑作長篇小説全集（七）はだか大名』（昭和二六年六月）」と記され写真が掲載されているが、これは残念ながら第二期のものである。第一期の方が色彩的にも印象的であったし、その上段にある『長篇小説名作全集』の装幀との比較も効果的であったであろう。なお、正確に言えば二六年六月に刊行された第七巻は、同じ山手樹一郎でも『金さん捕物帖』の方で、『はだか大名』は二七年一〇月に刊行された第一六巻である。些細な誤植であるが、第七巻は第一期なので写真とは装幀が全く異なる。図書館などではカバーを外すから現物が確認できなくなり、この写真が第一期の『傑作長篇小説全集』の当初の装幀のデータとして認識される可能性もあるので、あえて記した。

個々の書名そのものの立て方も相違がある。カバーや背表紙に記載される書名は、第一期は「野村胡堂」や「富田常雄」と作者の名前であり、要するに『野村胡堂集』『富田常雄集』（第一期の巻末目録）であったのだが、第二期では『街の灯』『女王蜂』などと作品名が背表紙などに記され、これが書名となっている。奥付を見てみると、第二期の方はやはり「街の灯」「女王蜂」など作品名を、そのまま書名として検印紙の上部に記し、第一期の方は「傑作長篇小説全集　1」などと叢書名を記している。

書名を、作家名で立てるか、代表作品名で立てるかは、本叢書の一期・二期を考える上で大きな手がかりになる。第一期は、前年の『長篇小説名作全集』の姉妹編とでもいうべきものを意図していたようである。装幀や造本の共通性から、そのことが窺える。当然書名の立て方も、共通していて、作家名を立てる方針である。これが第二期では変わってしまったのはなぜか。それは本叢書の第一期と第二期との間に一年以上の空白があることによるのではないか。第一期最終巻の第一〇巻『小島政二郎』が五一年六月の刊行、第二期の最初の第一一巻『春雪の門・花の扉』（富田常雄）の刊行が五二年九月である。実はこの間に、後述する『評判小説全集』全一〇巻が先に出版されており、その影響を受けているようである。そこで、この『評判小説全集』について先に見てみたい。

講談社は、五一年五月、六月に『傑作長篇小説全集』の全一〇冊を刊行したが、同年の年末近くには、早くも『評判小説全集』全一二冊の刊行に着手する。内容的には『長篇小説名作全集』『傑作長篇小説全集』と多少毛色の違う面もあるが、判型や基本的な造本のスタイルはこの二つのシリーズに同じで、装幀も類似する。これもまた先行二種とは少し距離を置きながらも、一種の姉妹編として位置づけてよいであろう。ただ最大の相違が、書名の立て方なのである。今回の叢書は作家名ではなく、作品名を正面に出す方法である。第一巻の例で言うと、背表紙に『大久保彦左衛門』と作品名を大書し、その下に、「大佛次郎」と作者名をやや小さく記す。第二巻以降は『清水次郎長』小島政二郎、『淀君』三上於菟吉、『河内山宗俊』子母沢寛、『猿飛佐助』富田常雄、『国定忠治』長谷川伸、『歌麿』邦枝完二、『相馬大作』直木三十五、『上杉謙信』白井喬二、『唐人お吉』井上友一郎、『両国梶之助』鈴木彦次郎、『石田三成』尾崎士郎の一二冊である。以上は書名であって、第七巻は『歌麿』『おせん』の二作品、第一〇巻は『唐人お吉』『千利休』の二作品であるが、表紙にも、背にも、巻末の目録にも、「歌麿」「唐人お吉」と記されるだけである。

『講談倶楽部』の発行からスタートした講談社の色彩が最もよく出たシリーズと言えようか。巻末には、木村義雄、辰巳柳太郎、徳川無声らが「講談社評判小説全集によせて」の一文を寄稿しているが、藤倉修一は「大人の立川文庫」と評している。このような内容であるから、「大佛次郎」よりも『大久保彦左衛門』の方を、「鈴木彦次郎」よりも『両国梶之助』を書名に出した方が、営業的には有利であるはずである。

カバー・ジャケットの感じは、先の二つの全集とかなり近いところがあるが、カバーを取ると表紙は緑色無地となっており、こちらの印象は異なる。装幀が阿部展也に変わっていることにもよろう。

ところで、装幀者の名前は、通常目次の後などに記されることが多いが、本シリーズでは、単独作品の場合は本文末尾の空きスペースに記されている。第一巻『大久保彦左衛門』三一八ページは上段で大尾となり、下段に装幀者が記されるからまだ見やすいが、第三巻『淀君』三六七ページは上段一七行目で終わった後、数行分空けて、本文活字よりはるかに大きく「装幀　阿部展也」と記されているのは、やや違和感を感じるものでもある。

装幀者は変わったが、同じ年に刊行を始めたために、『傑作長篇小説全集』の最初の一〇巻と『評判小説全集』の二つの帯は色変わりの同じデザインである。前者は、赤地に白抜きで「講談社版　傑作長篇小説全集　一五〇円」と記し、後者は、青地に白抜きで「講談社評判小説全集　一五〇円」と記す。前者には城戸四郎などの文章があることを上述したが、後者には同じスペースに、徳川無声や山田五十鈴の文章があるなど、明らかに統一した帯作りがなされている。価格も同額であるし、ページ数もほぼ同じくらいである。

実は『傑作長篇小説全集』の第二期の書名の方針は、第一期のものを継承するのではなく、『評判小説全集』のやり方に従ったと思われる。そのため、同じ全集でありながら、一期・二期で異なる方法となったのではないか。『評判小説全集』の青い帯のことを述べたが、『傑作長篇小説全集』は第一期は赤い帯だったが、第二期は帯も青い色に変わっているようだ。[20] 結局、装幀や書名などを考えると、『長篇小説名作全集』→『傑作長篇小説全集』第一期→『評判小説全集』→『傑作長篇小説全集』第二期、という展開と考えればよいであろう。

そのために『傑作長篇小説全集』は、第一期と第二期とが、装幀も造本も異なったものになってしまったのである。『長篇小説名作全集』の方は、富田常雄以下新たに七人の作家を追加したのであったが、『傑作長篇小説全集』の第二期では追加された一二冊には第一期と重なる作家も多く、清新さにはやや欠けるものがあるといえよう。第二期の巻末の目録・広告を見ても、第二期自体の全書目は挙げられているが、第一期については全く触れられない。第二期の最初の刊行の四冊には、それでも「第一期　全一〇巻　各巻一五〇円」とだけ記していたが、それも翌月刊行の五冊目以降では第一期については触れられていない。巻末の第二期の書目では、新たに○囲み数字で①から⑫と巻数が記されており、第一期との通しの巻数は記されない。[21]『傑作長篇小説全集』の第一期と第二期には、このように大きな懸隔があるのである。

五　『現代長編小説全集』と純文学への接近

一九五二年に完結した『傑作長篇小説全集』の後を受けて、翌五三年には全一七冊の『現代長篇名作全集』が刊行される。五一、五二年にわたった『傑作長篇小説全集』が増補の方法に混乱があって、全体としては不統一になったから、今回は当初の予定どおり、一七冊で完結させている。五三年八月に、吉川英治・石川達三・富田常雄・舟橋聖一・村上元三の五冊を刊行し、九月に大佛次郎・吉屋信子・丹羽文雄・山手樹一郎・獅子文六、一〇月に川口松太郎・井上友一郎・田村泰次郎・源氏鶏太、一一月の石坂洋次郎・井上靖・野村胡堂の予定であったが、川口松太郎と石坂洋次郎の分が入れ替わっただけで、四か月で順調に刊行を終え、[22]続編の企画はない。『長篇小説名作全集』以来のなじみの顔が中核でもあり、手堅くまとめた全集といえよう。編纂委員にも実力者を揃え、石川達三、石坂洋次郎、大佛次郎、富田常雄、丹羽文雄、舟橋聖一、吉川英治は編纂委員を兼ね、これに青野季吉、高見順が加わった九人である。

このシリーズで最も注目すべきは、装幀である。『長篇小説名作全集』『傑作長篇小説全集』『評判小説全集』いずれも、簡単なカバー装で、表紙も本文料紙もあまり良い材質ではなかったが、今回は函入りの上製本となっている。版元の宣伝文を引用すれば、「四色図案張付の函入で、厚表紙、レザー飾りつき、金版押し、カバー付きの豪華堅牢装幀。用紙も特漉上質[23]」であった。確かにレザー地に押された金文字は、落ち着いた高級感を与え、本文料紙も従前のものとは一線を画するほどのものになっている。印刷もこれまでのシリーズに比べると鮮明である。創業四五周年記念ということもあっただろうが、時代が漸く落ち着いてきたことを示すものでもある。別丁扉の前に、さらに口絵写真として著者近影を添えるなど、造本もほぼ完成形に近づきつつある。巻末の目録広告の類はない。

頒価は前年の二つの叢書が一五〇円であったが、今回は造本の飛躍的向上もあって、一挙に約七割増の二六〇円となっている。前年の秋から刊行されて市場を席捲していた、角川書店の『昭和文学全集』は二八〇円という価格設定であったが、あちらはA5判で純文学中心、こちらはB6判で大衆文学路線と、本の大きさも対象読者層も異なる。従来の講談社〈長編〉シリーズの購買層には、やや高い値段設定と受け取られたかもしれない。造本や装幀の向上と価格設定のバランスを取ることは極めて難しいものがあるが、今回はやや苦戦したのではないか。刊行時期の早い、造本的にもあまり丈夫でないこれまでのシリーズの方が、今日でも古書店などで眼に触れる機会が多い。講談社の方でも、抽籤で所収作家の色紙二〇〇枚があたる特典を付けるなど、様々な工夫を凝らしたようである。

これまでの全集を受けるような形で、講談社の創業五〇周年の記念出版の一つとして、全五二冊の大型企画である『現代長編小説全集』が刊行を開始したのは、一九五八年一〇月のことであった。「大衆文学と純文学の垣根を外し、一流作家の戦後の最高作品を網羅することにつとめた[24]」と謳っている。もちろん、井上靖『風林火山』、三島由紀夫『美徳のよろめき』、平林たい子『愛情旅行』という作品選定に象徴されているように、やはり講談社の得意とする大衆文学の方に比重はあるようだ。第一巻が『吉川英治集』、第二巻が『石坂洋次郎集』という排列からもそのことは窺える。ともあれ、従来の大衆文学中心の形から、純文学をも包含するものへと、軌道の修正がはかられたことは間違いない。その結果、講談社刊行の純文学畑の作品としては記録的なベストセラーとなった大岡昇平の『武蔵野夫人[25]』も、今回は組み込むことが可能となったのである。

『現代長編小説全集』は記念出版でもあり、講談社の社史の類でも必ず多くの紙幅を割いて総括されている。「昭和時代の代表的作家の名作と共に、戦後の新鮮な作品をいっしょに取り上げ、純文学と大衆文学の区別を付けない[26]」というまとめが、最大公約数的なところであろうか。

『少年少女世界文学全集』『絵本ゴールド版』と共に、講談社の創業五〇周年の記念出版の三大企画の一つでもあっただけに、刊行にあたって慎重に検討が重ねられた。そのため実現にいたるまでかなり難航したようで、社史によれば「井田源三郎、早川徳治の二人が、直々社長の命を受け、記念出版にふさわしい全集案をたてた。（中略）企画研究がはじまってから原案を練り直すこと八回、委員会、拡大委員会、全体会議が随時開かれ」最終的には、七六人の作家の百余編の作品を収める全五二巻の全集となったとのことである。[27]

難産であったのはやはり作家・作品の選定ではないだろうか。記念出版ということであれば、講談社と関わりのある作家をずらりと並べてオールスターの布陣で望みたいところである。そうなると収録作家がふえ、抱き合わせの巻も増加する。最終的には五二巻に七六人の作家を網羅することになった。一方で、「野間社長自ら吉川英治との交渉に当たり[28]」、快諾を得た『宮本武蔵』をこの全集の目玉としたために四分冊を占めることとなり、他の作家とのバランスはやや欠いた結果となった。吉川英治の『宮本武蔵』に関しては、一九四八、四九年の六興出版との間のトラブルで講談社は体面を失っていたから、今回は是非ともこの代表作を奪還し、創業五〇年に花を添えたかったところであった。この問題に心を痛めていた吉川英治にとっても、格好の解決策であっただろう。今回は「すすんで、その『宮本武蔵』を提供して門出を祝してくれた[29]」という。こうして吉川・武蔵を含む五冊を第一回同時配本として、『現代長編小説全集』はスタートを切ることができたのである。[30]

「大衆文学と純文学の垣根を外し」ということで、今回は川端康成なども収載されているが、作品選定にこの全集の色彩が良く現れている。第一七巻『川端康成集』は第五回の配本で、一九五九年二月の刊行。B6判五五〇ページ。所収作品は『東京の人』ただ一作である。同書の帯に「東京の人の哀歓を流麗の筆で描く巨匠の傑作、最大長編小説全編を収録」とあるように、川端康成の最大の長編であるから、この叢書には最もふさわしいものである。同時にこの作品は、後年刊行された自身の全集に、川端が一度も収載しなかったことから明らかなように[31]、通俗性のかなり強いものでもある。ただ映画化もされ当時の人気は高く、量的にも、質的にもこの叢書にぴったりの作品であるといえようか。

なお、目次の次に一ページの約三分の二を使って簡単な著者紹介が付いている。

装幀は決して贅を凝らしたというわけではないが、講談社の五〇年の年輪を象徴化した外函のデザインも明晰で、何よりも宣伝文句にも謳われた「高雅布装」の表紙が見事で金の背文字の乗りも良く、保存の良いものでは今日でもその美しさは変わらない。「現代長編小説全集」という文字デザインを地に配した扉も瀟洒である。装幀は斎藤清であった。ただ本文料紙だけは、前回の『現代長篇名作全集』よりもやや後退した印象がある。今回は、定価を二〇〇円に押さえたために、本文料紙の品質はやむを得ない選択だったかもしれない。五年前の『長篇名作全集』が二六〇円であったことは上述したが、この時期、この装幀で、この価格というのは、やはり相当無理をしたのではないか。奥付にも「講談社創業五〇周年記念出版特別奉仕価格」とはっきり謳っているように、大奉仕価格であったことは間違いないであろう。

細かな文字表記のことをいえば、今回の全集から糸偏の「長編」となっている。これまでは竹冠の「長篇」であった。

六　大衆文学と純文学の融合

さて、『日本現代文学全集』の刊行の開始からほぼ一年たったころ、講談社は再び〈長編小説〉のシリーズの出版に着手する。一九六一年半ばから六二年にかけて刊行された『長編小説全集』がそれである。

『日本現代文学全集』が実質的に純文学の全集であるため、娯楽性・大衆性を重要な戦略に位置づけている講談社としては、並行して大衆文学に比重をおいた全集を刊行する必要があったのであろう。内容的には、五〇周年記念出版の『現代長編小説全集』の路線の延長と言って良く、新しい作家をかなり加えて新味を出している。『現代長編小説全集』の完結が五九年一二月で、この間一年半以上の空白があり、講談社の長編全集の愛読者層の需要も高まっていたはずである。

判型は『現代長編小説全集』と同じくB６判だが、平均ページ数が三五〇ページとかなり少なくなっており、函も薄手のものに変わっているので、随分軽量化された感じがある。前回の全集が記念出版ということでやや重い装幀であったのに対し、函や背文字を紫色を基調としてまとめた今回のものは、親しみやすい手軽さがあると言えようか。

第一回配本の巻末目録によれば、前回『宮本武蔵』で四冊を割り当てられていた吉川英治が今回も別格で、『親鸞』（上・下）で第四巻、第七巻の二冊を与えられている。上下で巻数が離れているのは、巻数が配本を示すものであったからである。吉川英治以外は、一人一冊がきちんと守られており、全三六巻の整った全集の予定であった。配本も、六一年中は毎月三冊で計一二冊、六二年は毎月二冊で計二四冊、六二年年末に全三六巻が完成する予定であった。この目録には所収予定作品名まで載っているのだが、ただ一人第一六巻の『松本清張集』のみが「新作長篇」と記されていた。実際には、この松本清張の巻の刊行が遅れたために、第一六巻には当初二二巻の予定であった『円地文子集』が、さらに、第二二巻には二九巻の『佐多稲子集』が繰り上がって刊行されて、穴を埋めている。こうして、円地・佐多の二冊を繰り上げて入れ換えつつも、六二年五月の、二三巻『山本周五郎集』二四巻

『壺井栄集』までは、刊行予定どおりの巻数を維持している。遅れていた松本清張の巻は大作『かげろう絵図』で二分冊となり、二五・二六巻となった。この二冊は六二年五月の刊行で、結局この月は、当初予定の山本・壺井の二冊に、清張の二冊を加え、四冊同時の刊行となった。結局、松本清張が二分冊になったために、この全集は当初の予定より一冊ふえ、全三七冊となった。最後の段階では配本のスピードを上げ六二年一〇月には全巻の刊行を終えている。内容的には、吉行淳之介、遠藤周作らが新しい顔ぶれであるが、山崎豊子、曽野綾子、有吉佐和子ら新進女流作家が轡を並べているのも一つの時代を象徴する。

第一巻は『川端康成集』全三五八ページで、一九六一年九月の刊行。『女であること』全編が収録される。五六年に『朝日新聞』に連載されたもので、同じく新聞小説である『東京の人』と共に通俗性の強い作品ではあるが、この時期には大変な人気であった。勅使河原霞が装幀を担当した新潮社の単行本も評判であったし、川島雄三監督、原節子・森雅之・久我美子らの主演で東宝で映画化された。全集ものでは、既に一九五八年には角川書店『現代国民文学全集』に収録、後に六八年には河出書房〈豪華版〉『日本文学全集』第二集に取られている。

今回の『長編小説全集』の売価は二八〇円であった。同じ川端の二年前の『東京の人』(現代長編小説全集)より約二〇〇ページ少なくなって、売価は二〇〇円から二八〇円というのは、割高なようであるが、そもそも前回の二〇〇円という設定が、創業五〇年記念ということでやや無理をしたものであった。他社の同種出版と比べると今回の価格設定がむしろ平均的な数字である。[32] それから、紙質は『現代長編小説全集』に比べると随分よいものになっている。これなども売価に見合うものであろう。

装幀は原弘で、大評判となった河出のグリーン版の装幀の二年後のことであった。同時配本は、第二巻『井上靖集』第三巻『源氏鶏太集』であった。作品選定がやや通俗色の強いものであるとは言え、川端康成を第一巻、第一回配本に持ってきたあたりに、この〈長編全集〉シリーズの変容のようなものが見て取れるのではないか。「著者紹介」の分量や所載箇所も『現代長編小説全集』と同じスタイルである。

講談社の〈長編全集〉路線の掉尾を飾るものが、『現代長編文学全集』全五三巻である。一九六八年七月からの刊行で、『現代長編小説全集』からちょうど一〇年目であることからも窺えるように、今回は創業六〇周年の記念出版でもあった。叢書名も酷似し、冊数もほぼ同じである。この間に『長編小説全集』を挟むものの、名実ともに一〇年前の『現代長編小説全集』の後継のシリーズである。

今回の全集の最大の特色は収載作品にある。第六巻の尾崎士郎『人生劇場〈青春編・愛慾編〉』、第一一巻の石坂洋次郎『若い人』、第二一巻の富田常雄『姿三四郎』など戦前のものであれ、第一二巻の今東光『悪名』、第三〇巻の松本清張『点と線』、第三二巻の源氏鶏太『三等重役』など戦後の作品であれ、その作家の代表作をできるだけ網羅しようとする方針である。ほかにも、獅子文六『大番』、川口松太郎『新吾十番勝負』、火野葦平『花と龍』、村上元三『佐々木小次郎』など映画化されて評判の代表作もずらりと揃え、人気作品の揃い踏みの観がある。映画との関連で言えば、内容見本の表紙には、佐久間良子が登場している。『新吾十番勝負』や『花と龍』にも出演しているが、なんと言っても、当時の佐久間の代表作と言って良いのが『五番町夕霧楼』『湖の琴』であって、共に第三九巻の水上勉の巻冊に収録されていることとも関わりがあろう。

代表作網羅主義となれば、当然、先行する〈長篇全集〉のシリーズから再登場の作品も多い。たとえば田村泰次郎『肉体の門』は『長篇小説名作全集』に、石坂洋次郎『石中先生行状記』は『現代長篇名作全集』に、子母澤寛『父子鷹』や井上靖『風林火山』などは『現代長編小説全集』に、源氏鶏太『見事な娘』は『長編小説全集』に収録されていたものの再録である。典型的な例が第三八巻三島由紀夫で、ここでは『美徳のよろめき』が一〇年前の『現代長編小説全集』からの、『潮騒』が五年前の『長編小説全集』からの、共に再登場である。

もちろん新鮮味も重要な要素であるから、第一回配本の司馬遼太郎の第四五巻には単行本未発表の『妖怪』が収録されているし、四九巻から五三巻までは、立原正秋、戸川昌子、宇野鴻一郎、野坂昭如、五木寛之の「全集初登場五人衆」(内容見本)である。また、この〈長編全集〉のシリーズは、これまでは巻数は単なる刊行順を示すものであった。そのために、吉川英治の『宮本武蔵』や『親鸞』のように、分冊のものでも巻数がとびとびであった。それが今回は、新人が最終巻近くに集中していることからも明らかなように、巻序は概ね時代順の排列となっている。なお、これらのシリーズの看板作家の吉川英治は今回は含まれていない。講談社は創業六〇周年記念として全五四巻の『吉川英治全集』を別途刊行し、六七年には吉川英治文学賞を創設しており(第一回文学賞は松本清張)、別格扱いとなったものである。[33]

代表作主義は、第七巻『川端康成』にも別の形で見て取れる。川端康成は、先行する『現代長編小説全集』には『東京の人』を、『長編小説全集』には『女であること』というように、「長編」の名にふさわしい大作で、しかもやや通俗性・娯楽性の強い作品を収録させてきた。それが、今回は『雪国』『伊豆の踊子』『山の音』などで、これは確かに川端の代表作であるが、角川書店『昭和文学全集』、筑摩書房『現代日本文学全集』、新潮社『日本文学全集』にも収載されているものである。もちろん上述した如く、講談社自身の『日本現代文学全集』にも収められている。川端が今回これらの作品を収録させたということは、大衆性や長編性を重視してきた講談社の〈長編全集〉シリーズが明らかに変容してきたということを示している。一〇年前の『現代長編小説全集』から、少しずつ「純文学と大衆文学の区別を付けない」方針を打ち出してきたのだが、今回は純文学の分野に大きくウィングを広げることとなった。そのため、大衆文学路線の従来の〈長編全集〉シリーズと、いわば純文学路線であった『日本現代文学全集』の一部とが、複合されたような全集となったのである。

結局、今回の『現代長編文学全集』は、あらゆる意味で、講談社の〈長編全集〉のシリーズの集大成であり、総決算なのである。このように、代表作をずらりと並べた全集の後では、もはや後続の企画をなすのは困難であろう。もしあるとすれば、新作のみを集めた小粒のものにならざるを得ない。『現代長編文学全集』をもって、同種の全集が終わりを告げた所以である。

判型は、従来と同じB6判であるが、特製繻子を使用した黄金色の表紙は美麗で、黒地に金文字で作家名が浮き上がる背文字も鮮やかである。装幀は原弘であった。赤い厚ボール特殊貼函も頑丈かつ美しく、造本も〈長編小説〉シリーズの掉尾を飾るにふさわしいものである。扉の後に、著者の写真と口絵一丁が付される。口絵作家は、第七巻『川端康成』は竹谷富士雄、第一七巻『舟橋聖一』は田村孝之介などであった。厚冊の特別巻を除けば、平均四四〇ページで四九〇円であった。前シリーズまでの「著者紹介」に替って、二ページ程度の略年譜が巻末に付載される。

なお、大衆文学に限定していえば、講談社は、一九七一年から、全三一巻の『大衆文学大系』を刊行している。これは大衆文学の老舗の講談社の面目躍如たるもので、この分野の最大・最高の全集である。尾崎紅葉『金色夜叉』、徳冨蘆花『不如帰』、黒岩涙香『鉄仮面』、押川春浪『海底軍艦』にはじまり、『大菩薩峠（抄）』『南国太平記』『瞼の母』『旗本退屈男』『雪之丞変化』『丹下左膳』『人妻椿』『犬神博士』『黒死館殺人事件』『桃太郎侍』『姿三四郎』等々、一時代を画した作品が勢揃いしている。もちろん吉川英治『宮本武蔵』も収録されている。この全集はほとんどの巻が複数作家の抱き合わせで、単独で一冊を割り当てられているは中里介山一人、その中で吉川英治だけは二分冊と、やはり別格待遇であった。

七　『われらの文学』に見る新しい息吹

講談社は、『現代長編文学全集』の刊行の三年近く前、一九六五年末から、『われらの文学』という全二二巻の全集の刊行に着手している。現代・同時代にはっきり主軸を移して、どちらかといえば『日本現代文学全集』の後続作品を拾遺するという立場であったようだ。「最新の作家について、数年後にも一度検討して補足編集する予定」であった『日本現代文学全集』の追補の計画が、形を変えて実現したと言えようか。〈現代長編〉シリーズの集大成と並行して、新しい方向性を模索していたわけで、極めて注目に値する。責任編集は大江健三郎と江藤淳という「若い知性の代表」（内容見本）で、「昭和三〇年以後の業績に重点を置いて」（江藤「編集にあたって」同）選んだもので「戦後日本文学の豊かさと層の厚さ」（大江健三郎、同）を示すものでもある。第一巻『野間宏』、第二巻『武田泰淳』に始まり、椎名麟三、梅崎春生、大岡昇平と続き、第二一巻『高橋和巳・倉橋由美子・柴田翔』第二二巻『江藤淳・吉本隆明』まで戦後派の代表作家三〇人をずらりと揃えている。第一回配本は六五年一一月第一八巻『大江健三郎』で、価格は四三〇円であった。巻末に解説と略年譜の他に、「私の文学」といういわば自注の文章がついているのが特色である。

「声価高まる〈若い〉文学全集！」（巻末目録）らしく、表紙には漢字とローマ字を併用して所収作者名を金文字で記している。日本文学全集の類では、作家の署名や墨蹟を写真版などで入れるのは珍しいことではないが、[34]この全集では、裏表紙と扉には、ローマ字の署名がデザインされている。漢字や仮名での筆跡は、口絵の写真の裏側に、数行分の肉筆の影印が収められている。コピーにカタカナが多いのも時代を表していて、内容見本には「若いあなたの知性にマッチするパンチのある装幀」「青春のシンボライズ…いま流行のホワイト・トーンが若い知性の輝きをみごとに表現したシャープなデザイン、フレッシュな装幀です」などと記されていた。

函にはプラスチックのカバーが掛けられており、上半分は透明だが、下半分は黄色や緑色など、各巻ごとに異なる色が施してあり、これが通常の造本の帯の役割を果たしている。『クロニック講談社の八〇年』三三九ページには第一回配本のカラー写真が見えるが、まるで黄色の紙の帯が掛けられているように見える。装幀は細谷巌であった。

完結後に、元版より縦横を約一センチずつ大きくしたデラックス版が刊行されている。函や背表紙には「De Luxe われらの文学」と記されている。六九年一〇月の版を確認した。組版は全く同じであるから、紙型が大きくなった分、天地・左右の余白がゆったりとして読みやすくなっている。元版は確かに余白が少なく、窮屈な感じであった。函や表紙や扉に、大きく〈CL〉の二文字が浮かび上がるようになっている印象的な造本である。〈CL〉とは〈Contemporary Literature〉の意味である。装幀が変わったので、ローマ字の自署は、見返しや見返しの遊びの部分に移っている。今回の装幀は、原弘の担当であった。

『日本現代文学全集』の豪華版の刊行も六九年のことであったから、このころ講談社は、既刊の全集の装幀を改めて、一括配本セット販売を中心として、新たな購読者層の掘り起こしに努めていたようである。講談社が、BPS（Big Project Sale）作戦と名付けて、セットものの外販で一挙に攻勢にでてくるのは一九七一年からのことであるが[35]、すでにその下地は着々と準備されていたわけである。

一九七一年九月からは、『現代の文学』全三九巻、別巻一巻の全四〇冊の全集の刊行が始まる。第一巻『野間宏』、第二巻『武田泰淳』と、全く同じ組み合せから始まっていることに象徴されているように、『われらの文学』のシリーズと同じ路線で、質量共にさらに一層充実させたものである。所収作品はできるだけ重複しないように配慮されているが、両シリーズに入っている代表作もある。編集委員は、前回の大江健三郎・江藤淳に、野間宏・小島信夫・安岡章太郎・安部公房・高橋和巳が加わり七人となった。戦後文学を俯瞰するに足るバランスの取れた布陣であるといえよう。ただ編集委員の一人高橋和巳が刊行開始の四か月前に急逝したのは痛恨事で、自らの作品から『日本の悪霊』『堕落』を所収作品として選んだのが「この全集への氏の遺言」（内容見本・編集委員の言葉）となった。第一回配本は今回も『大江健三郎』の巻で、『死者の奢り』『飼育』『芽むしり仔撃ち』など初期の作品中心であった前回から、今回は長編『万延元年のフットボール』を中心にしたものに作品構成を改めている。価格は六八〇円であった。第二〇巻『遠藤周作』が同時に配本されている。『われらの文学』所収の三〇人のうち、今回背表紙から名前が消えたのは有吉佐和子だけで、埴谷雄高、中村真一郎、小田実、黒井千次ら約三〇人の名前が加わっている。小説や評論に限定せず、木下順二・秋元松代なども含めている。第三八、三九巻は名作集で、太宰治・原民喜から野坂昭如・加賀乙彦まで収載したから、名実ともに『現代の文学』にふさわしい構成となった。今回も、巻末作家論と簡単な年譜が各巻に付されているが、圧巻は、別巻として刊行された、松原新一・磯田光一・秋山駿による四〇〇ページ近い『戦後日本文学史』である。これは『日本現代文学全集』別巻の『明治文学史』『大正文学史・昭和文学史』に匹敵するもので、このことも含めて『現代の文学』は『日本現代文学全集』の後継シリーズ・追補シリーズと看做すことも可能なのである。別巻の刊行はやや遅れて七八年二月、小田切進・桜井克明による七六年一二月までの年表が付されていて、価格は一二〇〇円であった。第一回配本時に比べると倍近い値段となっているのは、この間の物価上昇や、オイルショックや水不足なども加わった用紙の払底、用紙高騰の激しさを示すものでもある。

函や表紙は、紺と白の二色を基調としたもので、特に紺地に白文字の作者名が浮かび上がる背表紙は印象的である。装幀は、横山明・依岡昭三であった。今回も、全巻完結後に、装幀を改めた版が刊行されているが、『われらの文学』の時とは違って、本の大きさそのものには変更がない。改装版の表紙の材質などは、『日本現代文学全集』の豪華版に近いもので、上品な仕上がり、背表紙の作者名は金文字である。特徴的なことは、本文料紙に薄手のものを用いたために、元版より薄冊となり、書架のスペースをとらないようになった。これもまた時代の要請であろう。

むすび

講談社の『日本現代文学全集』は、先行する筑摩書房『現代日本文学全集』新潮社『日本文学全集』とともに、戦後に編纂された明治以降の近代日本文学の叢書としては、極めて水準の高いものであった。一九六〇年から刊行を開始し、六九年一二月まで一〇年がかりで全一〇八冊の大全集を刊行、七九年に刊行された別冊の二冊を含めると、実に二〇年の歳月をかけた大事業であった。講談社のような大出版社にのみ可能な息の長い仕事であった。

一九六九年には、本巻の完結とほぼ相前後して、全三八巻に再構成して装幀を改めて、豪華版として刊行する。八〇年には元版の年譜や参考文献を若干増補して、増補改訂版を刊行している。このとき装幀も一新された。さらに翌年には増補改訂版の豪華版も出版されている。このように、改編版・増補版が刊行されていることは、この全集の水準の高さと受容の大きさを示している。

ところで講談社は、その発足当時から、大衆文化と共に歩んできたといってよい。その講談社らしく、『日本現代文学全集』の刊行を挟んで、大衆文学の全集を多く刊行している。それらは、ほとんど「現代」「長編（長篇）」「傑作」「名作」などの語を、キーワードとして持っていた。

これらを時期的に二つに分けると以下のようになる。

（1）『日本現代文学全集』に先行するもの

『長篇小説名作全集』『傑作長篇小説全集』『評判小説全集』『現代長篇名作全集』『現代長編小説全集』

（2）『日本現代文学全集』と並行するもの

『長編小説全集』『現代長編文学全集』

大雑把に言えば、これら「現代」「長編」のシリーズは大衆文学を、『日本現代文学全集』は純文学を、と棲み分けることによって、講談社は極めて幅広い読者層を対象にすることができたのである。ただ、「現代」「長編」のシリーズでは次第に純文学の分野も取り込み始め、最後の『現代長編文学全集』では『日本現代文学全集』と共通する作家や作品もかなり多くなった。そのためこの全集を最後に同種の企画は姿を消す。文壇が次第に消滅し、純文学と大衆文学の境界が曖昧になって来つつあることを示していたと言えようか。

そのような新しい時代にあわせるべく、文字通り〈現代〉の作家や作品に絞った企画を作り出してくる。『われらの文学』や『現代の文学』がそうである。過去の遺産をも集大成した体系的な全集よりも、当代の、現代の作家に絞った企画こそ、現代の読者を多く獲得できるという、正確な見通しによるものであった。総合出版社講談社の動きを見ていくと、そのまま戦後の読者の傾向や変貌を知ることができるのである。

第五章　〈新進〉

集英社の『自選集』と『日本文学全集』

講談社・音羽グループのライバル、小学館・一ツ橋グループの中核である集英社[1]は、雑誌や娯楽路線中心のイメージがあるが、手堅い文芸ものでも多くのすぐれた出版を手掛けている。また若年層にターゲットを絞った書籍、文庫、雑誌の分野では常に先頭集団で走り続けている。

その集英社は、かつて矢口進也が喝破したごとく、世界文学全集の分野でも、「後発の出版社であったが、その刊行では最も熱心な出版社[2]」なのである。実際、世界文学全集の刊行がピークに達した六〇年代半ばに『二〇世紀の文学　世界文学全集』で参入したときは、やや遅きに失した観もあったが、その後小型のデュエット版『世界文学全集』六六巻、大型の愛蔵版『世界文学全集』四五巻、中型の『世界の文学』三八巻、同じく中型のベラージュ『世界文学全集』八八巻などを立て続けに世に問い、文学全集離れの進む、七、八〇年代を支え続けた。八〇年代末、年号は平成に移った後も『ギャラリー世界の文学』を刊行、唯一の世界文学全集を提供している功績は特筆に値する。

世界文学の分野に比べると、日本文学全集の分野では地味な動きであるが、それでも全八八冊の全集を刊行したり、署名入りの自選集や、純文学と大衆文学の境界を払ったような全集を出したり、積極的な動きをしている。全八八冊の大部の全集は、改装版ということを考えるときにも、面白い問題を提起するようである。本章では、この集英社の日本文学の全集について考察を行う。

一　一九六一年から六二年にかけて

集英社の文学全集を考えるとき、一九六二年という年は逸することができない。この年、集英社は『新日本文学全集』『世界短篇文学全集』という二つの叢書の刊行を始める。ともに後の『日本文学全集』と『世界文学全集』・『世界の文学』の母胎となったものと考えてよい。いわば、プレ『日本文学全集』『世界文学全集』と言ってよいが、この二つの叢書の淵源をさらに遡れば、前年一九六一年の企画に到達する。

集英社が、グループ総帥の小学館と同様に、児童対象の書籍や雑誌の分野で他の出版社を引き離した力を持っているのは周知のことであるが、全集ものへの参入に際しても、この得意分野での実績をひっさげてのことであった。その実績とは、創業三五周年記念事業の『少年少女日本歴史全集』と『ひろすけ幼年童話文学全集』である。この二つは、集英社の社史である『集英社七〇年の歴史』でも言及されており、とくに後者は大きく取り上げられて、「業界の予想をはるかに上回る大ヒット企画」となったこと、「最終的には四〇〇万部を越えるだろう[3]」と推測されたことなどが記されている。

ここでは、社史では記述の少なかった前者について簡単に見ておこう。

『少年少女日本歴史全集』は、全一二巻。菊判のたっぷりとした判型に、上下二段にゆったりと版組がなされ、漢数字以外は総ルビで年少者にも読みやすいものであった。沢田重隆の装本や、佐多芳郎、川田清実、下高原千歳らの挿絵も美しくかつ親しみやすく、定評のある小学館『図説日本文化史大系』などに拠っている図版もすばらしかったが、なんといっても、尾崎士郎・和歌森太郎ら編著者の文章の力である。高度の内容を平易に説きながら、圧倒的な筆力で年少の読者をぐいぐいと引き込んで放さなかった。このシリーズによって歴史好きになった少年少女は多かったに違いない。組版が面倒な系図などは、時に手書きで挿入されているのが[4]、当時を偲ばせてほほえましい。本編の読み物としての楽しさ、人間ドラマ・物語としての面白さと相互補完するように、適宜挿入される「しおり」で歴史の流れについて深く学べるようになっていた。相当幅広い年齢層の少年少女を満足させるような本作りであった。幅広いといえば、「指導される方のために」という副題の付いた「あとがき」があったり、この種の本としては珍しいほどのきちんとした「さくいん」など、教師の副読本的な役割も持っていたのかもしれない。小学校の先生などを通して、知らず知らずのうちにこの本の内容に触れていた子供たちもいたのではないか。もうひとつこの叢書の特色として、分冊ごとの印象的なタイトルがある。外函には大きく「少年少女日本歴史全集」と刻印され、分冊ごとのタイトルは小さく記載されるだけであるが、書物本体の背表紙には「貴族の黄金時代」「南北朝の悲劇」「あらしをよぶ幕末」などの魅力的な分冊ごとの書名が大書されている。これらの蠱惑的ともいえるタイトルに惹かれて、書物を手に取った子供たちも少なくなかったろう。巧妙なキャッチコピーはこの出版社の得意とするところでもあった。このコピーの力が遺憾なく発揮されたのが、一九六二年の『新日本文学全集』の内容見本である。

これまでもしばしば引用したが、紀田順一郎の『内容見本にみる出版昭和史』は内容見本から出版文化史を浮かび上がらせる好著で[5]、面白い内容見本が多く取り上げられているが、その中でも五ページにわたって紹介されている『新日本文学全集』のそれは異色中の異色である。「五五人の作家への電話インタビュー」では「月最高の執筆量」「ひいきのプロ野球球団」「ふとした時口ずさむ歌」など一風変わった項目ばかりである。「内容見本としてはめずらしく、構成＝沢田重隆・鈴木康行、コピー＝西尾忠久らの制作スタッフ名が記されている[6]」ように、広報の重要性に早くから気づいていた。沢田重隆は上述の『少年少女日本歴史全集』の装幀担当でもあった。

さて、この『新日本文学全集』は「若い世代のために、初めて編集された、戦後文学のベストセラー集」「戦後の文学の動き、流れを作家単位に系統付けた新編集！[7]」と記されるごとく、阿川弘之・庄野潤三の第一巻から、吉行淳之介の第三八巻まで、戦後派の作家をずらりと並べたもので、五味康祐、柴田錬三郎、南条範夫らの時代小説、高木彬光、島田一男、多岐川恭、佐野洋らの推理小説など、大衆的な人気の高い作家や作品を集めているところに特徴がある。もちろんその一方で、『野火』『俘虜記』の大岡昇平、『真空地帯』『暗い絵』の野間宏をはじめ、梅崎春生『桜島』、田宮虎彦『足摺岬』、堀田善衛『広場の孤独』、大江健三郎『飼育』、島尾敏雄『死の棘』など、戦後の文学史を語る上ではずすことのできない作家や作品はきちんと押さえられている。一九五九年二月の『井上靖集』から配本を開始、三月の『三島由紀夫集』、四月の『源氏鶏太集』と順調に滑り出した。配本開始時点で〈新作長編〉とのみ記され収載作品が未決定であった松本清張は、一九六五年一月の三六回配本で『ある「小倉日記」伝』『張込み』『球形の荒野』などが収録された。

この全集は月報に到るまで十分に楽しめるものであった。第一巻の「阿川弘之の美しい奥さんのこと」（藤原審爾、月報二二）をはじめ、「遠藤狐狸庵先生のこと」（三浦朱門、月報二六）、「牛若丸朱門」

（進藤純孝、月報三四）など傑作揃いである。「クモノス城」のあるじ「蓼科大王」こと梅崎春生について語る抱腹絶倒の「練馬王について」（遠藤周作、月報一八）や、曽野綾子の一面を見事に浮き彫りにした、「『遠来の客達』の頃」（山川方夫、月報二三）など、月報で一冊の本を編みたいほどである。読み物としての面白さ満載の記事がある一方で、資料性の横溢した瀬沼茂樹「戦後文学編年史」も連載されており、そのあたりのバランスも絶妙であった。

一九六二年にやはり配本を開始した『世界短篇文学全集』の成功が、六五年からの『世界文学全集』につながっていくように、この『新日本文学全集』の取り組みが、六六年からの全八八巻の大がかりな『日本文学全集』の下地作りとなったことは間違いない。ちなみに、『新日本文学全集』と『世界短篇文学全集』は、共にきらびやかなシルバーグレイの函が極めて印象的で、この年、日本と世界の文学全集の分野に躍り出た集英社を象徴するような明るい鮮やかな造本であった。

二 『自選集』シリーズの骨格

『新日本文学全集』も三分の二の配本を終えた頃、一九六四年二月刊行の第二九巻『福永武彦・安部公房集』の挟み込みチラシに、目を引く一つの広告が載っている。「豪華限定版」「著者直筆サイン入り」の「文学自選集」のシリーズの企画がそれで、第一回配本として『石坂洋次郎自選集』が予告され、「第一回配本 三月下旬 以下三か月に一冊ずつ配本 限定版一〇〇〇部ナンバー入り 特装菊判変型・総革装 四〇〇ページ 各巻二八〇〇円[8]」と記されていた。

第一線で活躍中の大家・文豪に自作を選んでもらい、肉筆の署名を入れ、総革装で天金を施すなど豪華な装幀で、一〇〇〇部限定出版の特製本のシリーズを企画したのである。判型やページ数の近い『新日本文学全集』が三九〇円の時代に、定価二八〇〇円であるから、かなり高額な値段設定であるが、それでも高嶺の花とまではいかず、多少無理をすれば手の届く範囲といったところであろうか。一〇〇〇部という部数も、限定本としては異色の多さである。やや矛盾した言い方であるが、限定本の普及版、特製本の普及版を目指したのであろう。東京オリンピックの年、黄金の六〇年代を象徴する年に、正に相応しい企画であった。後に、二見書房の『自選作品』シリーズが企画されるなど、追随するものも出ているほどである。[9] この集英社の『自選集』シリーズは現在でも一定の評価を保ち、人気の『三島由紀夫自選集』『川端康成自選集』などは、保存の良いものであれば五万円前後の古書価が付いている。

ただ一〇〇〇部という部数の多さはあっても、特製本・限定本という性格上、全冊を揃えている大学図書館や公立図書館はない。納本制度に支えられている国会図書館でも全一四冊のうち、一〇冊しか所蔵していない。そこでこのシリーズの全体像を示しておこう。発行年月、総ページ数、解説担当、署名の形式（姓名を記すものと名前だけのものがある）に加えて、主要作品名を掲出した。

一『石坂洋次郎自選集』（六四年三月一〇日）三九七ページ、解説・亀井勝一郎、署名・石坂洋次郎。所収作品『草を刈る娘』『石中先生行状記』『若い川の流れ』『海を見に行く』『麦死なず』他

二『源氏鶏太自選集』（六四年一一月一〇日）三九七ページ、解説・小松伸六、署名・源氏鶏太。所収

作品『初恋物語』『随行さん』『台風さん』『英語屋さん』『喧嘩太郎』他。

三『三島由紀夫自選集』（六四年一一月三一日）三九八ページ、解説・橋川文三、署名・三島由紀夫。所収作品『潮騒』『美徳のよろめき』『金閣寺』『憂国』『大障碍』他

四『獅子文六自選集』（六五年三月一〇日）四一四ページ、解説・河盛好蔵、署名・獅子文六。所収作品『南の風』『達磨町七番地』『てんやわんや』『アンデルさんの記』

五『井上靖自選集』（六五年七月一〇日）、四〇六ページ、解説・福田宏年、署名・井上靖。所収作品『天平の甍』『猟銃』『姨捨』『楼蘭』詩他

六『志賀直哉自選集』（六五年一一月一〇日）三九八ページ、解説・滝井孝作、署名・直哉。所収作品『暗夜行路』『范の犯罪』『城の崎にて』『焚火』『灰色の月』他

七『川端康成自選集』（六六年四月一〇日）三九九ページ、解説・山本健吉、署名・川端康成。所収作品『伊豆の踊子』『雪国』『千羽鶴』『山の音』『眠れる美女』他

八『武者小路実篤自選集』（六六年七月一日）三九八ページ、解説・河盛好蔵、署名・実篤。所収作品『お目出たき人』『幸福者』『友情』『愛と死』『真理先生』他

九『谷崎潤一郎自選集』（六六年八月三〇日）三九八ページ、解説・江藤淳、署名・谷崎潤一郎（代筆）・雪後庵（落款）。所収作品『刺青』『吉野葛』『春琴抄』『少将滋幹の母』『鍵』他

一〇『山本有三自選集』（六七年二月二〇日）三九八ページ、解説・浦松佐美太郎、署名・有三（一部無署名あり）。所収作品『ふしゃくしんみょう』『無事の人』『嬰児ごろし』『同志の人々』『母の思い出』他

一一『丹羽文雄自選集』（六七年一〇月一五日）三九七ページ、解説・浅見淵、署名・丹羽文雄。所収作品『鮎』『菜の花時まで』『南国抄』『嫌がらせの年齢』『こおろぎ』他

一二『舟橋聖一自選集』（六八年二月一日）三九七ページ、解説・長谷川力、署名・舟橋聖一。所収作品『木石』『りつ女年譜』『老茄子』『たか女覚書』『とりかへばや秘文』他

一三『石川達三自選集』（六八年五月一〇日）四〇六ページ、解説・久保田正文、署名・石川達三。所収作品『頭の中の歪み』『群盲』『風雪』『あの男に関して』『ろまんの残党』他

一四『井伏鱒二自選集』（七八年一〇月一〇日）四七六ページ、解説・小坂部元秀、署名・井伏鱒二（鱒二の落款）。所収作品『黒い雨』『鯉』『屋根の上のサワン』『追剥の話』『中込君の雀』他

どの作家も、約四〇〇ページ（『井伏鱒二自選集』は除く、次節参照）という紙幅の制限があるから、自身の代表作の中からどの作品を収録するか苦慮したであろう。『細雪』が収録不可能な谷崎は、『刺青』『春琴抄』『少将滋幹の母』『鍵』など戦前・戦後の代表作をバランス良くならべている。『若い人』を収載できなかった石坂洋次郎はその替わりという意識で『麦死なず』を末尾におさめたのではないか。この企画と、代表作がぴたりと一致した作家は『暗夜行路』と好短編のほとんどを収録できた志賀直哉、『伊豆の踊子』『雪国』『千羽鶴』『山の音』をすべて収載できた川端康成であっただろう。三島由紀夫の場合も、『潮騒』『金閣寺』など人気の高い作品に、是非とも収載したかったはずの『憂国』と、平衡感覚にすぐれている。武者小路実篤のように短編中心の作家は作品選定も困難ではなかったが、山本有三のように長編の成長小説に本領を発揮する作家は多少苦しい選択となった。山本の

場合『波』『真実一路』『女の一生』『路傍の石』いずれも収録できず、『ふしゃくしんみょう』『無事の人』『嬰児ごろし』などで気を吐いた。『三等重役』を収載できない源氏鶏太も、直木賞受賞の『英語屋さん』など「〜さん」シリーズを中心に自選している。井伏鱒二は『山椒魚』も『ジョン万次郎漂流記』も『本日休診』も収載せずに、『黒い雨』を中核に据える思い切った構成である。このように、それぞれの収録作品に作家自身の強い思い入れも窺われる面白いシリーズであるといえよう。

三　『自選集』シリーズの諸問題

前節でまとめた自選集の一四冊を見ると、最後の『井伏鱒二自選集』のみが、他の作家と比べて刊行年月が大きく隔たっていることが注目される。それ以前の一三冊が、一九六四年から六八年の四年間に集中して出されているのに比べて『井伏鱒二自選集』のみが一九七八年と大きく遅れている。またこの一冊だけは装幀が全く異なるのである。一三冊は、金を多用した伊藤憲治の鮮やかな装幀で、色変わりの表紙[10]が鮮明な印象を残すのであるが、『井伏鱒二自選集』の川島羊三の装幀は表紙や背文字に金文字を使用するものの極めてシンプルなデザインである。組版も一三冊が二段組であるのに対して、井伏のみ一段でゆったりと組んでいる。そのため他の一三冊は四〇〇ページ内外で平均した厚さであるが、この冊のみ四七六ページと厚冊である。判型も『井伏鱒二自選集』のみが天地が数ミリ小さいものである。限定番号を記す検印紙のデザインも書式も井伏の冊のみ異なる。定価も、後述する『志賀直哉自選集』以外は二八〇〇円であったの対して、『井伏鱒二自選集』だけが八五〇〇円と大きく隔たる。同一のシリーズの一冊ではあるが、刊行時期が大幅に遅れたために、装幀・組版・定価など大きく異なってしまったのであった。

なお、これら一四作品は、いずれも二重函入りで、輸送用の外函は三重枠内に「川端康成　自選集」などと横書き、その下に「一千部限定」「著者直筆サイン入り」と二行書きで記された紙片を貼付する。装幀の異なる『井伏鱒二自選集』も外函の形式は同一である。井伏の冊の段階まで紙片の書式が残されていたのであろう。

一〇〇〇部限定と述べたが、『志賀直哉自選集』のみ外函に「四三〇部限定」と記され、定価も三八〇〇円と割高である。当初の一三冊のうち、『志賀直哉自選集』のみが、発行部数と定価が異なるのである。部数と定価との間には相関関係があろうが、限定一〇〇〇部が原則のシリーズであったから、志賀直哉のみは別格に扱われたのであろうか。

このシリーズのセールスポイントは、著者自身が自作を選んだこと、限定版であること、豪華な装幀であることなどもあったが、何と言っても著者の肉筆署名入りということが大きかった。扉の後、目次の前に著者の近影が挟まれている[11]、その写真に薄様が重ねられ、その薄様紙の下の左端に「著者直筆サイン」と小さく印刷されている。第一回配本の『石坂洋次郎自選集』と、装幀の異なる『井伏鱒二自選集』とには、この文字がない。第二回配本から書式が統一されたのであろう。『谷崎潤一郎自選集』は、谷崎が自選集刊行前の一九六五年七月に逝去して、没後の刊行になったから、「谷崎潤一郎夫人サイン」と印刷した上で松子夫人の代筆で「谷崎潤一郎」と署名、「雪後庵」の落款が押される。大部分の署名は、「著者直筆サイン」の印字に近いあたり、下半分のやや左寄りに記されることが多いが、三島由紀夫のように紙いっぱいに大書している例もあり、作家の個性が窺われて面白い。「石坂洋次郎」「井上靖」の二人はペン書き、それ以外は墨書である。基本的にフルネームであるが「直哉」「実篤」「有三」の三人は名前のみである。

なお『山本有三自選集』のみは、署名入本・無署名本の両方がある。番号の若いものが署名本である。その境界線については確定できないが、調べた範囲では、一三五番本は署名があるが、二二〇番本は無署名である。無署名本は薄様紙も差し替えられており「著者直筆サイン」の文字がない。署名が終わらないうちに山本の逝去ということになり、二〇〇番前後から無署名本となったのであろう。因みに、二二〇番本には「種々の事情により、発行の期日に遅れましたことを、ふかくお詫びいたします。文学自選集編集部」という紙片が挿入されており、この間の事情が窺われる。[12]

最後にこのシリーズの冊数について考えてみたい。『集英社七〇年の歴史』第二部年表の三二二ページ、昭和三九年（一九六三）三月一〇日の項には、「総革装の著者サイン入り豪華限定本『石坂洋次郎自選集』（二八〇〇円）刊行。以後七月刊の『三島由紀夫自選集』から四〇年の志賀直哉、四一年の谷崎潤一郎をへて、五三年一一月刊の『井伏鱒二自選集』まで文壇巨匠の自選集を逐次企画、一五巻を刊行する」と記されている。

ところが、現在までに確認できたのは、一覧表に示したごとく一四人の作家の自選集であった。筆者の調査洩れの可能性はあろうが、この一四人以外のものは、国会図書館にも、主要公立図書館にも、主要大学にも、一冊も所蔵されていないし、書籍目録の類にもまったく出てこない。もう一人の作家の自選集がある可能性は極めて低かろう。

「一五巻」というのは、「一五人」の作家の自選集ではなくて、「一五冊」の自選集ではないだろうか。実は、川端康成のみが集英社から二種類の自選集を出しているのである。一つは、前掲のデータの中に示した、六六年四月一〇日発行の三九九ページのものである。そして、全く同名の『川端康成自選集』が同じ集英社から、一九六八年一一月二九日に刊行されている。こちらは四一二ページで、装幀も全く異なる。これは、川端のノーベル文学賞を記念して作られたもので[13]、のち市販された。六六年の限定版の自選集に、ドナルド・キーンの「川端文学にみる普遍性と日本的特徴」という解説（和文、朝日新聞社『世界の中の日本文学』より転載）と、川端の作品と翻訳の問題を論じたサイデンステッカーの解説（英文）合計一〇ページを末尾に付載したものである。装幀は、自選集シリーズとはまったく異なり、装幀装画は東山魁夷、題簽は宮田遊記、表紙は人間国宝中村勇二郎の伊勢型小紋であった。函に使用された東山魁夷の竹林の下絵は殊に川端の気に入ったものであった[14]。なお、口絵の写真も、元版は六五年の伊豆の踊子文学碑除幕式のものであったが、「ノーベル文学賞発表の日深夜、書斎で」ほか一葉（撮影米津孝）に改められている。市販の定価は、シリーズのものと同じく二八〇〇円であったが、ただ部数の限定はせず、著者の署名も付けなかった。ところが、書名が『川端康成自選集』と同一であり、発行時期も近かったために、社史作成の際に混入してしまったのではないか。定価が同じであったことも混乱に拍車を掛けたかもしれない。そういった事情であるとすれば、六八年の『川端康成自選集』はこのシリーズとは別物であるから、自選集シリーズは「一四巻」とした方が、誤解を招かずにすむはずである。

なお中央公論社の『川端康成作品選』も、次章で述べる『日本の文学』の版面を利用して解説を追加してノーベル文学賞記念出版としたが、こちらは小B6判の判型を四六判に拡大している。

四 〈デュエット版〉『日本文学全集』の誕生

『新日本文学全集』や豪華自選集シリーズなどで蓄積した編集・営業のノウハウをもとに、文芸部門の力を総結集して、総合的な『日本文学全集』を集英社が世に送ったのは、一九六六年のことである。編集委員に伊藤整・井上靖・中野好夫・丹羽文雄・平野謙らをずらりと揃え、作家の選定、作品の選択、解説など充実した極めてオーソドックスな全集である。小B6判ながら全八八冊の堂々たる全集であった。冊数だけで言えば、五〇年代に刊行を始めた筑摩書房『現代日本文学全集』や講談社『日本現代文学全集』に次ぎ、先行する新潮社『日本文学全集』や中央公論社『日本の文学』、雁行する文藝春秋『現代日本文学館』、最も競合したと思われる河出書房の各種『日本文学全集』をしのぐ、大部の全集であった。

『集英社七〇年の歴史』の記述するところによれば、「文学全集のブームはすでに峠をこえていた」という認識にもかかわらず、従前の全集の購買層よりも下の「高校生に目標をしぼり」「定価を思い切って下げ」、毎月二冊を同時配本して採算を計る「ペア配本の奇策」で、この分野に参入、大成功を収めたのである。二冊同時配本であるから〈デュエット版〉という愛称も付けられた。

もう一つこの全集で忘れてならないのは、第一巻『坪内逍遥・二葉亭四迷集』第二巻『尾崎紅葉・泉鏡花集』に始まり、第八六・八七・八八巻の『名作集（一）〜（三）』まで、明治・大正・昭和三代の日本文学をバランスよく収載していることである。[15] 高校生対象といっても、決して読みやすい、口当たりの良い作品ばかりではない。『葛西善蔵・嘉村礒多集』『葉山嘉樹・黒島伝治・伊藤永之介集』など、地味だが近代文学を語る上で欠かせない作家や作品をきちんと押さえていること、散文のみならず韻文にも目配りが行き届いていることなど、実に行き届いた全集である。集英社が立案実行した「高校生のための文化講演会」[16]が、この全集の売れ行きを支えたこともまた間違いないが、体系性・総合性という全集そのもの自力・底力こそ、第一に指を屈すべきであろう。ともあれ、文化講演会とこの全集が、高校生の文化や文学・教養を下支えした功績は極めて大きいと思われる。

配本にも、高校生を意識した選定がなされた。第一回配本は第二三巻『武者小路実篤集』第五八巻『石坂洋次郎集』であった。言うまでもなく武者小路実篤は当時の高校生に最も良く読まれた作家の一人で、代表作『友情』は、高校生の、いわゆる洗礼本の第一位なのである。[17] 当時、武者小路実篤が中高校生に集中する形で支持を集めていたのに対して、石坂洋次郎の方は、それほど強固な信者は少なかったかもしれないが、そのかわり一層幅広い年齢層の若者に読まれていた。また石坂洋次郎の場合は映像の影響も大きかった。五〇年代から六〇年代半ばに掛けては映画の最盛期であるが、一九五〇年から六九年まで、石坂作品が一度も映画化されなかった年はない。特に『日本文学全集』の刊行の始まった六六年までの四年間には二〇本近くの石坂作品が映画化されており一つの頂点であった。第五八巻『石坂洋次郎集』の収載作品は長編『陽のあたる坂道』と中編『若い川の流れ』を中核に据えているが、この二作品は石原裕次郎・北原三枝・芦川いずみで人気を博した、当時の日活を代表する作品でもあることは周知の通りである。『石坂洋次郎集』では、ほかに二〇ページ前後の小品四作品が取られている。そのうち『草を刈る娘』は、前節で述べた『石坂洋次郎自選集』にも収載され、戦後の純粋造本の代表格である細川叢書[18]の第一〇冊目に起用された、ほのぼのとした作品であるが、六六年当時にはやや古めかしい印象ではなかったか。にもかかわらずこの作品を収載したのは、作品自体の良さはもちろんであるが、日活のもう一つの黄金コンビである吉永小百合・浜田光夫で映画化されていたことも関わっているだろう。

いささか長く映像と文学のことに拘泥したのは、翌月六六年七月の第二回配本にもそれが現れているのではないかと推測されるからである。第二回配本は第四八巻『林芙美子集』第八三巻『井上靖集』である。この全集の編集委員の一人でもあり、第二節で述べた『新日本文学全集』の第一回配本にも起用された井上靖[19]の場合は当然の選択でもあっただろうが、文学全集の初期の配本の常連ともいうべき森鷗外・夏目漱石・島崎藤村・芥川龍之介・太宰治・谷崎潤一郎・川端康成らを抑えて林芙美子を第二回配本に持ってきたのは思い切った抜擢であった。

第四八巻『林芙美子集』は『放浪記』を巻頭に据え『風琴と魚の町』『晩菊』『浮雲』らで構成されている。林芙美子の文学と映像の関係ですぐに思い起こされるのが成瀬巳喜男の仕事である。成瀬は一九五一年林芙美子の没後まもなく、絶筆となった『めし』を映画化するが、この作品は「戦後の成瀬映画を決定したといってよい[20]」作品で、その後も、『稲妻』『晩菊』『浮雲』と五〇年代に林文学を次々とスクリーンに甦らせた[21]。六二年には『放浪記』も映画化している。しかし極めて陰影の深い成瀬の作品と、若年層を対象とした今回の全集との関係性を問うのは難しかろう。林芙美子を第二回配本に持ってきたのは映画ではなく、テレビ映像によるものであっただろう。ＮＨＫの朝の連続テレビ小説『うず潮』がそれである。一九六四年から六五年三月まで放映されたこの番組は、多くの視聴者の支持を得て、翌々年の『おはなはん』と並んでこのシリーズを根付かせた功績の大きいものである。集英社の『林芙美子集』が刊行された六六年に高校生であった世代は、『うず潮』放映時には中学二年生から高校一年生であり、夏休みなどにはこのドラマに夢中になっていたのではなかろうか。そのあたりの計算に基づき、集英社は『林芙美子集』を第二回配本に抜擢したのであろう。なお、この頃は大当たりした連続テレビ小説はすぐに映画化された。『うず潮』は齋藤武市監督、主演は吉永・浜田の黄金コンビであったが、テレビの林美智子・津川雅彦の組み合わせの印象が強かったのでやや分が悪かったかもしれない。上述した『おはなはん』も、今日では岩下志麻の松竹映画よりも、樫山文枝のテレビ版の記憶を持っている人の方が圧倒的に多かろう。[22]それは、映画とテレビの交代期とも一致していると思われる。

こうして映像の影響も含め、当時の高校生世代に影響力の強い作家や作品を初期の配本に投入することによって、集英社の『日本文学全集』は好調な船出をした。第三回配本には川端康成・谷崎潤一郎という文豪を登場させて多少変化を持たせ、第四回配本には女子学生に人気の堀辰雄と、中高生に支持の多い山本有三を起用した。文学全集の定番とも言うべき芥川龍之介は第五回配本、夏目漱石を第六回配本と、本格的な全集を指向する方向性と、親しみやすさ・入りやすさを希求する方向性の、見事な調和であった。

第一回配本の武者小路実篤、石坂洋次郎の二冊が「それぞれ四〇万部の累計部数に達する[23]」という好スタートを切ったこの全集は、その後も順調に配本を重ね、七〇年四月に全八八冊の刊行を終えることとなる。

五　『日本文学全集』の影響と改判

集英社の『日本文学全集』の発刊時の爆発的な売れ行きは、同様のシリーズを刊行中の他社に大きな影響を与えた。一九六六年六月当時、刊行中の日本文学の全集は、筑摩書房『現代文学大系』、中央公論社『日本の文学』、文藝春秋『現代日本文学館』などがあったが、読者年齢層が比較的高かったこれらの叢書に比べて、年齢的に重複する部分が大きかったのは〈豪華版〉や〈カラー版〉の『日本文学全集』を刊行中の河出書房であった。河出書房は六六年中に完結した『現代の文学』をはじめ、読みやすさと、面白さの追求にも余念がなかったから、共通する部分がかなり多かったのである。

しかも、集英社の『日本文学全集』の判型は、河出書房のロングセラーであった〈グリーン版〉『世界文学全集』と同じで、〈グリーン版〉が函も表紙も印象的な緑色で統一するのに対して、集英社の全集は函や表紙に鮮やかな赤を使用して、叢書を象徴するシンボルカラーを設定するという点でも共通した。さらに〈グリーン版〉は本冊に横方向に溝の走る独特のビニールカバーを掛けて清新な印象を与えたが、多少デザインこそ違え、集英社版も同じ横縞のビニールカバーを用いているのである。[24]

河出書房は世界文学全集の分野でも、〈カレッジ版〉〈ポケット版〉〈キャンパス版〉と小型版の全集を相次いで刊行して若年層の開拓を図っていたから、[25]日本文学の分野で集英社に席捲されてばかりではなかった。集英社『日本文学全集』の発刊から一年後に、〈グリーン版〉『日本文学全集』の刊行を開始する。この〈グリーン版〉『日本文学全集』は、集英社刊行の『日本文学全集』と内容的に通底する部分があり、集英社版を研究したのではないかとも思われる。たとえば、〈グリーン版〉は全五二冊であるが、このうち一人の作家で二冊を占めているのは、夏目漱石・島崎藤村・谷崎潤一郎・武者小路実篤・石坂洋次郎・下村湖人・山本有三であった。夏目漱石以下の三人は、このような企画で複数冊を占めるのが定番となっている大文豪であるが、武者小路実篤以下の四人はやや異質である。この四人は高校生あたりに人気のある作家であったことが最大の理由であろう。さらに武者小路実篤と石坂洋次郎の二人は、四〇万部を売り上げた集英社の第一回配本コンビでもあった。ならば河出書房としては、二冊にふくらませて集英社版では読めない作品も収載しようと考えたのではなかったか。

　配本冊数も集英社版と同じく二冊ずつの同時配本でスタートした。集英社版には入っていない下村湖人『次郎物語』の二分冊を第一回・第二回に配本して差異性を強調すると共に、第一回では『坊っちゃん』の夏目漱石、第二回では『友情』の武者小路実篤と組み合わせた、手堅い布陣であった。『次郎物語』は、中学生の読書調査では毎年上位に来るものの、高校生になるとやや失速気味であるが、[26]恐らくこの読書調査であげられている『次郎物語』とは少年少女向きに第一部・第二部あたりでまとめたものと思われる。河出書房としては全五部を読める形にすることで、高校生など年齢層のやや高い読者を掘り起こそうとしたものだろう。こうして、集英社と河出書房が競い合う形で、若年層向けの全集が刊行され、読者の選択の幅が大きく広がることが期待されたが、六八年の河出書房の倒産騒動で、二つの全集が雁行する形はあっけなく終焉を迎える。それでも再建後の河出書房は〈グリーン版〉『日本文学全集』を完結させ、学年別雑誌を刊行している学習研究社と旺文社が『現代日本の文学』『現代日本の名作』を刊行するなど[27]、高校生を中心読者とする文学全集の企画が後続することとなった。

このように集英社の『日本文学全集』の果たした役割は大きかったが、もともと体系的な、総合的な全集であったから、大学生以上の、多少年齢が高い読者層の大きな支持も得ていた。そこで装幀を改め、判型を大きくして愛蔵するに足りる豪華な装本として、幅広い年齢層に受け入れられることをねらって、改装版を刊行することとなった。元版の完結の翌年、一九七一年のことである。

元版は小Ｂ６判、手軽に持ち運べるコンパクトサイズであり、若年層への普及を考えたために、定価も抑えて一冊二九〇円で、外函も簡易な紙函であった。今回は判型を四六判に改め、外函を瀟洒な貼函にし、表紙のクロスもより上質なものにし、月報のページも倍増させた。奥付に記される「豪華版」という新しい名称に相応しいものであった。

一体、このような全集の場合、元版を改装したり、改編したりして新たな版を作ることは珍しいことではない。特に元版の評価が高かったり、高い発行部数であったりした場合、多少のモデルチェンジで新しい購買層を開拓しようとする試みがなされることが多い。その一例として、集英社のこの全集を考えてみたい。

第三章で見た、新潮社の『日本文学全集』は、七二冊、五〇冊、四〇冊、四五冊と冊数の増減を繰り返しながら、次々と改編版を刊行した。第四章で見た、講談社の『日本現代文学全集』は一〇八冊の元版から三八冊の豪華版を作り上げた。ともに基本の方針は冊数を削減して売れ筋の巻に絞り込むことにある。新潮社の最後の改編だけが五冊の増加に転じているのが例外である。冊数の削減が主要な変更点で、内容に変化がないのが大原則であるが、元版の一部に変更を加える場合がある。元版で抱き合わせであった作家の冊から、売れ筋と考えられたものを抜き出して組み合わせる形が最も多い。数は多くはないが、同一作家の場合でも、一部の作品に入れ替えがあることがある。解説・年譜類は、出版時期に合わせて、小規模な増補が行われることが多い。版面・紙型をそのまま使用出来るように、判型は変えていない。以上が、一般的な改編の仕組みである。

時系列で再述すれば、一九六七年に新潮社が五〇冊に削減した『日本文学全集』を出版し、六九年にはこれを四〇冊にした改編版を出し、同年、講談社は一〇八冊から三八冊にした『日本現代文学全集』の豪華版を刊行した。その翌年に集英社の『日本文学全集』が完結。翌七一年、早々に改装版の刊行を始める。

集英社が選択したのは、冊数を減らす改編版ではなく、判型を改める改装版であった。改判という表記がふさわしい。集英社の『日本文学全集』は、体系だった全集であると同時に、一方では高校生にも親しめる部分を希求していたから、新潮社や講談社の全集のように冊数を絞り込むのは得策ではない。そこで、全冊を改装することを考えたのではないか。冊数に違いがない以上、購買者に変化を実感させるためには、判型・装幀の思い切った改変が必要である。かくして判型を改めた改装版の計画が日程に上ることになる。

元版と冊数が同じであるから、どの作家を残すか頭を痛める必要がなかったので、その分、注釈や解説類では、細部に到るまで行き届いた、改変作業がなされたようである。豪華版の第一回配本である『川端康成集（一）』（一九七一年一〇月、四四四ページ、五九〇円）で、先に完結した元版（小型版）

と比べてみよう。なお、今回はノーベル文学賞受賞の川端を第一回配本に起用している。収載作品やその排列が一致するのはもちろんであるが[28]、本文部分の組版も前回のものをほぼ踏襲しているようである。ページも本文部分は完全に一致する。ただし、完全な版面利用ではなく、新たに版組しているので、句読点の送りなどの関係で、一字分が前後の行に移動するところが散見する。作品の末尾に付けられていた初出年次は削除されている。挿絵も同じものを使っているが、挿入される位置が数ページ前後する場合がある。年譜と、小田切秀雄作成の注解は、小型版では三段組であったのが、二段組に改められて読みやすくなっている。もちろん注解には細かく手が入れられているから項目の出入りがあるし、同じ項目でも書き改められている場合がある。注解は三ページ増となっている。解説は元版のものを利用するが、注解の増ページに伴い、右ページ起こしの元版の解説が左ページからとなる。ただし、解説中の写真の位置は、見開きにしたときのバランスからか、元の位置に留めている。写真といえば、巻頭の著者の写真は、元版では刊行の年、一九六六年撮影のものが使われていたが、豪華版では七〇年の近影に改められている。

従来、改装版や改編版の場合、著者の写真などは元版のものを使うこともあった。そのため現役の作家の場合やや違和感を覚えるのだが、集英社の豪華版では写真を差し替える繊細さである。川端康成はこの全集では二分冊であったから、第一分冊の年譜はもともと一九四四年まででであった。第二分冊の年譜は、元版では刊行時の一九六六年まででであったが、豪華版の『川端康成集（二）』では、七二年六月の発行であるから、同年四月の川端の死まで年譜が補われている。このように豪華版は、注解・写真・年譜のような細かなところにまで配慮をした改装改判版であった。

最後に豪華版の配本について簡単に触れておけば、第一回配本は『川端康成集（一）』と『石坂洋次郎集』で、第二回配本は『武者小路実篤集』と『三島由紀夫集』の同時配本であった。石坂・武者小路という元版のコンビを生かしつつ、川端・三島という没後も人気の高い作家を組み合わせたあたり、絶妙の判断であったといえようか。

むすび

最初に述べたように、集英社は世界文学の全集の分野では、二〇世紀の最末期まで新たな企画を出し続けるが、日本文学の全集の分野との関わりは短く、七一年から七五年にかけての豪華版『日本文学全集』が最後であった。現代とか、二〇世紀とか、ラテンアメリカとか、様々な切り口が可能で、新味を追求する余地のあった世界文学の全集の分野に比べ、日本文学全集にはもはやそのような工夫も望めないということであろうか。あるいは、この分野の購読者層が急速に消滅していくことを敏感に察知していたのであろうか。

最後に、集英社文庫の果たした役割について簡単に触れておく。一九七七年に川端『伊豆の踊子』、井上靖『白い牙』などで本格的なスタートを切った集英社文庫であるが、文庫供給過剰気味の現在まで、文庫戦線で重要な位置を占めている。特に夏の文庫フェスティバルでは、老舗の〈新潮文庫の夏の百冊〉より低い年齢層にターゲットを絞り、見事な棲み分けを果たしている。〈ナツイチ〉という独特のキャッチフレーズも、第二節で見たこの出版社のコピーのすばらしさと通じている。日本文学の名作が、若者から次第に遠い存在になりつつあった一九九〇年代には、島崎藤村の作品を『初恋』という書名で、高村光太郎の作品を『レモン哀歌』という書名で文庫化している。[29] 詩集の中の一編を書名に用いたのである。「島崎藤村詩集」「高村光太郎詩集」ではなく、このような書名を採用する感性が、若者をこれらの作品に近づけたのではなかっただろうか。高校生のための『日本文学全集』を企画した集英社の伝統は形を変えて生き続けているのである。

第六章 〈差異〉

中央公論社『日本の文学』と文藝春秋『現代日本文学館』

日本近代文学の全集は、一九五〇年代には、角川書店『昭和文学全集』（一九五二年刊行開始）、同『現代国民文学全集』（五四年）、筑摩書房『現代日本文学全集』（五三年）、河出書房『日本国民文学全集』（五五年）など菊判やA5判のやや大型の判型が中心であった。これが六〇年代に入ると四六判やB6判を中心としたコンパクトな形へと移行する。一九六一年に角川書店が、今回は四六変型判で『昭和文学全集』を刊行するのがその象徴である。そして、新潮社の『日本文学全集』（五九年刊行開始だが、完結は六五年）や筑摩書房の『現代文学大系』（六三年）などのやや小型の文学全集が席捲するにいたるが、まもなく中央公論社も、ほとんど同じ判型の『日本の文学』でこの分野に参入する。冊数も新潮社『日本文学全集』七二冊、筑摩書房『現代文学大系』六九冊に近く、かつそれを越える全八〇冊であった。

『日本の文学』は一九六四年の二月に配本を開始するが、ちょうど二年後の六六年二月には、文藝春秋が『現代日本文学館』の第一回配本を行って、やはりこの分野に加わってくる。新潮社・筑摩書房の二社に加え、講談社は『現代日本文学全集』全九九巻（一九六〇年〜六九年）を刊行中（ただし判型はA5判）、六〇年代の文学全集の出版点数では最多を誇る河出書房は六三年から『現代の文学』、六五年から〈豪華版〉『日本文学全集』と、それぞれ『日本の文学』『現代日本文学館』の前年に刊行を開始している。こうした中に、戦前からの総合出版社である中央公論社と、芥川賞・直木賞を擁する老舗の文芸出版社である文藝春秋が加わって、本格的な日本近代文学の全集がずらりと顔を並べるのである。前章で述べた集英社の『日本文学全集』全八八巻も六六年からこの分野に参戦してくるのである。集英社や河出書房が比較的若い世代の読者層・購買層を開拓しようとしたのに対して、先行する新潮社・講談社・筑摩書房と、追走する中央公論社・文藝春秋の二社の全集は、従来型の青年期壮年期の読者が主たる対象であったと言えようか。とすれば、新規参入の二つの全集はどのような特性を標榜して、差異性を際立たせたのであろう。この二社の全集について考えてみよう。

一　中央公論社のホーム・ライブラリー

中央公論社の『日本の文学』の名前を聞いて第一に想起するのは、色違いの中林洋子（なかばやしなみこ）の装幀で見事に統一された叢書群の一環であるということである。第一シリーズの『世界の歴史』から第八シリーズの『日本の名著』にいたるまで、〈世界〉〈日本〉と、〈歴史〉〈文学〉〈詩歌〉〈名著〉などを組み合わせた八大叢書で、すべてを合わせると四〇〇冊近くになる。哲学・史学・文学のいわゆる人文科学の三分野すべてを網羅しており、これらを揃えることによって、自宅を人文学の基本図書館とすることができる。これらを総合して、中央公論社がホーム・ライブラリーと名付けたのも頷けるものである。

この八大叢書を、叢書名、外函の色、第一回配本年月、総冊数、定価の順に一覧表にしてみよう。

『世界の歴史』　緑　一九六〇年一一月　全一六冊別巻一冊　三五〇円

『世界の文学』赤	一九六三年二月	全五四冊	三九〇円
『日本の文学』紺	一九六四年二月	全八〇冊	三九〇円
『日本の歴史』焦茶	一九六五年二月	全二六冊別巻五冊	四五〇円
『世界の名著』小豆色	一九六六年二月	全六六冊続巻一五冊	四八〇円
『日本の詩歌』薄紫	一九六七年九月	全三〇冊別巻一冊	四八〇円
『新集　世界の文学』白	一九六八年五月	全四六冊	四八〇円
『日本の名著』濃緑	一九六九年六月	全五〇冊	五八〇円

最初の『世界の歴史』の刊行開始と、第二弾の『世界の文学』との間に二年三か月の間隔が空いているが、『世界の文学』以降は毎年新しいシリーズがスタートしていることが分かる。『世界の歴史』は単独の叢書として大成功したが、ホーム・ライブラリーのシリーズとして実質的に軌道に乗るのは、二番目の『世界の文学』からであると言えよう。

先鞭を付けた『世界の歴史』は、中央公論社創業七五周年記念出版であり、当時最高の執筆陣が顔を揃えた充実した企画であった。全体の監修者に、貝塚茂樹（第一巻責任編集）村川堅太郎（同二巻）と並んで、ライバル出版社の池島信平（文藝春秋第三代社長、当時は『文藝春秋』編集局長）が加わっていることに、柔軟な発想が窺われよう。池島は『世界の歴史』の内容見本に「読者代表としての監修者――「西洋史」院外団の団長敬白」という達意の文章を寄せている。この内容見本には、各冊の担当者の原稿分量まで記載されており[1]、隅々まで緻密に計画されたものであることが窺われる。「最新の研究成果」「歴史発展の多様性の認識」「あふれる現代感覚」などの特色が謳われているが、その一つの「小型で瀟洒な造本」の項目に「どこでも気軽に読めるように歴史の本としては画期的なB6判変型（函入）とした」云々と記されており、この判型を選択したことが、後続の企画を可能にしたとも言えよう。重厚なA5判などであれば、そのような展開はなかったかもしれない。

やがて森英恵装幀の『世界の旅』全一〇冊や、〈中公新書〉発刊などの企画を挟んで、『世界の歴史』と同装幀色違いの『世界の文学』がスタートする。全五四冊でシェイクスピアやセルバンテスから始まるオーソドックスな編集であるが、オースティンの『エマ』やロランの『魅せられたる魂』が容易に読めるようになったのは嬉しいことであった。内容見本などではこの全集の七大特色を謳うが、その筆頭に掲げられる「正統的でしかも清新な編集」というのは、こうしたことを指すのであろう。特色の最後に掲げられているのが「清新でハンディな愛読愛蔵版」という項目で、「携帯に便利でしかも書架を飾るにふさわしい豪華本」などと記されている。

『世界の文学』の内容見本は数種が作成されているが、刊行当初に配布されたそれには、装幀者の中林洋子が「緑を基調とする『世界の歴史』」に対して、今回は「基本の色は、始めから断然赤だと思いました」などの文章を寄せ、中林の装幀を前面に押し出しているのである。その一方で、「家庭に備えて生活にうるおいをあたえるホーム・ライブラリー」の惹句が記されていることが注目される。この内容見本では下段三分の二が作品一覧、上段に、谷崎潤一郎、川端康成、白井浩司、宮本陽吉などの推薦の言葉が載っているが、その上段に上記の言葉がある。ただ、別のページでは「愛と思索のために必読の精選された世界文学二〇〇篇」とも記されているから、この「ホーム・ライブラリー」は『世界の文学』の叢書だけを指すものと思われる。これが管見による限り、最も早い使用例と思われるから、『世界の文学』を指して使われていた「ホーム・ライブラリー」という言葉を、後に叢書全体に転用したのではなかろうか。

『日本の文学』はその中林洋子の装幀のホーム・ライブラリーの第三弾としてスタートした。一年前の『世界の文学』が五四冊と切れ目のあまり良くない数字であり、後に追補とも言うべき、四六冊の『新集 世界の文学』を刊行していることと比べると、全八〇冊で、当初から整然としたまとまりを持っていた。『日本の文学』から二年後にスタートした『世界の名著』でも本編六六冊の後に続編一五冊を追加していることに比べても、『日本の文学』の方は刊行開始時点でよく練り上げられていた企画であることが際立っている。なお、ホーム・ライブラリーには、別巻数冊を持っているものがあるが、『日本の歴史』の別巻五冊、『日本の詩歌』別巻一冊などは、内容から考えて本編と相互補完するもので、〈新集〉や〈続編〉とは次元の異なる話である。

ホーム・ライブラリーのシリーズとしては、『日本の文学』の刊行の翌年には『日本の歴史』、翌々年には『世界の名著』が刊行を始めている。その結果一九六七年には、文学・史学・哲学のすべてにわたる大部の本格的な叢書を、同時並行的に刊行することとなった。その後も『日本の詩歌』、『新集世界の文学』、『日本の名著』と、毎年質量共に充実した新しい叢書の刊行に着手し、多くの叢書を同時並行で進めつつ、ほとんど刊行に遅延がなく完結に漕ぎつけていることを考えると、中央公論社の底力に改めて舌を巻く思いである。[2]

こうして、中央公論社のホーム・ライブラリーは完成するのであるが、『日本の文学』『日本の詩歌』などの叢書ごとの宣伝パンフレットとは別に、『中央公論社版ホーム・ライブラリー』とか『中央公論社の〈八大全集〉ホーム・ライブラリー』などシリーズ総体としての内容見本も作られている。前者は最初の四つの叢書と、六番目の『日本の詩歌』(五番目の『世界の名著』は巻数が多く『日本の詩歌』が先に完結した)の五つのセット販売促進のためのもの。後者は、これに刊行途中の『世界の名著』『新集 世界の文学』『日本の名著』を加えて紹介がなされる。『日本の文学』は、このホーム・ライブラリーの支柱でもあったのである。

二 『日本の文学』の骨格

『日本の文学』は全八〇冊。判型はB6判変型。上述した如く、これはホーム・ライブラリーのシリーズに共通するもの。他社の、近代日本の文学全集と比べると、新潮社『日本文学全集』と縦の寸法はほぼ同じであるが、横幅が広く重厚感がある。筑摩書房『現代文学大系』や文藝春秋『現代日本文学館』よりは、縦横約一センチほど小さくコンパクトな印象が強い。この大きさで八ポイント活字の上下二段組で二三行であるから、ぎりぎりまで収載能力を高めたものである。横幅で言えば約一センチ小さい『日本文学全集』が二〇行、約一センチ大きい『現代文学大系』『現代日本文学館』が二四行であるのと比べれば、限られた紙面の限界近い行数であることが理解できる。それでもさほど読みづらさを感じさせない行間余白の取り方はさすがである。

作者や作品の構成は、第一巻が坪内逍遙・二葉亭四迷・幸田露伴、第七六巻が石原慎太郎・開高健・大江健三郎で、七七巻から八〇巻までの四冊が『名作集』である。冊数と刊行時期が近い筑摩書房『現代文学大系』全六九巻は、六三巻から六六巻までの四冊をやはり『現代名作集』として四冊を配置した後、六七巻『現代詩集』、六八巻『現代歌集』六九巻『現代句集』としているのに対して、『日本の文学』はそれに該当する巻がない。『日本の文学』の二年後に二九冊のコンパクトな形で出発した河出書房の〈豪華版〉『日本文学全集』でも、最終巻二九巻は『現代詩歌集』なのである。『日本の文学』はやや小説偏重に過ぎるようであるが、三年後にスタートする『日本の詩歌』と組み合わせてみるべきなのであろう。

収録作品の上限は、第一巻を仮名垣魯文『安愚楽鍋』や成島柳北『柳橋新誌』を含む『明治初期文学集』とした講談社『日本現代文学全集』の形とは距離を置き、坪内逍遙・二葉亭四迷・北村透谷で第一巻を構成した筑摩書房『現代文学大系』にやや近いものである。新潮社『日本文学全集』も本来の赤い貼函版、いわゆる第一次の全集では二葉亭四迷から始まっていた。[3] 下限は七四巻の安岡章太郎・吉行淳之介・曽野綾子、七五巻の阿川弘之・庄野潤三・有吉佐和子と、上述した七六巻の三人などである。

一巻の構成としては、名作集四冊以外では、第一巻のような三人の作家の抱き合わせが二〇冊、第四巻の尾崎紅葉・泉鏡花のように二人を組み合わせるものが一二冊、それ以外が単独収載となる。一人の作家が複数冊を占めるものは、二冊を割り当てられたのが森鷗外、島崎藤村、徳田秋声、永井荷風、志賀直哉の五人、三冊が夏目漱石と谷崎潤一郎の二人である。

どの作家が複数冊を占めるのかは、その全集の色彩を示すものでもある。『日本の文学』以前に刊行された、主要な近代日本の文学全集の例を挙げてみよう。当初の計画に追補されたものがある場合は最終形態で掲出している。

・『現代日本文学全集』筑摩書房（一九五三年刊行開始）全九七冊
二冊・森鷗外・田山花袋・徳田秋声・正宗白鳥・永井荷風・谷崎潤一郎・武者小路実篤
三冊・島崎藤村・夏目漱石

・『日本文学全集』新潮社（一九五九年刊行開始）全七二冊
二冊・島崎藤村・夏目漱石・谷崎潤一郎

・『日本現代文学全集』講談社（一九六〇年刊行開始）全一〇八冊
二冊・島崎藤村・夏目漱石・谷崎潤一郎

・『現代文学大系』筑摩書房（一九六三年刊行開始）全六九冊
二冊・島崎藤村・夏目漱石・谷崎潤一郎

こうして見ると、文学全集がどの作家を手厚く遇しているかが一目瞭然である。すべての全集で、藤村・漱石・谷崎が複数冊を占めるのが定型である。最も小振りの全集である新潮社の『日本文学全集』や、研究者の批判にも耐えうるように特殊な作品や作家にも目配りをしている講談社『日本現代文学全集』でも、結果的にこの三人が二分冊であることは変わらない。戦後の最も早い本格的な文学全集である『現代日本文学全集』では、上記三文豪に加え、森鷗外・田山花袋・徳田秋声・正宗白鳥・永井荷風・武者小路実篤が二分冊であったが、『日本の文学』では鷗外・秋声・荷風が複数冊を維持し、その一方で在世の文豪の代表格の志賀直哉も二分冊とした。谷崎潤一郎が漱石と並んで、藤村を抑えて三分冊となったのは、中央公論社との関係を考えれば自然な展開であっただろう。

谷崎との関係で言えば、『日本の文学』は、原則として新漢字・現代仮名遣いを採用した点が注目される。自作の表記を改めることを潔しとしなかった谷崎も、今回は一部の例外を除いて、全集の表記に統一することを首肯した。文学全集の仮名遣いや表記に関しては、原書のそれを重視する筑摩書房『現代日本文学全集』『現代文学大系』講談社『日本現代文学全集』に対して、読みやすさや親しみやすさを優先して現代仮名遣いに改める河出書房の『日本国民文学全集』『日本文学全集』などに二大別されていた。今回、中央公論社の『日本の文学』が現代仮名遣いを採用したことによって、流れが決まったといえよう。新潮社が、六五年に完結した『日本文学全集』を、六七年に現代仮名遣いに表記を改めて刊行するのは、第三章、第五章で述べた集英社『日本文学全集』以外にも、六四年からの『日本の文学』の影響もあったのではなかろうか。中央公論社の動きによって、文学全集の仮名遣いの問題の大勢は決したと言えよう。ただこの後も筑摩書房だけは『筑摩現代文学大系』『現代日本文学大系』などで原典の表記を尊重し、そのために、日本最大の日本語辞典である小学館の『日本国語大辞典』が文学全集から用例を採用するときには筑摩書房のそれに拠っているのである[4]。

例外はあるものの『日本の文学』で新漢字・現代仮名遣いの採用を認めた谷崎は、これと歩調を合わせるために、旧仮名遣いであった『新訳源氏物語』の表記を改めることとなり、その結果、三度目の現代語訳である『新々訳源氏物語』の刊行へとつながった[5]。

編集委員は、谷崎潤一郎、川端康成、伊藤整、高見順、大岡昇平、三島由紀夫、ドナルド・キーンの七人。最長老格の谷崎を除く編集委員は、各冊の解説を分担担当している。川端康成は横光利一など三冊、伊藤整は正宗白鳥など四冊、大岡昇平は芥川龍之介など五冊、高見順は武者小路実篤など六冊、ドナルド・キーンは三島由紀夫など四冊を担当している。三島由紀夫も八面六臂の活躍で、泉鏡花を含む第四巻、稲垣足穂を含む第三四巻など五冊を担当している。編集者以外では、平野謙や山本健吉が解説を多く担当しているのは、この時代の文学全集に共通するものでもある。[6]

もうひとつ『日本の文学』を論じるときにしばしば言及されるのが、この全集から松本清張が除外されていることである。これについては多くの証言があるが、中央公論社の編集部にいて松本清張の担当者でもあった宮田毬栄の「実際のところは、谷崎、川端は容認したが、三島の徹底した清張文学批判の熱情に押されて、清張作品は『日本の文学』からはずされてしまったのである」というまとめが最も分かりやすい。[7] 松本清張は前年にスタートした河出書房の『現代の文学』では、三島由紀夫と並んで編集委員を務め(他の委員は、川端康成、丹羽文雄、円地文子、井上靖)、しかも第一回配本に起用され二〇万部を越える部数で、[8] その存在感を遺憾なく発揮していた。その清張は、『日本の文学』と同じ中央公論社の一年前の企画の『世界の文学』の内容見本では、谷崎潤一郎、川端康成、井上靖、三島由紀夫とならんで推薦文を乞われ、「若い世代への最高の贈物」の一文も寄せている。こうしたことを考えてみると、次の『日本の文学』でなぜ自分が排除されなければならなかったのか、松本清張の心は暗澹(あんたん)たるものがあったであろう。

三　挿絵入の文学全集

中央公論社のホーム・ライブラリーが、第二弾の『世界の文学』からシリーズとして本格的な歩みを始めたことは第一節で見たが、それだけに『世界の文学』とそれに続く『日本の文学』との間に深い関連があることは予想されよう。歴史や哲学ではなく、同じ文学の叢書として、統一装幀のホーム・ライブラリーの一環であるというだけではなく、この二つの叢書の関連について、注視することが必要であろう。

そうした場合、注目すべきものが、作品の挿絵である。円本時代から文学全集には挿絵が含まれることが多かったが、『日本の文学』が刊行された一九六〇年代の文学全集でも、挿絵を一つのセールスポイントとして積極的に広報に努めている。たとえば『日本の文学』に九か月先行する、河出書房『現代の文学』では「色刷口絵・挿画入・豪華版」を謳い、第一回配本『松本清張集』には小磯良平、第二回配本『五味川純平集』には生沢朗、第三回配本『川端康成集』には東山魁夷という当代の人気作家を起用している。[9] 後述する、文藝春秋『現代日本文学館』ではやや控えめながら「楽しく鑑賞出来る挿絵」を特徴の一つに標榜し、第一回配本『夏目漱石（一）』では近藤浩一路の『吾輩は猫である』中川一政の『坊っちゃん』など魅力満載である。六三年刊行開始の『現代の文学』六六年刊行開始の『現代日本文学館』の中間に位置する『日本の文学』が、そうした潮流の中にあることは間違いないことであるが、同時にホーム・ライブラリーの一つ前の企画『世界の文学』の段階から、挿絵を重視する立場であったことも大きく影響を与えているだろう。

『世界の文学』の刊行当初の内容見本には、本全集の七つの特色が上げられているが、その四番目に「原典の香気を伝える挿画を多数収載」とゴシックで記し「作品の理解を深め、読者の楽しみを増すよう、原典に挿画のあるものはつとめてこれを収録した。これはわが国ではじめての試みである」と述べている。「原典」とは何を指すかやや不分明なところがあるが、「わが国ではじめての試み」と大きく言挙げをしている。この内容見本の表紙には、一種のキャッチフレーズのように「清新・正統的な編集　完璧な最新訳　豪華な造本　挿画入世界文学全集」と、七つの特色が四つに絞り込まれて記述されているが、ここでも「挿画入」が重要な要素として含まれている。具体例として掲出されているものは『アンナ・カレーニナ』『魅せられたる魂』『トニオ・クレーゲル』『嘔吐』などの挿画である。なお、七つの特色の「挿画」に関する部分の記述は、完結後のセット販売促進のための内容見本では「作品の理解を深め、読者の楽しみを増すよう、原典に挿画のあるエディションを広く海外に求めて収録した」と一層適切な文言に改められている。このように『世界の文学』の段階で、挿絵の掲載に極めて自覚的に取り組んだことが、後続する『日本の文学』にも大きな影響を与えていると言えよう。

新聞広告においても同様である。『読売新聞』一九六二年一二月一二日朝刊には「いよいよ明春二月刊行開始」「挿画入　世界文学全集」「中央公論社が満を持して放つ挿画入世界文学全集」と大広告を打っている。八か月後の六三年七月一三日朝刊には、順調に刊行中の『世界の文学』と並んで、早々と翌年刊行予定の『日本の文学』の広告が「明春二月刊！　鋭意準備中」と出ている。そこでは『世界の文学』『日本の文学』ともに「挿画入豪華版」と白抜きで強調されているのである。

『日本の文学』の挿絵は、新聞連載時や単行本の好評を博した挿絵を再掲出する方法と、新規に書き下ろす方法との二つを併用する。前者の代表格としては、永井荷風『濹東綺譚』（朝日新聞、挿絵木村荘八）、徳田秋声『縮図』（都新聞、挿絵内田巌）、徳冨蘆花『不如帰』（国民新聞、挿絵中澤弘光、後に『不如帰画譜』左久良書房）などがある。後者は、名作文学に新進・中堅の画家が挑む場合が多いが、夏目漱石の『道草』や『明暗』の挿絵は、漱石本の装幀で知られる津田青楓が新たに書き下ろしたものである。第一九回配本『夏目漱石（二）』の月報では「漱石山房とその周辺」という題で、安倍能成と津田青楓の対談が掲載されている。津田青楓は夏目漱石よりほぼ一回り若く、安倍能成はさらに五歳年下であるが、それにしても晩年の漱石を囲繞していた人々が、明治百年を超えて現役でいたわけである。こうしたことを考えると、『日本の文学』は絶妙な時期に刊行されたと言えようか。安倍能成はこの対談の約一年後に長逝している。

さて、『日本の文学』の特色の一つが、多種多様な挿絵の存在であるのだが、その一例として、第一回配本『谷崎潤一郎（一）』を見てみよう。この巻冊の挿絵を担当しているのは、『少年』を鏑木清方、『蓼喰ふ虫』を小出楢重、『春琴抄』を和田三造、『猫と庄造と二人のおんな』を安井曽太郎、『少将滋幹の母』を小倉遊亀と、錚々たる顔ぶれであること自体が魅力的であるのは当然であるが、同時に、これらの画家と作品のと関わり方も様々であることが注目される。たとえば『蓼喰ふ虫』（小出楢重）や『少将滋幹の母』（小倉遊亀）は新聞連載時からのものを転用しており、『猫と庄造と二人のおんな』（安井曽太郎）は創元社の単行本のもの、一方『春琴抄』（和田三造）は今回書き下ろされたものである。作品と一体化して名作となっている挿絵の再登場は懐かしさに誘い、新しい解釈の挿絵は新鮮さを与えるものであろう。中でも面白いのは、『少年』の鏑木清方の挿絵で、早くに創元社で挿絵入の単行本の計画があり、清方に描いて貰っていたものだが、出版自体が取りやめになったものである。谷崎が譲り受けていた清方の原画が、今回日の目を見たわけであり、このシリーズ第一回配本にふさわしい目玉であると言えよう。

この時期、各社の文学全集は、こぞって挿絵を入れたから、同じ作品を比較してみることもできる。谷崎の例で言えば『春琴抄』は『日本の文学』の和田三造版と、河出書房『現代の文学』の東郷青児版、文藝春秋『現代日本文学館』の伊藤深水版を比較することができるし、『鍵』では棟方志功版のみならず、『現代の文学』の東郷青児版、『現代日本文学館』の桑田雅一版も味わうことができるのである。

四　『現代日本文学館』という名称

文学全集について論じるときに、同名の叢書がいくつもあるから、それらが混同されないように留意しなければならない。「カラー版」「豪華版」「デュエット版」「第一期」「第二期」などの角書き(つのがき)や副題類を除いてしまうと『世界文学全集』という名前の叢書になってしまうものが三〇種弱も刊行されている世界の文学全集類にくらべれば、日本の作品に限定した文学全集は、近代文学に限定されるものが多いがゆえに「現代」という語を上下に挟むことによって多少の違いを出すことができる。戦前の改造社と同名の『現代日本文学全集』を刊行した筑摩書房に対して、講談社は『日本現代文学全集』の叢書名を採用して、名称の上でも明確に相違性を際立たせた。それでも、もっとも一般的な『日本文学全集』は、新潮社が改編して四種類を刊行したり、河出書房が〈ワイン・カラー版〉〈豪華版〉〈カラー版〉〈グリーン版〉の四種類、集英社も異装版で複数刊行、筑摩書房も『現代文学大系』

をセット販売の際に『日本文学全集』と改称するなど、この名称で刊行されたものは一〇種類以上を数えることができる。

中央公論社の『日本の文学』は一般的な名称に思われるが、意外なことに、まったく同名の同種の文学全集は存在しない。『日本の文学』という名前の叢書自体は存在するが、あかね書房『日本の文学』(一九五七年)は小学一年生から中学三年生までの学年別の児童文学[10]、至文堂の『日本の文学』は日本文学史である。集英社の『カラー版 日本の文学』全三〇冊(一九六八年)は時期的にも中央公論社版に接近しており、時代順に国木田独歩・森鷗外・夏目漱石などであるから一見近そうに見えるが、帯に〈中学・高校生向き〉と明示しており、中高生を対象としたものである。中央公論社版から約二〇年後に出版されたほるぷ出版の『日本の文学』(一九八五年~八七年)も、読者を古典や近代文学に誘う名作集のようなものであるし、本格的な文学全集ではない。同じホーム・ライブラリーの中の『日本の歴史』が、中央公論社版の五年前に読売新聞社版、八年後に小学館版と、同名同種の企画があるのとは対照的なのである。

その『日本の文学』にしても、書名だけなら共通する他社の企画があったわけである。それに対して、文藝春秋の『現代日本文学館』という叢書は、空前にして絶後であった。「文学館」とは、今日でも日本近代文学館や都道府県名を冠したものを除けば、川端康成文学館(大阪府茨木市)、堀辰雄記念文学館(長野県軽井沢町)、井上靖文学館(静岡県長泉町)等々、個人別のものが多いのである。文藝春秋の『現代日本文学館』とは、書籍の形で、作家個人別の文学館の作成を意図したものである。すなわち、『日本文学全集』『現代文学大系』など同類の他の叢書が「文学」の「全集」や「大系」を意図していたのに対して、このシリーズは「作家」の「文学館」の集合体なのである。

　したがって本を開くと真っ先に作家の伝記が出てくる。建造物としての文学館や記念館、さらに言えば美術館なども含めて、これらのほとんどが、最初に作家の年譜や生涯を簡略にまとめたパネルを掲げるのと同じである。作家の人生を大づかみに理解した後、個別の作品の鑑賞に進むのである。

　こうして冒頭に伝記を独立させたのは、他の日本文学の全集類には見られない新機軸であった。ここでは作品の紹介などはなるべく避けて、伝記的記述を中心として一五〜二五ページもの分量を割いており、充実した内容となっている。これとは別に巻末に解説が置かれている。伝記を別立てにしたから、解説では書誌も含めて当該作品だけをじっくり論じられるわけで、所収作品の単行本の貴重な書影（白黒写真が惜しまれるが）がふんだんに挿入されている。ただ、伝記と解説を分離させるのは、多少困難を伴ったようで、第三三巻で永井龍男の作品の「解説」を担当した河上徹太郎が、その冒頭で「本巻収録の作品解説をするに当たってまず気がつくことは、その大部分がすでに前の「伝記」つまり人物論の中で言及されていることである」と述べている。伝記の中で必然的に作品に触れざるを得ないことも多かろうから、執筆者は棲み分けに苦慮しているようである。

　また、伝記を巻頭に持ってきて、巻末に注解・解説・年譜がきており、伝記と年譜が離れているのが、多少読みづらい点もある。年譜は注解と共に多くの文学全集類では巻末にあるから、これに従ったのであろう。ただ、一冊に複数作家を収載した場合は実に複雑な形となる。第八巻などは、田山花袋の評伝、花袋の作品、花袋の解説、岩野泡鳴の評伝、泡鳴の作品、泡鳴の解説と続いた後、花袋・泡鳴の作品の注解、花袋・泡鳴の年譜となるのである。最初から順番に読む分にはよいが、前後を参照させたいときなど、読者は多少不便を感じたのではなかろうか。

ただ「文学館」を名乗り、他の叢書との差異性を強調する方法は、後発の文学全集としてはどうしても必要なことであり、一定の成功を収めたと言えよう。

五 『現代日本文学館』の特色

『現代日本文学館』は全四三冊。中央公論社の『日本の文学』の時と同様にその骨格を示せば、第一巻が森鷗外で、最終四三巻が井上靖である。新進作家まで含めているこのころの全集と比べると、評価の定まった作家に絞っていることが分かる。一巻を複数の作家が占めるのは、二葉亭四迷と国木田独歩の第二巻のように、二人の組み合わせが一四冊で二八人。滝井孝作・牧野信一・尾崎一雄の第二五巻のように三人で一冊となっているものが、二冊で六人。単独収載は、夏目漱石・徳田秋声など二一人。総計五四人の作家が取り上げられている。作家を基準に置くわけであるから、一作でもすぐれた作品を収載する『名作集』の巻冊がないのは当然である。一人で複数冊を占めるのが、二冊の島崎藤村と、三冊の夏目漱石・谷崎潤一郎である。

面白いのはその排列である。『現代日本文学館』は、第一巻に森鷗外を持ってきて、第二巻が二葉亭四迷と国木田独歩、第三巻が幸田露伴と泉鏡花、第四巻から六巻までが夏目漱石、第七巻が田山花袋と岩野泡鳴、第八巻が徳田秋声、第九巻が永井荷風、第一〇巻と一一巻が島崎藤村である。これは文学全集の排列としてはかなり異色である。

これまでに引用した当時の文学全集の第一巻を掲出すれば、新潮社『日本文学全集』第一巻は二葉亭四迷の単独収録、筑摩書房『現代文学大系』は坪内逍遙・二葉亭四迷・北村透谷の抱き合わせ、そして『日本の文学』は坪内逍遙・二葉亭四迷・幸田露伴の抱き合わせである。坪内逍遙を入れるかどうかでは立場が別れるが、どの文学全集も第一巻に二葉亭四迷を含むことは共通する。[11]一方『現代日本文学館』の第一巻の森鷗外は、新潮社『日本文学全集』では第五巻（この間に、紅葉・露伴の第二巻、一葉・鏡花の第三巻、蘆花・独歩の第四巻が入る）、筑摩書房『現代文学大系』では第四巻（この間に、紅葉・鏡花の第二巻、露伴・一葉の第三巻が入る）、森鷗外を尾崎紅葉や泉鏡花の前に持ってきている『日本の文学』でも第二巻・三巻であって、第一巻はやはり二葉亭四迷（坪内逍遙・国木田独歩との抱き合わせ）なのである。

明治一〇年代末に『小説総論』や『浮雲』を刊行し、明治四二年に逝去する二葉亭四迷を、明治二〇年代に『舞姫』や『うたかたの記』を発表して大正年間まで精力的な活動を続ける森鷗外より先に置く方が自然であり、文学史的に把握する場合も理解しやすい。ところが実際の年齢では、森鷗外は文久二年（一八六二）生まれ、二葉亭四迷は元治元年（一八六四年）の生まれであるから、森鷗外の方が年長なのである。『現代日本文学館』の排列は、この作家の生年を基準に排列したものなのである。

文学全集ではほとんど二冊以上を割り当てられている大文豪の場合も、同様の例が見られる。明治二〇年代に北村透谷らと『文学界』を創刊、三〇年には『若菜集』を出版した島崎藤村の方が、明治三八年に『吾輩は猫である』を発表した夏目漱石よりも文学的活動の開始が早いから、藤村を漱石の前に置くのが、こうした文学全集の定形である。新潮社『日本文学全集』では第六巻・七巻が島崎藤村、第九巻・一〇巻が夏目漱石である。筑摩書房『現代文学大系』では、島崎藤村が第八巻・九巻、その後に田山花袋・徳田秋声・正宗白鳥を挟むために、夏目漱石は第一二・一三・一四巻に繰り下がり、その差は一層広がっている。『日本の文学』では第六巻・七巻が島崎藤村、夏目漱石は第一二・一三・一四巻と、その間に四巻が割って入っている。このように、文学全集の巻序では、島崎藤村を前に出し、その間に田山花袋が（場合によっては徳田秋声・正宗白鳥も）入り、ようやく夏目漱石となっているのが一般的である。大正五年に『明暗』執筆中に逝去した漱石よりも、昭和に入って『夜明け前』を発表するなど旺盛な創作欲を示す藤村の方が、四半世紀以上遅くまで執筆を続けたにもかかわらず、文学活動の開始時期の早い藤村を前に持ってくるのである。

これを『現代日本文学館』では逆転させ、第四巻・五巻・六巻に夏目漱石、第一〇巻・一一巻に島崎藤村と大きく入れ替えているのである。これは、慶応三年（一八六七）生まれの漱石、明治五年（一八七二）生まれの藤村の生年の順に並べ替えたのである。共に明治四年一二月生まれの田山花袋と徳田秋声などがこの間に入る。[12]

作家の排列は、文学全集によって相違があり、前後が入れ替わることは必ずしも奇とするに当たらないが、二葉亭四迷を森鷗外の後ろに置き、夏目漱石を島崎藤村の前に持ってきたのは、この叢書以外には存在しない。「文学館」を標榜し、作家を前面に持ってくればこそ、厳密な生年順の順番に固執したのであろう。

もうひとつ、この叢書の特徴は、小林秀雄の個人編集と言うことである。多くの文学全集は、四人から八人ぐらいの集団編集であった。それも作家と評論家の組み合わせが多く、河出書房の『現代の文学』のように編集委員が作家だけの場合などは、それだけでも注目を集めたほどである。[13] 編集委員に特色を持たせようとして、美術監修を加えた叢書などもあった。[14] それにしても、長期間の文学の流れを俯瞰し、多くの冊数を有することになる文学全集であるから、幅広い意見を求めるために、集団編集体勢を取るのが一般的であった。今日でこそ、池澤夏樹個人編集の『世界文学全集』『日本文学全集』が個性的な編集で大成功を収めているが、文学全集全盛の当時としては、一つの英断であっただろう。

むすび

中央公論社の『日本の文学』、文藝春秋の『現代日本文学館』、ともに伝統ある出版社にふさわしい本格的な全集であった。中央公論社は総合出版社として、オピニオンリーダーの出版社として、哲学・史学・文学の人文三分野を網羅するホーム・ライブラリーの一環として『日本の文学』を刊行した。隣接する『日本の詩歌』『世界の文学』さらには『日本の歴史』や『日本の名著』などと呼応して、多くの読者を獲得したであろう。文藝春秋は、芥川賞・直木賞を擁する出版社として、文芸出版の老舗として、固定ファンをしっかり摑んでいたであろう。両者とも安定した基盤を持ちながら、その一方で、激化する文学全集出版の状況を睨んで、独自性を包含していったことに特徴がある。『日本の文学』の場合は、作品に最もふさわしい挿絵、本文と呼応して読者を作品世界に誘う挿絵を組み込んで、他社の全集との差異性を示した。今日でも、『日本の文学』の作品と挿絵画家の組み合わせを見ると、既読のものでも、あらためて繙いてみたい思いを持つものである。『現代日本文学館』の方は、思い切って作家中心に大きく舵を切り、文字通り「文学館」を書籍の形で体現して見せたものである。このように二つの全集は特性を持っていたが、それらを生かすことができたのは、実は、骨格が本格的な日本文学全集であったと言うことである。

六〇年代も半ばとなれば、読書好きの人々は、何らかの形で既存の文学全集を所持していたであろう。その状況の下に、新しく文学全集を揃える、あるいは新しい文学全集に切り替えるためには、従来の全集にない魅力的な特色と同時に、安定した骨格の文学全集であることが必要である。新しいだけではいけない、この全集を一揃い持っていれば十分であるという安定感も必要なのである。『日本の文学』と『現代日本文学館』は、まさにその両面を具備していた。日本文学全集としては遅い出発であったかもしれないが、多くの読者を獲得したことにはこうした背景があったのである。

第七章 〈拡大〉

河出書房『現代文豪名作全集』以降

一九六〇年代を頂点とする戦後の文学全集ブームの中で、多くの出版社がこの分野に参入したが、最も多くの点数（叢書数）を刊行したのは河出書房である。特に世界文学の分野では、一九四八年に『世界文学全集（一九世紀篇）』を刊行して以来、時に改編し、時に装幀を改め『世界文学豪華選』『学生版　世界文学全集』『世界文豪名作全集』と進み、五三年からは、『世界文学全集』を〈決定版〉〈豪華特製版〉〈グリーン版〉〈豪華版〉〈カラー版〉と何種類も刊行する。ほかにも〈カレッジ版〉〈キャンパス版〉〈ポケット版〉という名の名作集などもある。[1]

日本文学の分野でも、一九四九年から『現代日本小説大系』という大部の叢書を刊行し、その後、『現代文豪名作全集』『日本国民文学全集』『日本文学全集』（四種類）『国民の文学』（二種類）などを刊行している。第一章で筑摩書房の例を見ながら文学全集の時代を俯瞰したが、河出書房の文学全集もまた、通史的にこの問題を取り扱う上で欠くことのできない視点であると言えよう。中でも重要なのは、河出書房は、日本古典文学と近代文学、純文学と大衆文学の融合を意図していたという点である。その意味では、近代文学に限定した『日本文学全集』を確立した新潮社とは対照的であり、大衆文学から純文学へという流れの講談社の文学全集とは同じ問題意識を共有していると言っても良かろう。また、文学全集刊行途次の増巻の問題は、他社にも多く見られたものだが、河出書房の場合は特に著しく、面白い現象も見出される。以下、具体的に論じてみよう。

一 『現代文豪名作全集』の初期形態

河出書房は、一九五〇年代に『現代文豪名作全集』というシリーズを刊行している。明治以降の代表的な文豪を一人一冊（二人以上の抱き合わせや、一人で複数冊を占めることはない）にまとめたもので、判型はB6判、五〇〇ページ平均と、小型版ながら量感もあり、作品選定にもすぐれ、バランスの良い安定感のある全集である。「文豪」の「名作」をじっくりと、しかも手軽に繙くことを意図したものである。この『現代文豪名作全集』にこそ、河出書房を〈拡大〉というキーワードで捉えるべきであるという現象が如実に表れていると思われる。

今日、この全集はどういう捉えられ方をしているであろうか。日外アソシエーツの『現代日本文学全集・内容綜覧』では、一九五三年から五四年にかけて、「全二四巻別冊一巻」として刊行されたと記されている。しかし、この全集は最初から二五冊（本巻二四冊、別巻一冊）の形で計画されていたのではなく、八冊→一〇冊→一二冊（本巻一一冊、別巻一冊）→二〇冊（本巻一九冊、別巻一冊）→二五冊（本巻二四冊、別巻一冊）という、複雑極まりない変遷を経ており、しかも二五冊の後も二九冊にまで拡大する計画があったようである。以下詳細に検討してみよう。なお、河出書房は、社史や総合目録を刊行していないので、出版の実情が不明な点が多い。『現代文豪名作全集』のように、様々なバージョンがある場合、改版の都度、初版の日付が奥付に記されるから、どれが本当の初版であるかは残存する全集やその端本の悉皆調査を行ってはじめて確定できることである。上記『現代日本文学 全集・内容綜覧』も一九五三年から刊行開始としているが、その一年前にすでにこの全集はスタートしている。この全集がどのような形で産声を上げ、成長してきたか、できる限り具体的に跡づけてみたい。『現代文豪名作全集』の異版そのものを調査するのが第一であるが、完成体としての書物だけでは情報が不十分であるので、内容見本と新聞広告に目配りをしながら、進めていきたい。

上述の如く、八冊、一〇冊、一一冊、二〇冊、二五冊、二九冊（計画のみ）などと様々な形があるが、装幀の変化も視野に入れて、三次に分けて考えるのが、最も穏当である。

一九五二年三月三一日『現代文豪名作全集』の第一回配本として『芥川龍之介集』が刊行される。布装貼函入の豪華本で、装幀は安田靫彦、定価は四八〇円である。価格もまた一次・二次・三次を区分する重要な要素となる。

ところで、この全集は通巻数が付されていない。版によっては函や背表紙に算用数字が記されているものもあるが[2]、奥付には「第一回配本」などと記されている。この全集に言及する各種目録では、この配本の順番を巻数として表記することが多いが、本章では、原本通り「配本」という表記をする。異版による頻繁な刊行の順番の入れ替えを、そのまま巻序の変更と考えるべきではなかろう。あくまでも配本の順番の入れ替えである。

さて『読売新聞』の広告を調べると、四月八日に第一回『芥川龍之介集』第二回『夏目漱石集』が出ているのが最も早い例のようである。この時の広告には「詳細内容見本贈呈」とあるが、この折に作成された内容見本は、安田靫彦のデザインした貼函の図案をそのまま表紙に用いた洒落たもので、「刊行の言葉」に続いて、安倍能成、川端康成などの推薦の言葉、各巻内容、組見本として『春琴抄』の冒頭が掲載されている。注目すべきは、各巻内容として掲出されているのが配本予定順に、芥川、漱石、志賀直哉、永井荷風、谷崎潤一郎、有島武郎、二葉亭四迷、森鷗外の八人であることである。この八人の名前は内容見本の表紙にも記され、川端の推薦文には「この全集八巻は」と述べられていた。また、第一回配本『芥川龍之介集』に挟まれている『現代文豪名作全集』の内容一覧の一枚刷のチラシ（裏側は『現代短歌大系』の広告）にも、第八回配本『森鷗外集』まで八冊の概略が記されており、当初は八巻の予定であったのである。第五回配本『二葉亭四迷集』（内容見本のものとは配本順の変更あり）刊行の折の新聞広告には既刊の芥川・漱石・志賀・荷風の名前が並んでいる。

ところが、『読売新聞』八月一一日に掲載された第七回配本『谷崎潤一郎集』の広告では、上記八人に加えて、新たに国木田独歩、武者小路実篤の名前が加わっているのである。当初の八冊から一〇冊へと変更されているのである。実際、この年に刊行された『国木田独歩集』『武者小路実篤集』も、先行する八冊と寸分違わない安田靫彦の装幀である。刊行時期に隔たりもなく、書物自体を見ると、一〇冊の『現代文豪名作全集』としてひとまとまりのものであるが、本来は八冊の全集としてスタートして、中途で二冊の増巻が決まったものだったのである。ともあれ、一〇月一〇日第一〇回配本の『武者小路実篤集』で、第一次『現代文豪名作全集』は完成したのである。

豪華本でやや割高であった第一次版に対して、普及版の刊行を意図した河出書房は、翌年、一九五三年二月、新装版を刊行する。単価の高い貼函に変わって、機械函を採用し、定価を二八〇円と、前年のものから一挙に二〇〇円値段を下げた。装幀も白川一郎のものに変わっている。同時に、第一次の一〇冊に新たに『島崎藤村集』を加え全一一冊とした。冊数も、装幀も、価格もまったく異なるものであるから、これ以降のものを第二次の『現代文豪名作全集』とする。刊行に当たって作成された内容見本には少くとも二種あり「全一一巻予約募集　予約申込締切四月三〇日」の共通本文と、「最終巻まで御購読の方には樋口一葉集贈呈」の一文が加わるものがある。先の川端の推薦文は「この全集一一巻は」と改められている。また裏表紙には「愛書家に贈る低廉優美な市民版現代文豪名作全集」と記され、普及版であることを鮮明にしている。

二　拡大する『現代文豪名作全集』

一一冊となった『現代文豪名作全集』であるが、河出書房はこの形で一応の完成型と考えたときもあったのではなかろうか。この年、五三年五月から、叢書名が近似する『世界文豪名作全集』を全一一冊で刊行開始をしているからである。現代文豪の世界版を意図したのであろう。全巻購読者に特典として書籍（『現代文豪名作全集』は『樋口一葉集』、『世界文豪名作全集』は『世界文学事典』）が配布されるのも同じ方式である。こうして日本と世界の文豪の名作の全集が、共に一一冊で並ぶはずであったが、『現代文豪名作全集』の方は、またもや増巻に踏み切ることになる。『読売新聞』に掲載された河出書房の広告を追って行くと、第九回配本『永井荷風集』（七月八日）の時までは、全一一冊の書目が並んでいたが、第一〇回配本『志賀直哉集』（七月一七日）に至り「八月中旬より増巻を発売致します（詳細内容見本呈）」と記されるにいたるのである。

今回の内容見本は「連続ベストセラーの上位をゆく」「現代文豪名作全集」「増巻八冊愈々発売」と

表紙に記されるものである。追加された八冊は、配本予定順に『山本有三集』『尾崎紅葉集』『石川啄木集』『泉鏡花集』『菊池寛集』『田山花袋集』『佐藤春夫集』である。特典の『樋口一葉集』は別巻で通巻扱いはされず、当初の第一一回配本の『二葉亭四迷集』に、増巻の第一二回配本『山本有三集』が続き、最終回が第一九回配本の『里見弴集』である。安倍能成、川端康成の推薦の言葉も例の如く「一九」と数字が改められている。こうして本巻一九冊、別巻一冊、計二〇冊の形が整ったのである。内容見本の場合奥付などないので、正確な発行時期は不明であるが、新聞広告に拠れば八月二二日『読売新聞』朝刊に全一九冊の一覧と収載予定書目の一部が掲載されているから、八月には増補全巻が確定したらしく、素早い対応の程が窺われる。

内容見本には裏表紙に「読者の要望に応えて増巻八冊刊行」の文章と共に本巻一九冊、別巻一冊、全二〇冊の書影も掲げられており、これで全巻完結かと思われたが、再度の増巻が発表されることとなり、さらに新しい内容見本が作成されている。今回も、本巻一九冊版の時と同様に「全国ベストセラーの上位をゆく」の文言を表紙に掲出するが、その隣に「要望にこたえ五冊増巻」と記している。今回の増巻は、第二〇回配本の『横光利一集』以下『正宗白鳥集』『徳田秋声集』『宇野浩二集』と続き、最終二四回配本が『川端康成集』である。裏表紙には前回同様に全冊の書影を掲出するが、「堂々全二四巻」と記されている。この内容見本が作られたのは五三年の一二月頃であろうか。『読売新聞』を追っていくと、一一月一四日の第一八回配本『佐藤春夫集』の広告までは、第一九回配本予定の『里見弴集』までしか記載されていないが、翌年元旦の広告では「第二〇回発売」として『横光利一集』を掲出して、『川端康成集』までの四冊を列挙し「内容見本送呈」と記されている。

かくして、白川一郎装幀の「低廉優美な市民版現代文豪名作全集」は別巻を除けば、一一冊で出発し、一九冊版、二四冊版と二度にわたって増巻して、最終形態になったのである。日外アソシエーツの『現代日本文学　全集・内容綜覧』はこの第二次のものの書誌である。増巻にもかかわらず、定価は当初の二八〇円で一貫していることは評価できよう。また増巻しても、別巻『樋口一葉集』は、第一一回配本まで継続購読者への無料贈呈であった。

今日図書館や、古書店などに残存している『現代文豪名作全集』は、白川一郎装幀の第二次版が最も多いのであるが、五四年一二月から、再度異版が刊行されている。装幀は庫田叕に変わっており、これを第三次版と呼ぶことにする。今回は『樋口一葉集』が本巻に組み込まれることとなった。第一回配本は、第一次・第二次同様に『芥川龍之介集』であるが、以降の配本順は大幅に変わり『武者小路実篤集』『谷崎潤一郎集』『森鷗外集』と続く。概ね、第一次以来の作家が早い配本だが、最初の八冊に含まれていた『永井荷風集』『二葉亭四迷集』は、二四回、二五回の配本である。価格は二八〇円で、第二次版から変化はない。

今回の内容見本は入手していないが、『読売新聞』五四年一二月二四日の広告には「全廿五巻」として『樋口一葉集』を『二葉亭四迷集』と『泉鏡花集』の間に挟んだ書目一覧を掲げている。従って特典も変更され「全巻お買求めの方に近代文学社編・河出書房版堂々六百頁の現代日本文学辞典を無料贈呈！」と記している。「愛書家に贈る低廉優美な市民版現代文豪名作全集」という惹句も第二次版そのままに使用され、装幀を改めて配本順を変えただけのようであるが、これを第三次版とする理由がある。それは貼奥付の問題である。『現代文豪名作全集』は無料贈呈の特典と交換することができるように貼奥付の下部が引換券となっている。第二次版では「樋口一葉集無料贈呈引換券」「第二回配本『谷崎潤一郎集』から第一一回配本『二葉亭四迷集』の第一〇巻に毎巻引換券を添付します。本巻十枚をおまとめの上継続お買求めの書店で『樋口一葉集』をお受取り下さい」と記されているものである。今回はこれが「現代日本文学辞典無料贈呈引換券」となり「第一回配本『芥川龍之介集』から最終回配本までの各巻に引換券を添付します。全二五枚おまとめの上継続お買い求めの書店で『現代日本文学辞典』をお受取り下さい」と記されている。ところが、配本途中で重要な文言の変化が見られるのである。配本も後半の第一九回配本『佐藤春夫集』や第二〇回『尾崎紅葉集』では「全二九枚」を集めなければならないと、枚数に変化が見られるのである。一冊のみであれば誤植とも考えられるが、複数の配本にこの「二九」という数字があり、明確な路線変更と考えるべきである。二五冊の全集の引換券を二九枚を集めることは不可能である。とすれば、今回も四冊の増巻が計画されたのではなかろうか。『現代文豪名作全集』が、八冊、一一冊、一九冊、二四冊（二五冊）と不断に増巻を繰り返してきたことを考えると、ありそうなことである。ただ、今回だけは計画倒れに終わったのか、庫田叕装幀の『現代文豪名作全集』で、従来の二五冊以外のものは確認できない。しかし引換券に二九枚を集めるようにとの記載がある以上、四冊の増巻の計画がなされていたことは間違いない。その計画自体は意外に早かったのではないだろうか。こうした引換券は、ほとんどの場合切り取られてしまうから、完全に追跡することは困難だが、確認した限り最も早く「全二九枚」と記すものは、第一二回配本『川端康成集』に見ることができる。少なくとも、『川端康成集』の刊行された五五年五月の段階で新たな増巻の計画が動き始めていたと考えられよう。実に第三次版刊行開始からわずかに半年後のことであった。

最後に『現代文豪名作全集』について総括しておこう。河出書房をこの叢書から論じ始めたことには意味がある。この叢書は同じく「名作」という名前を持つ、戦前の『三代名作全集』を強く意識していたのではないかと推察されるからである。

『三代名作全集』は一九四一年から四三年にかけて刊行された二三冊（二三人）の全集である。[3] 一人一冊方式という骨格そのものが同じである。そして『三代名作全集』の二三人のうち一九人までは『現代文豪名作全集』と重なる。二三人から岸田国士、武田麟太郎、丹羽文雄、高見順の四人を除き、谷崎潤一郎、永井荷風、石川啄木、佐藤春夫、正宗白鳥、宇野浩二を追加したものが、『現代文豪名作全集』の二五冊版なのである。戦争を挟んでいるとはいえ、一〇年後の同じ「名作」という名前の全集であるから当然と考えられるかもしれない。しかし、そこに収載された作品を見ると、二つの全集は大きく異なるのである。尾崎紅葉、泉鏡花、徳田秋声、田山花袋、有島武郎のような文学史上重要な作家は、当然のことだが『三代名作全集』『現代文豪名作全集』の両方に名を連ねている。ところがこれらの作家の代表作である『金色夜叉』『高野聖』『あらくれ』『蒲団』『或る女』は、今回の『現代文豪名作全集』には収載されているが、なぜか『三代名作全集』には一作も取られていなかったのである。『高野聖』を欠く泉鏡花、『蒲団』を収載しない田山花袋、『或る女』抜きの有島武郎、これが『三代名作全集』の内実であった。戦争が終わり、自由な空気の下、河出書房は本当の意味での「名作全集」を作ろうとしたのではないか。飽くなき増巻もそうした思いの一つの反映ではないかと思われるのである。

三　『日本国民文学全集』の思想

二五冊の『現代文豪名作全集』を二九冊までに増巻する計画があり、それが幻に終わったという推察が正しければ、それは本節で述べる『日本国民文学全集』の企画に重点を移すと言うことがあったのかもしれない。二九巻の予定を匂わせるような、第三次の『現代文豪名作全集』が刊行されていた一九五五年に、河出書房は極めて意欲的に、日本文学を俯瞰することのできる、前例を見ないような総合的な全集の刊行に着手している。

『読売新聞』九月五日朝刊には「現代文で読める日本文学二〇〇〇年の名作！」との惹句が踊る『日本国民文学全集』の広告が出ている。「二〇〇〇年」は大げさに過ぎるにしても、上代文学の『古事記』から昭和文学の『暗夜行路』までを一つの全集に集大成したスケールの大きなものである。広告文の「五大特色」の筆頭にあげられたのは「古代から現代までの国民必読の全集」とあり、日本古典文学と日本近代文学を「国民文学」として結びつけた前例のない試みであった。全三五巻の構成内容は、第一巻『古事記』から第一八巻『江戸名作集』までの一八冊が古典文学、第一九巻『明治名作集』から第三五巻『現代短歌俳句集』までの一七冊が近代文学と、古典・近代の冊数が拮抗し、バランスの取れた大型企画である。

「五大特色」の二番目に「一流作家による一流作品の現代語訳」とあるように、古典文学は原文ではなく現代語訳であった。しかも現代語訳を担当するのは、『古事記』は福永武彦、『万葉集』は土屋文明、『源氏物語』は与謝野晶子、『竹取物語』は川端康成、『蜻蛉日記』は室生犀星、『平家物語』は中山義秀、『浮世床』は久保田万太郎、『春色梅暦』は舟橋聖一と、最適の作家が担当しており、これ以上の適任者はいないと思われる贅沢な布陣であった。

「五大特色」の三番目に「むつかしい古典がやさしく読める」としたのは、特色の二番目と重なる観がある。スペースの限られる広告や内容見本では、宣伝の惹句には大いに意を用い、不要な繰り返しは避けるはずであるから、敢えてこの文言を持ってきたのには大きな意味があろう。それは、単なる古典の現代語訳ではなく、読みやすさに留意していると言うことを言挙げする必要があったのではないかと思われる。このころ、河出書房は一方では『現代語訳　日本古典文学全集』を刊行中であったから、その全集との差異性を強調して、二つの全集の棲み分けを考えたものであろう。『現代語訳日本古典文学全集』の方は、第一線の国文学研究者が現代語訳を担当したから、原典に忠実ではあるものの、一般読者にとってはやや敷居が高かったかもしれない。一九五三年一二月第一回配本第一一巻が池田亀鑑訳『枕草子』、同月第二回配本第二六巻が重友毅（しげともき）訳『雨月物語』、中村幸彦訳『春雨物語』と本格的なものであった。これに対して『日本国民文学全集』の方は、「作家による」「やさしく読める」古典文学と現代文学を組み合わせて、「国民」のための文学全集を企画したのである。

第一回配本は古典文学を代表する第三巻『源氏物語・上』、第二回は同じく下巻、第三回には近代文学を代表して第二二巻『漱石名作集』と、古典と現代のバランスは配本にも現れていた。第二二巻に収載されたのは『吾輩は猫である』『坊っちゃん』『三四郎』『こころ』と、漱石入門には格好の人気作品である。この巻の名前が〈夏目漱石集〉ではなく〈漱石名作集〉とあることに注意すべきであろう。上述した五大特色の筆頭の文言は「日本文学二〇〇〇年の名作」であった。「国民」が読むべき「名作」の全集でもあったのである。「名作」を意図的にキーワードにしたことは『漱石名作集』の発売を告げる『読売新聞』五五年一一月二八日朝刊の広告に「一生に一度は読まねばならぬ日本の名作！」という惹句が記されていたことからも明らかである。実際この全集の近代文学編の一七冊の構成は『鷗外名作集』『漱石名作集』『藤村名作集』各一冊、『明治名作集』二冊、『大正名作集』三冊、『昭和名作集』六冊と、ほとんどの巻冊に「名作集」の名前が附されており、例外は『現代戯曲集』『現代詩集』『現代短歌俳句集』の三冊のみであった。その意味で、「現代文豪」の「名作」を集めた全集から、古典文学と近代文学にわたる「日本国民」全体に必要な「名作」の全集へと進化したとも言えようか。なお、こうした中で、森鷗外・夏目漱石・島崎藤村の三人だけが背表紙に名前が出る形であり、この三人はやはり別格の文豪であったと言えよう。

ともすれば一つの境界線で隔てられていた日本古典文学と近代文学とをつないでみせた『日本国民文学全集』であるが、文学におけるもう一つの垣根を取り払おうと、増巻を発表する。それは純文学と大衆文学という垣根であった。第一回配本『源氏物語』から半年後、五六年三月には早くも別巻全一一巻の企画が発表され、その第一回として中里介山『大菩薩峠』の第一冊が発売される。別巻は『大菩薩峠』全八巻と、白井喬二『富士に立つ影』全三巻の、合計一一冊であった。大衆文学屈指の人気を誇る二大巨編を加えることによって、ここに名実共に「日本」の「国民」の「文学」の「全集」が完成したわけである。別巻は後には矢田挿雲の『太閤記』七冊を加えて、全一八冊となる。本巻三五冊に対して別巻一八冊とは一見バランスが悪いようである。全集ものの別巻は一冊から数冊に留まるのがほとんどであって、本巻の半分の分量が別巻というのは異様である。しかしそれには理由があろう。本巻は、『古事記』『源氏物語』から近松や西鶴を経て、明治・大正・昭和と時系列をきちんと立てている。本巻の後に追加すれば、その時系列が壊れることになる。そこで別巻という取り扱いとなったものと思われる。また河出書房はこのころ〈決定版〉と呼ぶ『世界文学全集』を刊行していて、こちらは第一期、第二期、第三期各二五冊、計七五冊に、別巻として『シャーロック・ホームズ全集』三冊『水滸伝』二冊という形であった。ホームズものを文学全集に組み込むという自由な発想が、この『日本国民文学全集』でも生かされて、大衆の支持を集める作品を別巻として加えたのであろう。『日本国民文学全集』の前年、一九五四年には白井喬二・吉川英治・木村毅・大佛次郎・川口松太郎の編集で『大衆文学代表作全集』[4]全二四巻を刊行している河出書房であるから、そのノウハウも十分に活用されたことであろう。

結局最終形態で見れば、『日本国民文学全集』は古典文学が一八冊、近代文学が一七冊、大衆文学が一八冊と、極めてバランスの良い「国民」の「文学全集」となったのである。

なお『日本国民文学全集』は好評のため、古典編、現代編に分けた異装版も刊行されている。本体の造本には変化がなく、外函のみの変化である。確認できた限りでは、古典編は装幀を改めて爽やかな水色の貼函となり豪華さが増している。現代編は従来のものと色違いの紙函で、元版が赤地白抜きで「日本国民文学全集」とあったものが、改装版では書名の方を赤地にしている。元版の巻数は古典文学からの通巻であったから、改装版でも古典編の方は巻数に変化はないが、現代編は元の一九巻の「明治名作集を」第一巻とするから巻数が変わる。川端康成の『雪国』を所収する『昭和名作集Ⅰ』

は元版では二七巻であったが、改装現代編では九巻となっている。

四　『日本文学全集』〈ワイン・カラー版〉と〈豪華版〉

文学全集の河出書房を象徴するような出来事がある。

一九六〇年代には河出書房は『日本文学全集』を四種類も刊行しているのである。出版社にはそれぞれ得意分野があり、また書籍も流行に左右されることもあるから、同種の企画が雁行したり、類似の名称の企画が並行したりすることは決して珍しいことではない。当時の河出書房は、世界文学の分野ではさらに多くの企画を持っていたが、そこでは三種類の『世界文学全集』、二種類の『世界の文学』、そして『世界名作全集』と、多少名称を使い分けていた。『日本文学全集』のようにメインタイトルが完全に一致する企画を四種類も立て続けに刊行したのは前代未聞のことであった。

この四つを区別するために、〈ワイン・カラー版〉〈豪華版〉〈カラー版〉〈グリーン版〉という呼称を角書きのように用いたい。〈豪華版〉以下の三種類は、河出書房の側でもこの愛称を前面に打ち出していたから、今日でもある世代以上では記憶している人も多かろう。ただこの愛称は、チラシや宣伝に使用され、書物の帯や巻末の一覧には記載されていても、書物の背表紙や扉、奥付などには使用されることがなかったから、正式な書誌情報には反映されていない。国会図書館でも奥付に「カラー版」の文字があるこのシリーズだけが書誌情報として記載されている。書物自体を目視できる場合や、発行時期と判型の情報を組み合わせれば混同することはないが、明確に区別するために、上掲の角書きを用いて述べていく。

〈ワイン・カラー版〉『日本文学全集』は全二五冊、B6判変型（B6判をやや小型にしたもの）。一九六〇年七月に第一巻『源氏物語　上』を第一回配本、六二年七月に全巻完結した。第一巻から一三巻までが古典文学、一四巻以降の一二冊が近代文学である。一見して分かるように『日本国民文学全集』と同じ思想の全集である。判型を菊判からB6変型判に、冊数を三五冊から二五冊に圧縮したものである。判型冊数ともに小さくなったから、『日本国民文学全集』の第一巻『古事記』第二・三巻『万葉集』などが削られ、『源氏物語』が第一巻に繰り上がっている。近代文学は、「名作集」というくくりではなく、通常の文学全集のように作家名を背表紙に記す形である。作家も絞り込んで、森鷗外・島崎藤村・夏目漱石・永井荷風・谷崎潤一郎・武者小路実篤・志賀直哉・有島武郎・芥川龍之介がそれぞれ一冊、これに二葉亭四迷・樋口一葉・徳冨蘆花、国木田独歩・田山花袋、正宗白鳥・徳田秋声を組み合わせて一二冊となる。『灰色の月』や『少将滋幹の母』なども含むが、戦前の作品中心の選択である。

古典文学と近代文学の冊数がほぼ同数であること、近代文学は、明治・大正・昭和戦前が中心で、戦後作家は含まないことなど、この全集は『日本国民文学全集』の本編を、手軽に、コンパクトにしたようなものであると言えよう。

〈ワイン・カラー版〉『日本文学全集』が、判型も冊数も『日本国民文学全集』を圧縮したようなものであれば、敢えてこうしたものを刊行した意味があるはずである。それは、大人気を博していた〈グリーン版〉『世界文学全集』と、同判型、同装幀、色違いの姉妹版を出すことによって相乗効果を得ようとしたことである。装幀担当の原弘は『日本文学全集』の内容見本で次のように述べている。

> 『日本文学全集』は『世界文学全集』の姉妹版である。デザインとしては、当然対のものとして考えられるべきものであろう。姉はグリーンのアンサンブル、そこで妹にはどんな色が、と考えられたのがワイン・カラーのアンサンブルである。（中略）「世界文学全集」はすでに読者の書棚では、グリーンのマッスをなしていることだろう。あの落ちついたグリーンのマッスに対して、
> 鮮やかなワイン・カラーが一方から徐々に量を増してゆくさまを想像することは楽しい。

〈ワイン・カラー版〉『日本文学全集』が、〈グリーン版〉『世界文学全集』の姉妹版であったように、以降刊行される河出書房の『日本文学全集』は、常に『世界文学全集』と一対のものとしての販売戦略の下にある。そのことにも留意しながら見ていこう。

一九六五年六月に、〈豪華版〉『日本文学全集』の刊行を開始する。第一回と二回の配本が第一巻と第二巻の二分冊の『源氏物語』であった。古典文学と近代文学の両方を含む全集であること、与謝野晶子訳『源氏物語』からスタートすることは、〈ワイン・カラー版〉『日本文学全集』、さらに遡れば『日本国民文学全集』と同じ方式である。同時期に、中央公論社が谷崎潤一郎の『新々訳源氏物語』を華々しく刊行しているから、それに対抗する意味もあったであろう。(5)

判型は四六判。冊数は全二九冊、区切りの悪い数字だが、第六巻を『古典詩歌集』第二九巻を『近代詩歌集』と対応させるなど、整然とした構成である。古典文学と近代文学の比率は大きく変化し、古典が六冊、近代が二三冊と、四倍近い差が生じている。ほぼ同数で、むしろ古典文学の方が一冊多かった〈ワイン・カラー版〉や『日本国民文学全集』と比較するとその変化は顕著である。古典文学

の他の巻冊は『王朝日記随筆集』『平家物語』『西鶴集』である。近代文学の方では〈ワイン・カラー版〉に収載されていた、二葉亭四迷・樋口一葉・徳冨蘆花・国木田独歩・田山花袋・正宗白鳥が洩れている。新しく加わった作家は、宮本百合子・井伏鱒二・林芙美子・丹羽文雄・舟橋聖一・高見順・石川達三・石坂洋次郎・太宰治・三島由紀夫・井上靖で、昭和文学・戦後文学に大きく足場を移していることが分かる。『近代詩歌集』以外では、近代文学は一人一冊の編集方針が貫かれており、抱き合わせで名作を残す方法を採らなかったために、ドラスティックな改変となった。

一九六四年六月に刊行を開始して、大変な売れ行きを記録した〈豪華版〉『世界文学全集』のちょうど一年後の配本開始であることからも、世界と日本の〈豪華版〉の文学全集を意図したことは明白である。装幀は亀倉雄策で、赤と金を多用した文字通り「豪華」さを印象づける造本であった。〈グリーン版〉の落ち着いた原弘の装幀とは対照的である。

一年早く二五冊でスタートした〈豪華版〉『世界文学全集』は、〈第二集〉として二五冊を追加して、総計五〇冊の均整の取れた全集となった。これに倣って、『日本文学全集』の方も〈第二集〉として二五冊の増補を行っている。内訳は、『古事記』『王朝物語集』『今昔物語』『江戸名作集』の古典四冊と、近代文学二一冊である。『古事記』は〈ワイン・カラー版〉では洩れていたから、冊数の増加は幸運であった。〈ワイン・カラー版〉では共に単独収載であった西鶴と近松は、〈第一集〉では明暗を分けていたが、『江戸名作集』の中に近松作品は復活した。対照的に、二葉亭四迷・樋口一葉・国木田独歩・田山花袋らの明治文学の復活はなく、有島武郎の復活や、横光利一・佐藤春夫ら戦前からの作家が加わった以外は、大岡昇平・野間宏・松本清張・吉行淳之介・水上勉・石原慎太郎・大江健三郎の追加と、戦後に比重を置く姿勢は一層顕著である。夏目漱石・島崎藤村・谷崎潤一郎・武者小路実篤・志賀直哉・川端康成・石坂洋次郎・太宰治は二分冊目がここに加わってくる。武者小路・志賀・川端は〈第一集〉に主要作品が集中していたため、この三人は〈第二集〉では多少バランスの悪い作品選定である。石坂洋次郎が二分冊となっているのは、映画やテレビを中心とした一九六〇年前後の人気の程が窺われる現象である。最終的には〈豪華版〉は全五四冊、古典文学が一〇冊、近代文学が四四冊という配分となった。

五　『日本文学全集』〈カラー版〉と〈グリーン版〉

三つ目の『日本文学全集』は〈豪華版〉の一年半後、一九六七年一月刊行開始の〈カラー版〉である。装幀は同じく赤と金を強調する亀倉雄策であるが、判型は一挙に大型化を図り、菊判の堂々たる体裁となった。もちろん一年前にスタートしている〈カラー版〉『世界文学全集』と一対となる叢書で、黒字に金のストライプの『世界文学全集』、赤字に金のストライプの『日本文学全集』と、対照の妙がある。当初は全三九巻に別巻『現代名作集』『現代詩歌集』の二冊を加えた四一冊の予定であったが、やはり増巻がなされ、最終的には本巻五五冊別巻二冊の五七冊の大部の全集となった。今回は増巻後の完成型の方で見て行こう。

本巻は当初の三九冊に、巻数を変更せずに一六冊を追加した形であるから、第三九巻『井上靖』の後に、第四〇巻『森鷗外（二）』第四一巻『夏目漱石（三）』と、時代を遡る形となっている。古典文学は第一巻『古事記・万葉集』から、第六巻『西鶴・近松・芭蕉』までの六冊で、増補の際も古典文学は追加されることがなかった。冊数自体の減少と追補から洩れたことで、古典文学離れは一層進んでいるが、それでも第一回配本に与謝野源氏を持ってくるなど、本来的な意味の日本の文学全集として、古典文学と近代文学を結ぶ姿勢を評価すべきであろう。菊判の大型本であるので、一人一冊を貫くのが難しく、抱き合わせの巻冊を作ったために、徳田秋声や正宗白鳥が復活することとなった。カラー挿絵の採用や、派手な宣伝方法が喧伝されすぎている嫌いがあるが、第三一巻『尾崎一雄・上林暁・永井龍男』など、地味ながら文学史上重要な作家を含んでいる点などをきちんと見る必要があろう。追補された巻々には、埴谷雄高・中村真一郎・福永武彦・堀田善衛・島尾敏雄・井上光晴等々、戦後派を網羅した観がある。最終五五巻は『石原慎太郎・深沢七郎・高橋和巳』である。

最終的に二冊を与えられた作家は、森鷗外・谷崎潤一郎・川端康成など五人、夏目漱石と島崎藤村は三冊で別格の位置であった。中央公論社『日本の文学』など、挿絵を全集の重要な要素と位置づけているものは既に多くあったが、〈カラー版〉はカラー挿絵を本文料紙とは異なる用紙に別刷して挿入し、注目を集めた。挿絵を重視する姿勢は、武者小路実篤・志賀直哉・川端康成・井上靖・山本健吉の五人の監修者とは別に、美術監修として安田靫彦と梅原龍三郎の二人をおいている点に明らかである。

最後の『日本文学全集』が〈グリーン版〉である。刊行開始は六七年六月、〈カラー版〉刊行のわずか五か月後のことである。河出書房の『日本文学全集』は拡大の一歩をたどっている。それは複数の企画の間隔を見れば明らかである。〈ワイン・カラー版〉の完結から三年の空白を設けて〈豪華版〉は刊行を開始した。〈豪華版〉の刊行開始の一年半後、〈豪華版〉の完結を待たずに、まだ三分の一の配本が残っている時点で〈カラー版〉はスタートした。今回の〈グリーン版〉はさらに早く、先行の〈カラー版〉がまだ数冊の配本を終えたばかりで、刊行時期はほとんど重なりあうのである。もちろん、菊判の〈カラー版〉に対して、B６変型判の〈グリーン版〉と判型の相違は明快であり、収載書目でも差異性を打ち出している。〈グリーン版〉の第一回配本は夏目漱石『坊っちゃん』『吾輩は猫である』、下村湖人『次郎物語』（二分冊の上冊）の二冊同時配本であった。

〈グリーン版〉には二つの特色が見て取れる。一つは〈ワイン・カラー版〉〈豪華版〉〈カラー版〉の三種、さらにはその前の『日本国民文学全集』以来の『源氏物語』を第一回配本にする方式が崩されたことである。同時に、古典文学と近代文学を併せ持つという方式も撤回された。〈ワイン・カラー版〉〈豪華版〉〈カラー版〉と古典文学の比重は次第に軽くなって来ていたが、〈グリーン版〉に至り近代文学のみの全集へと変化したのである。他社の『日本文学全集』はすべて近代文学のみであったが、河出書房だけは頑固に古典文学も日本文学の全集の構成要素と考えていた。その方式の見直しである。古典文学離れという風潮もあったのかもしれない。

二つ目の特色は『坊っちゃん』『次郎物語』を第一回配本に持ってきて、若年層の取り込みを図ったことである。「若い読者のための本格的な《普及版》」「これだけ読めば若い人の教養はＯＫ」（挟み込みチラシ「グリーン版の特色」から）と、「若い読者」を主たる購買層と位置づけている。これは大判の〈カラー版〉との棲み分けを考えたものであろう。〈カラー版〉は大人の読者、小型で低価格の〈グリーン版〉は若い読者としたのである。全五〇冊（これに別冊として『現代名作集』『現代詩歌集』の二冊が加わる）のうち複数冊を占めるのは、定番の島崎藤村・夏目漱石・谷崎潤一郎以外に、武者小路実篤・山本有三・下村湖人・石坂洋次郎と、当時の若者に人気の作家を持ってきていることからもそのことは窺われる。[6]

〈ワイン・カラー版〉『日本文学全集』を〈グリーン版〉『世界文学全集』の姉妹版として刊行したことは上述したが、結果的に『日本文学全集』では、〈グリーン版〉の名称を温存したことになった。河出書房の全集としては最大のブランドとも言える〈グリーン版〉の名称を冠した『日本文学全集』で梃子入れをはかったとも言えようか。逆に言えば、このブランド名に頼らざるを得ない姿勢が、河出書房が当時置かれていた状況を示している。〈グリーン版〉『日本文学全集』の刊行から一年もたたずに、六八年春には河出書房は経営破綻をする。この問題についてはすでに述べたところであるので再述はしない。[7]『日本文学全集』は〈豪華版〉〈カラー版〉〈グリーン版〉の三つが配本途中であったが、会社再建後にすべて完結していることを附記しておく。

六　『国民の文学』と『現代の文学』

河出書房は『国民の文学』という名前で二つの叢書を出している。一つは一九六三年刊行開始の全一八冊のもので、これは日本古典文学の現代語訳を集めた叢書である。上述した『日本国民文学全集』の古典編や、〈ワイン・カラー版〉『日本文学全集』の古典編を再編成したものである。挟み込みの月報などは〈ワイン・カラー版〉のものをそのまま転載しているものが多い。何故このような形となったかを考える上で重要なのは、同じ六三年から刊行を開始した『現代の文学』全四三巻である。『現代の文学』は、河出書房創業七七周年記念出版であった。内容見本の「刊行のことば」は「このたび創業七七周年（喜寿）を記念して[8]」と書き起こし、明治一九年成美堂河出書店以来の歴史と実績の上に「新しい日本文学全集」を企画し、「一九六〇年代の視点に立ったユニークな『現代の文学』」を作り上げたと述べている。

全四三巻はすべて一人一冊主義で、抱き合わせの作家はいない。第一巻『谷崎潤一郎集』第二巻『室生犀星集』第三巻『佐藤春夫集』が、所収作家の上限で、下限が第四一巻『有吉佐和子集』第四二巻『石原慎太郎集』第四三巻『大江健三郎集』である。第一巻に『卍』が入っていることに示されているように、戦前の作品も収載する。河出書房としては多少似た企画に、一九五二年の『新文学全集』全一三巻があったが、戦後を強く打ち出したために、読者層の拡大に苦労した。それで今回は、戦前からの作家も取り入れて体系化を図り、同時に新進作家を多く入れて斬新さとの共存を図ったのである。この叢書の一〇大特色の最初に「現代の代表的作家六人が責任と情熱を以て選んだ豊富な内容の新しい文学全集」と記しているのは、地味な文言のようであるが、中村光夫・平野謙・山本健吉などの批評家が加わらない文学全集は当時は珍しかったのである[9]。六人の作家とは、川端康成・丹羽文雄・円地文子・井上靖・松本清張・三島由紀夫である。編集委員でもあり、第一回配本で二〇万部を売り上げた功労者であった松本清張が、翌年刊行の中央公論社『日本の文学』では三島由紀夫の強い反対によって、収載されないという事件については、前章で述べたところである。第二回配本は『五味川純平集』で『人間の条件』をまるごと収録、約一〇〇〇ページの厚冊となった。意表をつく作品選択であるが、この作品が文学全集で読めるのは初めてであったから好評を呼んだであろう。河出書房は、後の〈グリーン版〉『日本文学全集』にも『人間の条件』を収載していることからも、そのことが窺われる。解説の竹内好も最適の人選であった。第三回配本はオーソドックスに『川端康成集』[10]、第四回配本は六〇年代に圧倒的人気を誇った『石坂洋次郎集』と変化をもたせ、配本にも工夫が見られた。一〇大特色を謳っていたが、その中では、六番目の「美しい挿画入り！」が最もインパクトが強いものではなかっただろうか。小磯良平、生沢朗、東山魁夷、中村琢二、風間完、東郷青児、福田豊四郎らを起用しており、これが中央公論社の『日本の文学』に影響を与えたと思われる。一〇大特色の七と九に二か所にわたって「斯界の第一人者・原弘先生による（中略）会心の装幀」「原弘先生考案の美しいデザインのビニール・カバー」などと繰り返し述べている。装幀界の大御所原弘の装幀に、河出孝雄社長が注文を付けて修正させた裏話などを聞くと[11]、編集部員の苦労もあったようである。

こうした様々な経緯を経て刊行された『現代の文学』は、文字通り、現代の文学に立脚点を持ったものであった。それまでの河出書房は『日本国民文学全集』にせよ〈ワイン・カラー版〉『日本文学全集』にせよ、古典文学と近現代文学とを融合させたものであった。とすれば、六三年の『国民の文学』は、『現代の文学』で欠けている古典文学の部分を補うということで、急遽計画されたものではなかっただろうか。新しい企画を起こす時間がなかったから、月報も含めて、従前のものを可能な限り利用したのであろう。

ところで、河出書房の『国民の文学』には同名異種のものがもう一つある。一九六七年から刊行されたもので、当時の他の叢書同様に〈カラー版〉という名称を付けて呼ばれることもある。これは司馬遼太郎や中里介山などの時代小説大衆小説に絞ったもので、国民の文学が現代語訳の古典文学から、時代小説へと変貌していったものと位置づけることもできる。[12] 同時に、新しい『国民の文学』は河出書房の歴史では、『大衆文学代表作全集』や『日本国民文学全集』の別巻の系譜に立つもので、これもまた河出書房の得意分野の一つであった。

むすび

河出書房は各種の『日本文学全集』を刊行していた一九六〇年代から半世紀以上たった、二〇一〇年代の今日、池澤夏樹個人編集で新たに『日本文学全集』を刊行中である。この全集もまた、現代語訳の古典文学と最新の現代文学との両方を含む、極めて広い視野から編纂されたものである。池澤夏樹自身は『古事記』の現代語訳に挑んでおり、かつて『日本国民文学全集』や『日本文学全集』で福永武彦訳の『古事記』を読むことができたことを考え併せると、文学全集に力を注いできた河出書房の遺伝子が今でも生き続けていて、出版界を豊かにしていることが理解できるのである。

第八章　〈教養〉

学習研究社と旺文社の文学全集

日本文学全集の類を刊行した出版社は、その歴史や規模から、三つのグループに分けることができるのではないか。まず、全集ものの出版の王道を歩む筑摩書房や河出書房。次に、文芸書出版の老舗としての新潮社や文藝春秋。そして総合出版社としての音羽グループの講談社、一ツ橋グループの集英社、幅広く論壇を領導してきた中央公論社。これら三グループにやや遅れる形で、文学全集の出版に加わってくるのが学習研究社と旺文社である。

この二社は、昭和初期以来の伝統を持つ旺文社（創業時は欧文社）と戦後の新しい息吹の中で出発した学習研究社と、創業の時期や歴史は異なるが、一九六〇年代を中心に中学・高校の学年別雑誌や受験雑誌・参考書で激しく競い合った出版社である。これまで見てきたように、日本文学全集の類は読者層を拡大し続けて、高校生以下の世代までターゲットに入れるようになってきた。そうなれば、中学・高校生の市場について熟知していた、また、教育や教養と言うことに自覚的であったこの二つの出版社が、文学全集の出版に参入してくるのは自然の流れであった。ただ、文学全集の時代としては既に頂点を過ぎていた観があり、遅れてきたゆえの苦労があった。その一方でそれに対抗するための様々な工夫もあったのである。本章では、この二つの出版社の文学全集について検討する。

一 学年別雑誌をめぐる攻防

戦後日本における、一〇代の若者たちの精神形成ということを考えるとき、学習研究社と旺文社という二大出版社の果たした役割は極めて大きい。一九四七年の学校教育法で、六・三・三・四制を根幹とする日本の新しい学制が定められた。二一世紀の今日まで大きな変更がなく踏襲されているこの学制で、中等教育機関と定められたのが、新制中学校と高等学校である。前者は前期中等教育機関、後者は後期中等教育機関となり、一三歳から一八歳までの一〇代の大半をこの二つの教育機関が担うようになった。

学習研究社と旺文社は、この六年間に強力な学年別雑誌を投入し、この世代の一種のオピニオンリーダーとしての立場を確立した。

そもそも学年別雑誌というものは、中学・高校に限定されるものではない。小学校、さらにはそれ以前の幼児期をも含めて、幼児・児童の発達状況や学年の進級に応じて段階的に次の雑誌へと進めるようになっている。この学年別雑誌は、出生率の上下や、当該人口の増減による多少の誤差はあっても、確実に新しい消費者が誕生する分野であるから、安定した需要を求める出版社にとってはこの上ない市場であるといえよう。

されればこそ、日本の出版界を代表する一ツ橋グループの総帥である小学館は、この分野をいち早く制することによって、今日の隆盛の基礎を固めた。一九五〇年代の後半に至り、出版界のもう一つの柱、音羽グループの講談社が幼稚園・小学校の学年別雑誌に参入し、激しい競争を繰り広げたのは語りぐさとなっている。結局小学館はこの分野で講談社の挑戦を退けたのであるが、「学習」「科学」という名称の学年別雑誌の発行を行った学習研究社の方は、学習教材に力点を置いた内容や、直販を中心とした販売方式のため、小学館の学年別雑誌との平和共存が行われた。学習研究社は、一九五一年に系列会社の秀文社を設立して『一年ブック』『二年ブック』などの学年誌を市販ルートに乗せたが、系列会社に委ねる形を取り、小学館との全面対立を避けたのは賢明であった。直販分野で広島図書の『ぎんのすず』誌に圧勝したとはいえ、創立から日の浅い学習研究社は、市販分野で小学館と対決しても不利な戦いになるのは予想できたのではないか。第三節でも触れるが、学習研究社は、本社と系列会社とが、連携しつつ巧みな分業で読者層を開拓していった点に特徴がある。

小学生の学年別雑誌を定価一〇〇円に切り下げて、小学館と講談社の対決が山場に達した観のある一九五七年四月には[1]、中学生を対象とする雑誌の分野でもう一つの戦いが始まろうとしていた。旺文社と学習研究社の、中学生の学年別雑誌の戦いである。

先行する旺文社は、受験生を対象とする伝統ある『蛍雪時代』に加えて、一九四九年に『中学時代』という雑誌を創刊する。一方学習研究社の方は、小学生を対象とした「学習」という名前の雑誌を、一九四七年以降『中学一年の学習』『中学二年の学習』という形で積み上げ、四九年には『中学三年の学習』まで、三学年すべて揃えた。ただこの時点で中学生の学年別雑誌というのは時期尚早だったのか、学習研究社は五〇年に『中学コース』という雑誌に統一する。かくして学年を分けない旺文社『中学時代』と、学習研究社『中学コース』が競合する形となる。高等学校から下りてきた旺文社と、小学校から上がってきた学習研究社が、中間点の、中学生の市場でぶつかった形となる。一九五六年には、学習研究社が先手を取って『中学コース』の下に『中学初級コース』を創刊、二冊体制で成長の早い中学三年間に対応しようとした。対抗する旺文社は、同年度内に『中学時代』を分割して『中学一年時代』『中学二年時代』『中学三年時代』を創刊、一層細かい対応となった。これに対抗して、学習研究社が『中学一年コース』をはじめとする三冊の学年誌を創刊するのが、一九五七年春のことなのであった。二つの出版社の中学生の学年誌の競合は、三〇年以上続き、『中一時代』→『中一時代13』→『中1時代』など誌名を少しずつ変えた旺文社側の雑誌が九一年春に終刊するまで続くこととなる。

高校生の分野では、『蛍雪時代』以来の蓄積があり、当初は旺文社が大きくリードしていた。一九五四年までは旺文社が独占、同年下半期には『蛍雪時代』の下の学年の読者を獲得すべく『高校時代』を刊行、学習研究社が『高校コース』でこの分野に参入するのは、五五年のことである。その後三年間、旺文社二雑誌、学習研究社一雑誌の時期が続く。学習研究社が『大学受験コース』を刊行して二つ目の雑誌を持ち、形の上で対等になるのが一九五八年春のことである。それでも伝統ある『蛍雪時代』に対抗することは難しかったようで、『大学入試受験コース』『高校上級コース』『大学進学コース』としばしば誌名を改めている。高校生の雑誌で押され気味であった学習研究社が反転攻勢に出るのは、一九六三年春のこと。一挙に『高1コース』『高2コース』『大学進学コース』と学年別に雑誌を揃え、『高校時代』『蛍雪時代』の二雑誌体制の旺文社に先んじたのである。翌年には旺文社の側も『高一時代』『高二時代』『蛍雪時代』に改編して対抗、こちらも九一年春まで、長い競争の始まりとなった。

旺文社の『時代』と学習研究社の『コース』、この二つの雑誌は、六〇年代、七〇年代を中心に中学生・高校生の圧倒的な支持を得た。この二誌は良きライバルとして競い合いながら、一〇代の購読者層を大きく拡大することに成功したのである。教養・受験・交友・流行、一〇代の若者はこの二誌を通じて様々な情報を得たのであった。

さて学習研究社・旺文社は共に、学年別雑誌で開拓した市場に、さらに書籍を投入することで出版社としての規模の一層の拡大をはかろうとした。一九六五年に刊行を開始した旺文社文庫はその好例である。旺文社や学習研究社のこのような姿勢は、企業規模の拡大をはかるという意識だけではなく、一〇代の教養を支えているという自負心のようなものをそこに窺うことができる。利潤を追求する資本の論理と、教養を支えるという理想の追求が両立し得た、美しい時代でもあった。

この二社は、ほぼ時期を同じくして、日本の近代文学の叢書を刊行している。次節以下ではそれらについてみてみよう。今日、各地の公立図書館を見ると、学習研究社の文学全集は比較的多く見ることができるが、旺文社のそれはあまり所蔵されていないようである。本来が高校生を中心とした読者が対象であるから、大学図書館の蔵書とは連動しないのであるが、ここでもやはり、学習研究社の全集と旺文社のそれとは所蔵に差が出るようである。何よりも、古書店を回っていると、学習研究社の日本文学の全集の端本はあちこちで見るが、旺文社のものに出会うことはほとんどない。これは、両社の全集の普及率と連動しているのではないだろうか。だとすれば、それはどのような理由によるものだろうか。本章では、全集の普及という点からも考えてみたい。

二　学習研究社『現代日本の文学』の成功

学習研究社が、『現代日本の文学』全五〇冊の刊行に踏み切ったのは、一九六九年九月のことであった。六〇年代の文学全集ブームの立役者であった河出書房の倒産は前年六八年のことで、出版界に与えた衝撃は大きかったが、その一方で各出版社の文学全集ものは最盛期を迎えており、日本の近代文学の全集は、主要なものだけに絞っても、六九年九月時点で次のようなものが刊行中であった。

中央公論社『日本の文学』全八〇冊　一九六五年七月刊行開始
文藝春秋『現代日本文学館』全四三冊　一九六六年三月刊行開始
集英社『日本文学全集』全八八冊　一九六六年六月刊行開始
筑摩書房『現代日本文学大系』全九七冊　一九六八年八月刊行開始
新潮社『新潮日本文学』全六四冊　一九六八年九月刊行開始

いずれも、一時代を画したすぐれた企画ばかりで、さらにこれらの周辺には、新書判で一部古典も含む『日本短編文学全集[2]』、専門性の高い『明治文学全集』（共に筑摩書房）、読者を中学生あたりに絞り込んだ『カラー版日本の文学』（集英社）、大衆文学に比重を置く『現代長編文学全集』（講談社）など個性的な全集が綺羅星のように並んでいた。その一方で、態勢を立て直した河出書房が、既存の〈豪華版〉〈カラー版〉〈グリーン版〉『日本文学全集』の残された配本分を刊行して読者をつなぎ止め、また新潮社は大好評だった小B6判七二冊の『日本文学全集』を、五〇冊（一九六七年）四〇冊（六九年）四五冊（七一年）と改編して直販ルートに乗せて一定数の売り上げを確保していた[3]。

このような中で船出した『現代日本の文学』は、意外な善戦を見せたのである。多くの全集では、配本が進むにつれて「次第に部数が減少し、最終巻では、半数ほどに落ち込むのが常である」のに対し「直販の強みで、最終回配本まで十万部を下ら」なかったという[4]。たとえ直販の強みはあったにしても、同種の他社の全集で飽和状態の観のあった近代日本文学の全集の分野で、後発の学習研究社が一定数の読者を獲得できたのはなぜであろうか。

そもそも学習研究社は文学の分野では、『国木田独歩全集』（一九六四年〜六六年。のち定本版を刊行）のように地味だが水準の高い企画はあったものの、文学選集やアンソロジーとしては、六〇年代前半の新書判の『日本青春文学名作選』『世界青春文学名作選』が目に付くぐらいで、文学全集ものは未経験であった。それが意外な健闘ぶり、というよりも、大成功裡に全巻を完結、さらに続編まで刊行することができたのは、以下のような理由があったのではないか。

成功の最大の理由は、作品そのものと、作品の背景にあるもの、そして作家の伝記を有機的に結びつけようとする編集方針にあったと思われる。その編集方針と、カラーグラビアやモノクロ写真を駆使して視覚的効果を最大限に利用する方法とが、うまくかみ合って、若年層を中心に新たな読者を開拓することができたのであろう。

『現代日本の文学』の基本的なスタイルは以下の通りである。

まず冒頭に一六ページ（一折分）のカラーグラビアの「文学紀行」を置く。具体的には「文学紀行」の前に作家名を記して「夏目漱石文学紀行」などと題して、作品の舞台となった土地や季節を美しい写真で紹介し、それに作品の一節を付して、読者を一挙に作品世界へと導いていく。第一六巻『川端康成集』の例でいえば、『美しさと哀しみと』の文章に乗って二尊院、化野念仏寺、常寂光寺の嵯峨野の美しくも物哀しい光景から、引きずり込まれるような琵琶湖の光景へと誘われる。『古都』の北山杉と西陣、『雪国』の清水トンネルからの遠景と湯沢温泉、『伊豆の踊子』では福田屋に下田港と、おあつらえ向きの名場面をちりばめて、本編のページを繰るのが待ち遠しいほどである。

次にモノクロ写真のページに進み、作家や評論家が当該作家や作品について記したエッセイや評論が三二ページ（二折分）ある。もちろん写真が多用され、文章の比率は全体の三割程度といったところか。ここでも作品の舞台や文学碑などの写真が効果的に使われている。評論やエッセイは巻によってかなり自由な構成になっており、森茉莉の「父の居た場所―思い出の中の散歩道」（第二巻『森鷗外集』）、瀬沼茂樹の「木曽路・信濃路」（第五巻『島崎藤村集』）というオーソドックスなところから、五木寛之「デラシネの旅の終わりに」（第三一巻『太宰治集』）、野坂昭如「『潮騒』遠泳の記」（第三五巻『三島由紀夫集』）などの、六〇年代後半の時代性を感じさせる個性的な文章まで、変化に富んでいる。

作品を収録する本編の末尾には簡潔・的確な注解（担当は紅野敏郎）と、これも簡にして要を得た年譜が付される。全体の最末尾は再びモノクロ写真となって、三二ページ（二折分）の「文学アルバム」が置かれている。ここでも具体的には「文学アルバム」の前に作家名を記して「谷崎潤一郎文学アルバム」などと記される。写真を多用して作家の生涯を追うほかに、初版本・特製本の書影、書簡・原稿の写真、映画化された作品の一場面なども資料として示される。

このように、冒頭に四八ページ分、巻末に三二ページ分をアート紙を用いて、カラー・モノクロ写真をふんだんに使用して、作品世界や作家の生涯に迫ろうとしたのである。

従来の他社の文学全集は、名作を読者の手元に届けること、それも多くの名作を届けることを目的としていた。そのために収載作品はできるだけ多岐にわたることが望ましく、名作は一点も洩らすことがないように編集されていた。いわばその全集で、当該作家の宇宙全体を見渡せることを目指していたのである。作品の分量が増えれば、当然ページ数の関係もあり、解説的な文章に多くの紙幅を割く余裕はなかった。

『現代日本の文学』はそれらとは異なる発想で、当該作家の主要全作品を網羅するのではなく、その作家への第一歩として、本全集が読まれることを望んでいたのではないか。第四巻『夏目漱石集』の場合、収載作品は『坊っちゃん』『三四郎』『こころ』『夢十夜』のみで、『吾輩は猫である』も『草枕』も『門』も『明暗』も収録されていない。もちろん収載した四作品だけで漱石の世界の全貌が分かると主張しているのではなく、これらの作品や文学紀行や文学アルバムを通して、さらなる漱石の世界に読者が進んでいくことを期待しているのである。そしてそのような展開を助けるような編集がなされていたのである。その意味では、読者の自主的な学習・読書体験を補助する働きを持つ全集である。学習教材一筋の、この会社の特色が見事に生かされた企画であったとも言えよう。さればこそ、『細雪』も『夜明け前』も『人間失格』も盛り込まれていないが、そのような不満は全く感じないのである。いつの日か、この全集を契機にこれらの作品へと進んでいく道が目の前に準備されているからである。

別の言い方をすれば、この全集は、作品中心というよりも、作家中心にはっきりと比重を置いた全集であった。代表作の中からいくつかを取り上げ、あわせてその作家の生涯を示し、興味を持った読者はさらにその作家の別の作品へと進んでいくのである。このような立場であれば、本全集としては、一人でも多くの作家を紹介できるのが望ましく、逆に一人の作家に複数の冊を割り当てることはあまり効果的でない。事実、多くの全集で複数冊を占めている夏目漱石・島崎藤村・谷崎潤一郎も、この全集では一冊にまとめられている。前述した名作や大作を収載しなかったのは、そのような背景もあったのである。結局、五〇冊に七七人の作家を包含することとなったのである。

その作家の選択が理に叶った、良く絞り込まれたものであることも、やはり成功の秘訣であった。二葉亭四迷・樋口一葉・国木田独歩・徳冨蘆花から大江健三郎・開高健まで、明治・大正から当代までの代表的作家がバランス良く並べられている。抱き合わせの巻でも、第一七巻の萩原朔太郎・中原中也・伊東静雄・立原道造、第三三巻の檀一雄・織田作之助・田中英光の組み合わせなど実に巧みなものであった。宮本百合子・壺井栄、林芙美子・平林たい子などは単独収載でもしかるべき作家だが、あえて抱き合わせにすることによって、比較しながら読めるという利点も生じた。監修委員に伊藤整・井上靖・川端康成・三島由紀夫、編集委員に足立巻一・奥野健男・尾崎秀樹・北杜夫という実力者をバランス良く揃えたこともその一助であっただろう。

造本にも工夫が凝らされていた。水色を基調に金と白の二色で叢書名や作家名を記す表紙は、贅をこらしたという観はなく、むしろシンプルなものである、ただ芯に使われたボール紙の強度は抜群で、頑健といって良い造本である。これはおそらくは、図書館などで繰り返し繙読されることも考えて作られたのではないだろうか。良心的な出版として特筆しておきたい。表紙に比べると、緑色の紙函はやや簡単に過ぎる造りであるが、これは単独で使用されるのではなく、その外側をさらに、作品の舞台や名場面、作家の写真などをあしらったアート紙のカバーがぐるりと掛けられている。このカバーは同種のものに比べると、丈夫さも美しさも群を抜いたもので、当該巻の作家や作品世界を見事に象徴したものになっている。

カバー写真を大雑把に分類すれば、作家の故郷や所縁の場所（熊本県水俣市浜町の徳富蘆花生家附近、旧有島農場よりニセコ連山を望む、野上弥生子の故郷大分県臼杵の町を流れる臼杵川、横光利一が通った第三中学裏手の上野城址）、作家や作品の文学碑（山口県亀山公園の独歩詩碑、尾道市千光寺の林芙美子文学碑、『人生劇場』文学碑、弘前の石坂洋次郎文学碑）、作品の舞台（『雪国』の越後湯沢の雪景色、『暗夜行路』の大山の曙、『夫婦善哉』の道頓堀夜景、『しろばんば』の伊豆湯ヶ島）、作家の近影（加計呂麻島で当時を偲ぶ島尾敏雄、横浜港で艀に乗る三島由紀夫、ラブミー牧場でギターを弾く深沢七郎、リサイタルで歌う野坂昭如）など、幅広い選択がなされており、ずらりと並べると、異色の近代文学アルバムが出来上がる。

『現代日本の文学』全五〇冊は大好評裡に迎えられ、続編一〇冊が企画された。この続編では、泉鏡花・永井荷風など正編で惜しくも洩れた作家を補っている。続編全体の特色としては、吉川英治、石坂洋次郎、山本周五郎、司馬遼太郎などが単独で収載され、広範囲の読者からの支持を得た作家を手厚く遇している。太宰・三島の巻冊のエッセイを担当した五木寛之・野坂昭如が抱き合わせで、続編の最終巻を占めているのは、その一つの象徴でもある。

本叢書は刊行時点で安定した部数を確保し、最終回配本まで一〇万部を維持したことは上述したが、全巻完結後も順調に版を重ねている。当初は分冊毎の重版であったが、後にはセット販売が主力になったようだ。この時こそ、直販組織を持つ学習研究社の力が遺憾なく発揮されたことであろう。一九七九年七月のセット販売時のものを例に挙げれば、全六〇巻現金価格七四〇〇〇円である。一冊あたりの価格に換算すると一二〇〇円程度といったところか。刊行当初は一冊六八〇円であったが、この一〇年間には石油ショック・狂乱物価の時期を挟んでおり、それでも良心的な価格を維持していると言って良いのではないか。翌年一九八〇年にセット販売されたものでデータを取ったが、ほとんどの巻は、二三、二四刷であり、第一一巻『芥川龍之介集』第三〇巻『獅子文六集』が二六刷で[5]、刷りを多く重ねている。第四巻『夏目漱石集』第三一巻『太宰治集』はこの時点で一六刷だが、この二冊は第一回配本のコンビだから、初版時の部数が他の巻に比べて群を抜いて多かったためであろう。続編はさすがに伸びが鈍く、八〇年の時点で第四刷である。

三　学習研究社系の『世界文学全集』

『現代日本の文学』の配本が始まった一九六九年、同じ学習研究社の関連会社である研秀出版から『世界文学全集』が刊行されている。

『学習研究社五〇年史』によれば、研秀出版は、「大型全集企画の制作」「訪問販売の拡大定着」を目的として、一九六五年六月一日に、資本金二〇〇〇万円で設置された。社名は、親会社の社名と学研創業者の古岡秀人から一文字ずつ組み合わせたものである。同書に記載されている研秀出版の沿革（略年表に当たる）では、一九六九年の項目に『母と子の世界カラー童話』全二〇巻（六月）と並んで、一一月に『世界文学全集』全二〇巻発行と記されている。同社の代表的出版物の一つであった。研秀出版は、時代の変化にあわせて今日では「書籍、シニア向けグッズ等の企画・製作・販売」が主力業務となっている。(6)

ちなみに研秀出版の所在地は、『学習研究社五〇年史』では、大田区上池台一ノ一六ノ七の松屋ビル二F(一九九六年三月現在)と記されているが、後に、品川区西五反田四ノ二八ノ五の学研第三ビル別館二階に移っている。松屋ビル当時の研秀出版の様子は、平凡社を去った馬場一郎(ババパパ)、嵐山光三郎(バカボンン)、筒井泰彦(筒井ガンコ堂)以下の個性的面々が、学研の応援を得て青人社を起こし、梁山泊宜しく松屋ビルに蟠踞した経緯を活写した、嵐山の『昭和出版武芸帳』に描出されている。(7)

さて研秀出版の『世界文学全集』は二〇巻四〇冊の、一風変わった構成であった。円本時代の『世界大衆文学全集』(改造社)や、戦前の坪内逍遥訳の『新修シェークスピヤ全集』(中央公論社)などと同様に、二冊で一つの函に入った形で配本されたからである。第一巻の二分冊の例を挙げてみよう。

第一巻の第一分冊は、冒頭のカラー口絵に、映画『キリマンジャロの雪』(グレゴリー・ペック、エバ・ガードナー)の一場面などを置き、『嵐が丘』(E・ブロンテ、大和資雄訳、司修挿絵)、『田園交響楽』(アンドレ・ジッド、堀口大学訳、朝倉摂挿絵)、『キリマンジャロの雪』(ヘミングウェイ、西村孝次訳、小野木学挿絵)、『みずうみ』(シュトルム、片岡啓治訳、杉全直挿絵)の四作品を収載、西村孝次の解説「『嵐が丘』他三編にみる　こころの陰影」が付されて全五二〇ページ。第二分冊は、『赤と黒』(スタンダール、鎌田博夫訳、宮本岳彦挿絵)一作品のみで、鎌田博夫の解説「『赤と黒』における情熱・愛と野心について」が付されて同じく五二〇ページである。口絵には映画『赤と黒』(ジェラール・フィリップ、ダニエル・ダリュウ）』の一場面などが置かれている。翻訳も挿絵も豪華な顔ぶれが担当しているが、この二冊とも、背表紙と外函に第一巻であることが示されるだけで、第一巻をさらに（一）（二）に細分化するとか、上下に分けるなどの表示はなされない。また奥付も二分冊のうちの片方にしかないので、書誌を取るときには混乱する可能性もある。図書館では、セット配本であることが明示されるように、元函に入れたまま排架している例もある。本章では便宜上第一巻上、第一巻下のような形で記述する。

さて、第一巻の二分冊は、抱き合わせもあり、単独収載もありで、この二冊の間に共通性は見いだせない。むしろ上冊などは、英（E・ブロンテ）・仏（アンドレ・ジッド）・米（ヘミングウェイ）・独（シュトルム）と、所収作家の国もバラバラである。時代順や国別の編集がなされる世界文学全集の類では異色といえよう。また、当然一冊にまとめられるべき同じ作家の作品も、本全集ではあえて別の巻に割り振られている。第一巻上の四人の作家のうち、ジッドは『狭き門』が第二巻下に、ヘミングウェイは『武器よさらば』が第一七巻下に、シュトルムは『三色すみれ』が第二巻上に、『告白』が第八巻上に収められている。解説なども同一作家は一冊にまとめた方が書きやすかったはずである。また、第一巻下は『赤と黒』の単独収載であるが、第九巻下には同じスタンダールの『パルムの僧院』がやはり単独で収められている。後者でもやはりジェラール・フィリップ主演の映画のスチールが使われているから、この二冊を一巻にすれば極めてまとまりがよく、効果的でもある。そうすれば二巻一冊形式の本全集の特色をうまく生かすことになったはずである。そのようなことをしなかったのは、研秀出版という会社の形態と関わりがあるのではないか。毎月毎月定期的に、直販形式で配本される一巻（二冊）ずつ読者が手にとって読み進めていく姿を想定しての編集だったのではないだろうか。[8]とすれば、一巻（二冊）の中に、長編あり、中・短編あり、所収作家の国籍も多岐にわたって変化を持たせることは、むしろ意図的な選択ではなかったか。ひと月の間に同じ作家の作品ばかり読むよりも効果的であると考えたのであろう。『学習』や『科学』といった学年別雑誌の直販で基礎を作った学習研究社のグループ会社らしい発想であるといえよう。

このような事情ならば、巻冊ごとの細かな構成や、巻序を追っての検討をすることはあまり意味がない。本全集の特色は、全二〇巻四〇冊の収載作品を一括して見ることによって知ることができよう。

全体の構成を見ると、血沸き肉躍るといった大ロマン小説の類に思い切って紙幅を提供しているようである。小B6判四〇冊という窮屈な編集の中で、一部に抄訳や抱き合わせもあるが、ユゴーの『レ・ミゼラブル』と『ノートルダム・ド・パリ』に三冊、デュマの『モンテ・クリスト伯』に三冊、『三国志』と『水滸伝』に三冊を割いているのが目を引く。ディケンズでは『二都物語』を選んでいるのも、『デカメロン』や『バートン版千夜一夜物語』に一冊ずつ割り振っているのも同様の傾向といえよう。

大長編小説といえば、ロシアの二大文豪ドストエフスキーとトルストイで、約九冊分の分量を占めている。このうち『罪と罰』『カラマゾフの兄弟』で五分冊を占めるドストエフスキーの作品選択はごく自然なものであるが、トルストイの場合は『復活』『アンナ・カレーニナ』であって、定番中の定番『戦争と平和』が入っていない。『復活』ではタマーラ・ショーミナ主演の、『アンナ・カレーニナ』ではタチアナ・サモイロワ主演のソ連映画が共に口絵に使われているのであるが、セルゲイ・ボンダルチュク監督の『戦争と平和』こそ一九六〇年代のソ連文芸映画の最大のヒット作であり、本全集の口絵の作り方からいっても、文学全集の文法からいっても、『戦争と平和』は当然収載されるべきものであった。それを避けたのはなぜであろうか。

恐らくそれは、高校生あたりに圧倒的な支持を得ていた河出書房の『世界文学全集』との競合を避けたためではないか。河出書房が〈カラー版〉『世界文学全集』の第一回配本に持ってきた『戦争と平和』を、刊行年度のベストセラー第七位まで押し上げたのは、公開中のソ連映画とうまくタイ・アップしたことによる。河出はその後も刊行する〈ポケット版〉『世界の文学』の函絵、〈キャンパス版〉『世界の文学』のカバー・ジャケット、既刊の〈グリーン版〉のカバーなどにソ連映画の一場面をうまく用い、主演のリュドミラ・サベーリエワを〈カレッジ版〉〈ポケット版〉『世界名作全集』のチラシなどにも登場させている。[9] 河出書房の〈カラー版〉〈カレッジ版〉〈ポケット版〉などで、常に第一回配本として『戦争と平和』が起用され、幅広く普及しているとすれば、研秀出版としては、四〇冊という窮屈な編集もあり、オーソドックスなこの作品を避けたのであろう。ちなみに河出書房の〈カレッジ版〉『アンナ・カレーニナ』の口絵には旧作のグレタ・ガルボやビビアン・リー主演映画の写真を使用していたから、研秀出版のタチアナ・サモイロワのスチールは一層魅力的であっただろう。

映画との相乗効果は、この全集のねらいの一つで、『白鯨』のグレゴリー・ペック、『ノートルダム・ド・パリ』のジーナ・ロロブリジーダ、『レ・ミゼラブル』のジャン・ギャバンなど定番から珍しいスチールまで多様である。ヘンリー・ジェイムズの作品から『女相続人』を選んだのも、ハドソン『緑の館』を収載したのも同じ方法である。言うまでもなく前者は、『風と共に去りぬ』のメラニー・ハミルトンで根強い人気を持つオリビア・デ・ハビランドの代表作、後者は五〇年代・六〇年代最も日本人に愛されたオードリー・ヘプバーンの妖精らしさが遺憾なく発揮された作品であった。このように、研秀出版の『世界文学全集』は様々な特徴を持つ異色の全集であるが、直販形式であったことも災いして、図書館などにはほとんど保存されていないようだ。それでも古書店では、一九七五年、七六年の版を見ることがあるから、七〇年代半ば頃まで一定の部数を確保していたようである。

さて、親会社の学習研究社の方もそれとは別個に、全五〇冊の『世界文学全集』を一九七七年から刊行している。こちらは、第二節で述べた『現代日本の文学』の姉妹編として企画されたものであるから[10]、判型や基本的なスタイルはそれを踏襲する。冒頭に一六ページ(二折分)のカラー写真と三二ページ(二折分)のモノクロ写真を使用する点は完全に一致する。モノクロ部分の評論やエッセーは『現代日本の文学』と近似した傾向であるが、カラー部分は「文学アルバム」となっている。『現代日本の文学』は冒頭にカラーの「文学紀行」と巻末にモノクロの「文学アルバム」であったのを、改めたのである。従って今回は巻末の三二ページ(二折分)のモノクロ写真の分がなくなっている。経費的な問題もあっただろうが、ビジュアル的にはやや後退した感は否めない。『現代日本の文学』では一二ページあって充実していた月報も、今回は一枚刷の栞になってしまった。

所収作家は、スメドレー、チャペック、イワシュキェヴィッチなど比較的目新しい人選もあり、『世界SF傑作集』『世界ミステリ傑作集』『世界ノンフィクション傑作集』などでそれぞれ一冊を立てたのは斬新な試みであった。その一方で、定番の作品が多く洩れているのが惜しまれた。トルストイは『復活』一作のみであり、スタインベックも『怒りの葡萄』が洩れ、フォークナーの巻冊には

『響きと怒り』『サンクチュアリ』などの四大長編から一作も取られていない。独自性を出す必要があったのだろうが、ややバランスの悪さが残った。ただ他の全集を既に読んでいる読者にとっては、それらとは重複しない目新しい作品はありがたかったかもしれない。もう一つ惜しまれるのは、『ジャン・クリストフ』『大地』『神曲』などの作品は抄出であったことだ。それならば、ロマン・ロランなど思いきってフランス革命劇にするか、ベートーベン、ミケランジェロ、トルストイの生涯で一冊を編むと面白かったかもしれない。このように苦心の跡が窺われるが、文学全集もののブームが去った七〇年代末期に、こうした企画を実現させたあたりに、学習研究社の矜持のようなものを見ることができようか。

四 旺文社『現代日本の名作』の苦戦

さて、学習研究社の『現代日本の文学』が未だ刊行中の一九七五年、ライバルの旺文社は名称も類似した『現代日本の名作』という叢書を刊行している。総冊数も前者が六〇冊であるのに対して、後者は五一冊と規模も同程度の叢書であるが、普及の度合いは大きく差が付いてしまった。

たとえば、国会図書館のNDL—OPACで検索すると、学習研究社『現代日本の文学』はヒットするが、旺文社『現代日本の名作』は検索できない。日外アソシエーツの『現代日本文学 全集・内容綜覧』でも、前者は収載されているが、後者は記載されていない。実際に、公立図書館などをOPACで調査してみると、前者の所蔵は多いが、後者を保存している図書館は少ない。福岡県の例でいえば前者は、福岡県立図書館、北九州市立図書館、中間市民図書館、添田町立図書館、豊津町立図書館に所蔵データがあるが、後者のデータは一件も出てこない。福岡市総合図書館は両方とも所蔵していない。データの豊富な東京都の例でいえば、都立中央図書館を筆頭に足立・荒川・大田・葛飾・江東・品川・杉並・世田谷・中央・千代田・豊島・港の各区立図書館、あきる野・青梅・国立・小平・調布・西東京・羽村・東久留米・東大和・府中・町田・三鷹・武蔵村山の各市立図書館、日の出町立図書館と二六の図書館で所蔵されているが、後者は都立中央図書館は所蔵せず、江戸川・墨田・世田谷区立図書館、八王子・武蔵村山・小平市立図書館など所蔵率は四分の一程度である。[11]大学の図書館を横断検索しても、基本的に同様の傾向である。

二つの叢書の普及に大きく差がついたとすれば、その原因はどのあたりにあるのか、以下、旺文社の『現代日本の名作』について検討してみたい。

この叢書の判型は、B6判をさらに一回り小型にしたような判型で、縦の寸法は新書判と同サイズであるから、図書館によっては、新書判として書誌を立てているところもある。実際には全書サイズに近いものである。薄い臙脂色の紙函入り。口絵に所収作家の写真を置き、巻末に解説が付される。解説は、一人の作家に対して一〇ページ程度の簡略なものが多い。本文中に適宜挿絵が配されている。

本編五〇冊に、別巻『読書への招待』の、全五一冊から成る。本編の平均ページ数は、五〇〇ページ前後といったところだが、薄いものでは四〇〇ページ以下のもの（第一七巻、倉田百三・長与善郎など）から、分厚いものは九〇〇ページを越えるもの（第一二巻、谷崎潤一郎Ⅱ）まで、かなり開きがある。

所収作家を見てみると、二葉亭四迷・樋口一葉・泉鏡花・国木田独歩・田山花袋と明治文学にも手厚く、野間宏・大岡昇平など戦後派まで網羅し、一見バランスも良さそうである。内容的にも、森鷗外・夏目漱石から、下村湖人・石坂洋次郎まで、幅広い読者対象を想定しての人選のようで、ジャンルも小説のみに偏るのではなく、巻末の三冊を高村光太郎・三好達治から金子光晴・村野四郎までの詩人にあてたほか、坪田譲治、小川未明、亀井勝一郎、木下順二なども取り込み、バラエティに富んでいる。山川方夫・坂上弘という組み合わせで一冊を編む第四六巻などは、他の叢書にはない魅力があった。

しかしその一方で、当然このような叢書に入るべき作家が洩れている。たとえば戦前の大文豪では島崎藤村が、戦後の作家では三島由紀夫が入っていないのである。また、佐多稲子や壺井栄は入っているが、林芙美子や宮本百合子は洩れている。『現代日本の名作』は、判型は小型とはいえ、全五〇冊で五〇〇ページ平均あり、これらの叢書としては中規模程度のものといえる。この分量の叢書であれば、島崎藤村、三島由紀夫、林芙美子、宮本百合子などは、単独収載でさえ可能な作家であった。これらの作家を収載できなかったのは、特定の作家に多くの巻冊を割り振ったために、全体として窮屈な編集となったためではないかと思われる。

実は、『現代日本の名作』は、全五〇冊の内訳を見ると、特定の作家に集中している観がある。この五〇冊のうちで複数冊を占める作家を挙げてみると以下のごとくになる。

森鷗外二冊　夏目漱石五冊　谷崎潤一郎二冊　志賀直哉二冊　芥川龍之介三冊
川端康成二冊　太宰治二冊　下村湖人二冊　井上靖二冊

これだけで、全五〇冊のうちの二二冊を占めるのであるから、他巻の編集が窮屈になったのはやむを得ないであろう。もちろん文豪や有力な作家に複数冊を割り当てるのは、この種の叢書では常套的な手段である。ただ『現代日本の名作』の場合、偏りが著しいようである。これらを一覧して目に付くのは、夏目漱石・芥川龍之介の突出ぶりである。いかに夏目漱石が大文豪であっても、一人で五冊というのはバランスを欠くものであるし、芥川が三冊を占めるのも他の叢書で見られないものである。また太宰治の二冊・井上靖の二冊というのもあまり例がない。

一体、明治以降の日本文学の総合的全集の場合、複数冊を占めるのは、文豪夏目漱石と、大長編『夜明け前』『細雪』以外にも粒よりの名作を持つ島崎藤村と谷崎潤一郎の三人が定番で（新潮社『日本文学全集』、講談社『日本現代文学全集』ほか多数）、大規模な叢書になればこれに次ぐのが森鷗外（筑摩書房『現代日本文学全集』、中央公論社『日本の文学』）志賀直哉（中央公論社『日本の文学』）あたりで、明治の文豪を手厚く遇していた頃には、田山花袋、徳田秋声、永井荷風なども複数冊を占めていた。短編中心の芥川龍之介の場合は、百冊前後の大全集でも必ず一冊にまとめられている。

これら近代文学の総合的全集の場合、複数冊を占める作家は刊行時期によって消長があり、永井荷風や田山花袋は次第に姿を消していった。また判型によって自ずから制限もあり、読者層によっても多少の出入りはあるだろうから、旺文社の『現代日本の名作』と判型や対象読者層が近いと思われる、集英社と河出書房の二つの叢書を例にしてみよう。

一九六六年から配本が始まった集英社の『日本文学全集』は、全国の高校を巡回して講演会を開き販売促進に努めるなど、[12]学年別雑誌や旺文社文庫で中学・高校生の市場を摑んでいた旺文社と正面からぶつかった企画であった。判型も小B6判で、ほぼ同サイズである。しかも冊数は八八冊と、『現代日本の名作』より三〇冊以上多いが、複数冊の作家は、森鷗外、島崎藤村、夏目漱石、谷崎潤一郎、川端康成に絞り込み、それも二冊ずつで計一〇冊に留めた。作家の選択も含めて極めてバランスの良いものといえよう。

集英社より一年後の、六七年から刊行が開始された、河出書房の〈グリーン版〉『日本文学全集』は、判型も、冊数も共に『現代日本の名作』に近似する。〈グリーン版〉の方は、複数冊の作家は集英社『日本文学全集』よりやや多く、全五二冊のうち、森鷗外、夏目漱石、島崎藤村、谷崎潤一郎、武者小路実篤、山本有三、石坂洋次郎、五味川純平の八人である。ただこの場合も、武者小路以下の三人の作品は、六〇年代の高校生の愛読書が多く、巧みな企画であった。ただ一人だけ三分冊である五味川純平の『人間の条件』も、河出書房のみが文学全集に収載していたから、これも独自性の追求といってよい。

これらに比べると旺文社の『現代日本の名作』の場合、複数冊作家の絞り込みに際して、確固たる方針があったとはどうも考えにくいのである。そのあたりが、この叢書の販売が伸び悩んだ理由の一つであろう。

なお、叢書の総冊数に比して、所収作家の数が少ないものとしては、集英社が一九六〇年代後半に刊行した、『カラー版日本の文学』がある。これは総冊数三〇冊のうち、夏目漱石が六冊、下村湖人が三冊、芥川龍之介、武者小路実篤、山本有三が各二冊で、この五人で叢書の半分を占める。漱石の突出ぶりや、芥川が複数冊など、旺文社の『現代日本の名作』に通底するものがなくもないが、この集英社の『カラー版日本の文学』は、帯に「全日本中学校校長会推せん図書」と記されているように、中学生を主たる読者対象に絞り込んだものであった。さらに、書名は『夏目漱石』や『芥川龍之介』ではなく、『坊っちゃん』『草枕』『羅生門』『蜘蛛の糸』など所収作品の中の一つで代表させており「少年期に必読の作品をよりすぐって集め」「たのしみながら国語の学習ができ、また美しい人格をきずくもととなる[13]」というねらいを持った、教育的意識が横溢した全集であった。

また、これは世界文学の分野であるが、新潮社の『新潮世界文学』のように、あらかじめ収載する作家を絞り込み、その作家の代表作はもれなく収載するという、いわば「全集の全集[14]」という方向性を指向する例はある。『新潮世界文学』の場合、二四人の作家に全四九冊を割り振るという贅沢な編集方針を貫徹することで、独自性を確立し、営業的にも成功したものである。『現代日本の名作』は、そこまでの確固たる方針ではなく、やや中途半端に終わってしまったことが、販路を狭めたのではないかと思われる。

もう一つ、この叢書が苦戦したのは、旺文社文庫との関係にあった。その点を、節を改めて詳しく見てみることとする。

五　『現代日本の名作』と旺文社文庫

『現代日本の名作』の奥付には、中島健蔵と小田切進の二人の名前が編集委員と記されているが、この二人は旺文社文庫にも深く関わっている。中島・小田切に、茅誠司、木村毅、森戸辰男を加えた五人が旺文社文庫の編集顧問であった。このことに暗示的に示されているように、『現代日本の名作』

は、実は旺文社文庫の紙型を最大限に利用した企画とでも言うべきもので、そのことによる清新さの欠如が、営業的に苦戦した最大の理由であったのではないだろうか。

旺文社文庫と『現代日本の名作』の関係を、尾崎一雄と檀一雄の作品を集めた第三三巻の例で具体的に見てみよう。

『現代日本の名作』の函や表紙には、「尾崎一雄　まぼろしの記　他」「檀一雄　花筐・ペンギン記他」と記されている。尾崎の芳兵衛もの、檀のリツ子ものといった代表作は入っていない。この巻の全所収作品は以下の通りである。

尾崎一雄『まぼろしの記』『夢蝶』『虫も樹も』『草採り』『閑な老人』

檀一雄『花筐』『ペンギン記』『誕生』『光る道』

これに、高橋英夫の「尾崎一雄の文学」石川弘の「檀一雄の人と文学」が付せられ、全四〇四ページである。

尾崎一雄の作品群は、旺文社文庫八三の一『まぼろしの記　他五編』（一九七五年五月初版、実見したのは七七年の第三刷）をいわば底本として、この文庫の冒頭の作品『すみっこ』だけを省いたものである。作品の排列も、組版も、ほぼ完全に一致する。旺文社文庫は難解な語句には注を付け、注の文章は該当する本文部分の、見開きの左側のページ（奇数ページ）の最後の数行を使って記載しているが、その注にいたるまでぴたりと一致する。『まぼろしの記』第一節の末尾近くには、「実生」「祖がえり」「扱いで」の三つの語に注がついているが、組版の関係で、第二節の一行目の後にこの注がある。文庫一二五ページと『現代日本の名作』三三巻の九ページとを比較してみると、本文から注の位置にいたるまできれいに重なり合うのが確認できる。

文庫では巻末の付録として、高橋英夫の「解説　文学における《影響》と《自立》」、藤枝静男「尾崎さんのこと」「代表的作品解題」「参考文献」「年譜」があるが、『現代日本の名作』ではこのうち、高橋の解説を標題を改めて再録している。章節をアラビア数字で表すことまで含めて、標題以外の組版は全く改めていない。ただ文庫三一五ページの尾崎の近影は、『現代日本の名作』の方では口絵写真に使われているので、このページの分だけが省略されている。文庫の本文中の、後藤愛彦の挿絵も、そのまま使用されている。

檀一雄の作品群は、同じく旺文社文庫の『花筐・光る道　他四編』（一九七三年八月初版）を底本として、排列でいえば二番目と三番目の『元帥』『白雲悠々』を除いたものである。それ以外の作品排列、組版、注の形式・位置・内容にいたるまで完全に一致するのは、尾崎の例と同様である。文庫では、巻末付録に、解説として石川弘の「人と文学」「作品解題」、中谷孝雄の「若き日の檀一雄」があるが、『名作』の方では石川の解説のうち「人と文学」の部分のみを、「檀一雄の人と文学」としてそのまま利用している。ところで石川は、文庫の解説では、章節を漢数字で表していた。したがって、『現代日本の名作』第三三巻では、同じ一冊の中で、尾崎の解説はアラビア数字で、檀の解説は漢数字で章節を示すというちぐはぐな形となっている。これは旺文社文庫の版面をそのまま利用したためと思われる。なお、檀の写真は文庫の時から口絵写真があったのでそれをそのまま使っている。挿絵は朝倉摂であった。

挿絵といえばこのような例もある。

『現代日本の名作』第四〇巻は、野間宏の『暗い絵・真空地帯』である。これは、野間の二冊の旺文社文庫をあわせたものである。すなわち、一九七二年四月初版の『真空地帯』（実見したのは七四年の第七刷）から同作品を、七四年九月初版の『暗い絵・第三十六号 他三編』からは『暗い絵』のみを収載したものである。文庫では、『真空地帯』には松田穣の挿絵が、『暗い絵』には麻生三郎の挿絵がついていたのだが、どういう事情か、ページ数が少ないためか、『暗い絵』の麻生の挿絵が省かれている。一冊の中に異なる作風の挿絵が混在するのをさけたのであろうか。ただ、同様の例では、第二六巻の川端康成Ⅰでは、旺文社文庫『伊豆の踊子・花のワルツ 他二編』からは『伊豆の踊子』『十六歳の日記』が、文庫『川のある下町の話 他一編』からは表題作が、収載されているのであるが、前二者は三芳悌吉、『川のある下町の話』は福田豊四郎の、それぞれ文庫の挿絵を使っている。したがって『暗い絵・真空地帯』の場合も麻生の挿絵を残すことはできたはずである。

実は文庫版の『真空地帯』でも、挿絵は松田穣であるが、カバーの絵は麻生三郎で存在感溢れるものであったから、『現代日本の名作』の方でも、是非麻生の挿絵を残すべきであっただろう。特に『真空地帯』は、最初に単行本が河出書房から刊行されたとき、麻生三郎が初めて装幀を担当し、「野間宏の作品の重みと麻生三郎の絵の厚みがよくマッチしており、以後、野間宏と麻生三郎との組合せはさまざまな出版社が採るようにな」[15]ったのであり、野間の作品の空気を良く伝える麻生の挿絵が削られたのは残念であった。旺文社文庫の野間宏の作品は、田代光がカバーと挿絵を担当した『崩壊感覚・夜の脱柵 他四編』以外では、上記二冊、さらには『文章入門』のカバーもやはり麻生三郎であったから、一層惜しまれる。

ちなみに、「挿画入豪華版」を標榜した中央公論社の『日本の文学』は、さすがに画家の起用には細かな配慮がなされており、野間宏の巻の挿絵はやはり麻生三郎が担当しており、「新作挿画二〇枚」が書き下ろされた。なお、『現代日本の名作』の解説は、文庫『真空地帯』の巻末の渡辺広士の「人と文学」をそのまま使用している。面白いことに、『名作』の口絵写真は、もう一冊の文庫『暗い絵・第三十六号　他三編』の巻末の白川正芳の解説「野間宏―その初期世界と方法」中の写真を使用している。

もう一例だけ、全九五二ページと、この叢書最長のページ数を誇る、第一二巻『細雪』の例を見ておこう。如上の二冊の例と同様に、旺文社文庫をそのまま利用したもので、上巻一ページの「抜き衣紋」の注や、冒頭の鏡に映った幸子の挿絵をはじめ、文庫の版面そのままである。挿絵は深尾庄介であった。作品本文の部分は完全に旺文社文庫に一致するのであるが、九四三ページからの長野嘗一の解説は、旺文社文庫『細雪』のものとは異なる。これはいかなる理由に基づくものであろうか。

そもそも旺文社文庫の最大の魅力は、質量共に豊かな解説や付録を伴っていたことである。『細雪』の場合、文庫は単行本通り、上中下の三分冊であるが、三分冊のいずれにも解説の類が付いている。上巻には、小田切進の「谷崎潤一郎―人と作品―」（二六一〜二六八ページ）が、中巻には、小田切の『細雪』の「作品解説」（三二一〜三二六ページ）と、「代表作品解題」（三二七〜三三九ページ）が、下巻には小田切の『細雪』「作品観賞」のほか、竹西寛子「『細雪』と私」、谷崎松子「『細雪』回顧」、さらには「参考文献」「年譜」で、下巻の付録は全体で約二五ページある。『現代日本の名作』では、どうしてこれらの解説を使用しなかったのであろうか。新たに書き起こされたものであろうか。

ところで多くの文庫本では、分冊の場合、解説はいずれかの一冊にのみ付されるものであるから、『細雪』の例で見た旺文社文庫のやり方は面白い工夫といえよう。上巻がいわば作家論、中巻がいわば作品論、下巻が作品の背景を語るエッセイと、どの冊にも魅力的な解説が付されている。紙幅もたっぷりと取っている。『細雪』の場合は本編が大長編小説であるからあまり目立たないが、旺文社文庫では一般的に解説が五〇ページ程度の分量があるから、三〇〇ページ前後の平均的な文庫本の場合だと、解説のボリュームは圧倒的であった。谷崎の他の旺文社文庫の例を引けば、『刺青・春琴抄他二編』が本編が二〇四ページまでで解説類が二六四ページまで、『少将滋幹の母　他四編』が本編が三三七ページまでで解説類が三九二ページまで、『文章読本』が本編が二二六ページまでで解説類が二七九ページまでと、そのバランスの程が知られよう。もちろん分量だけではない。内容的にも工夫が凝らされており、同一作家の場合、解説類はすべての作品に共通する部分と、その冊のためにのみ書き下ろされた部分との組み合わせから成る。谷崎のどの作品を手にとっても、年譜や主要全作品の解題は必要であるから、これが共通部分である。独自の部分でも、所収作品の解説にとどまらず、作品の背景にいる作者の存在を常に視野に入れながら、分かりやすく水準の高い解説が書かれている。谷崎の作品では『細雪』は小田切進が、『刺青・春琴抄』は長野嘗一が、『少将滋幹の母』は三好行雄が、『文章読本』は野村尚吾が、それぞれ「(谷崎潤一郎)人と文学」というタイトルから解説を書き起こしており、手練れの論者達がどう料理するのか、比較しながら読めるという贅沢な楽しみも味わうことができる。

実は、『現代日本の名作』第一二巻『細雪』の長野嘗一の解説は、同じ旺文社文庫でも『刺青・春

琴抄 他二編』の長野の解説のうち、二〇五ページから二一四ページの部分を転用したものなのである。長野らしい歯切れの良い文章は魅力的だが、本来『刺青』や『春琴抄』の解説のために書かれたものであるから、松子夫人の四姉妹がモデルであるという記述を除けば、『細雪』への言及はほとんどない。むしろ『文章読本』の野村尚吾の解説の方がバランス良く『細雪』に言及していた。文庫本『細雪』の小田切進の解説を利用しなかった理由は不明であるが、他の作品の解説を用いるのであれば、野村尚吾のものを使う手もあったのではなかろうか。

そもそも旺文社は、名作文学の普及に意欲的・自覚的であった出版社で、学年別雑誌に早くから日本の名作などを、別冊付録として付けていた。たとえば、旺文社文庫が刊行を開始する前年の一九六四年に発行された、『高二時代』五月号第三付録の〈グリーン・ライブラリー〉『芥川龍之介傑作選』がある。これは、文庫サイズで『藪の中』『大道寺信輔の半生』など六作品を収載し、挿絵を添え、詳細な注解と簡潔な解説や略年譜を付しているが、一〇代の教養として必須の名作を親しみやすい形で提供しているこのスタイルは、後年の旺文社文庫と完全に一致する。

このようないわば準備期間を経て登場した旺文社文庫は、六〇年代後半から七〇年代にかけて、学校現場や家庭で、教師・父母・一〇代の若者から圧倒的な支持を得た。それは、名作を提供しようとする旺文社の志の高さと、作家や作品の解説に思い切って紙幅を割く分かりやすい教養主義とでも言うものが、うまく時代に即応したのである。文庫の分野で圧倒的な成功を収めただけに、旺文社はこの文庫を学年別雑誌の梃子入れとしても利用しようとしたふしがある。たとえば、一九七四年の『高一時代』四月号には第三付録として〈旺文社名作文庫〉『野菊の墓』が付けられている。文字のポイントや一ページの行数などは異なるが、注解などは旺文社文庫のものをできるだけ活かす形で用いている。一体、学年別雑誌は新学年の四月号を制するかどうかで、その一学年の帰趨が決定すると言っても良い。それだけに各雑誌の四月号には、様々な付録や予約購読者の特典が付けられた。好評の旺文社文庫の名作を、学年別雑誌の販売の応援にも利用したのであった。

『現代日本の名作』への旺文社文庫の転用も、右と同様の事情であろう。大成功の記憶も新たな旺文社は、この文庫から選び抜いた作品群を函入りハードカバーの叢書とすることによって、図書館をはじめ新たな読者を開拓できると考えたのではないか。しかしこの見通しは的確ではなかった。本来、全集や叢書は大きなまとまりを持つことによって、巨大な知的空間を創出することが可能になるものである。「揃ったものは人を誘う」[16]という一面もあるが、逆に既読・所蔵の作品との重複の可能性も多い。ある程度は分冊買いで回避できるが、それが多くなれば叢書として手元に置く意味はない。旺文社文庫の普及の高さが、この叢書には不利に働いたと見て良かろう。

このように『現代日本の名作』の売り上げが低迷した背景には、旺文社文庫の成果にやや安易に寄りかかったという問題があった。これは出版という分野に限ったことではないが、企業としては、一時代を画した、自社ブランドを高めた製品を持っていればいるほど、そこから脱却するのがいかに困難であるかを示しているとも言えようか。ちなみに、前節で述べた、島崎藤村や三島由紀夫が『現代日本の名作』に含まれなかったのも、本を正せば旺文社文庫にこれらの作家の作品が取られていなかったことによる。

むすび

学習研究社の『現代日本の文学』と旺文社の『現代日本の名作』、叢書名も冊数も類似した二つの叢書の成否を分けたのは、内容・編集の工夫によるものであることは言を俟たない。しかしもう一つ、わずか数年の違いとは言え、六〇年代末期に刊行に踏み切った前者と、七〇年代も半ば近くになって計画された後者と、この時間差は大きかったのではあるまいか。『現代日本の名作』の場合、旺文社文庫の成功に寄りかかりすぎたという面があるにせよ、それだけならばもう少し販売部数が伸びても良かったであろう。とすれば、この数年の間に、旧来の教養主義とでも言うものが音を立てて崩れていったのではないかと考えることができる。

つまり旺文社文庫に代表される教養とか読書とかいうものは、七〇年代半ば以降急速に失墜していったように思われる。そのことは、旺文社文庫の刊行時期がはっきりと示しているのではないか。このすぐれた文庫は意外に寿命が短く、一九六五年の刊行開始からわずか二〇年余で休止となっている。夏目漱石や芥川龍之介の文庫などは、短期間に五〇刷以上の売り上げを記録したにもかかわらずである。旺文社文庫の刊行停止は八〇年代後半のことであるが、七〇年代末期から旺文社文庫の変質のようなものははっきりと見て取れる。従来の名作中心路線から、エンタテインメント中心へと、明らかに比重が変っている。具体的な考察は別稿に譲りたいが、教養主義路線を走ってきた旺文社にしても、路線の転換を強いられるような現状の変化があったわけである。そのような時期に、旧来の名作中心の旺文社文庫を焼き直したような『現代日本の名作』の刊行は、いかにも時機を逸したものと言わざるを得ない。その責めは企業が負うものではなく、古き良き教養主義というものを喪失してしまった時代の方が負うべきものであるが。

『現代日本の文学』の成功の秘訣は、時期的に教養主義の最後の潮流にかろうじて乗ることができたことと、作家中心主義という編集の工夫に加えて、何よりも写真を多用して視覚に訴える本作りをしたことであろう。そのことが高度情報社会・高度消費社会の足取りがはっきりとしてきた、七〇年代でもこの叢書が比較的長く支持された理由である。

しかし時代の波は、多少の工夫でさえも飲み込んでゆく。一〇代の若者の多くの支持を得ていた、旺文社と学習研究社の中学・高校の学年別雑誌そのものが、時代遅れの古くさいものとして一顧だにされなくなっていく。[17] 一方で、集英社の『ギャラリー世界の文学』、小学館の『昭和文学全集』を最後に、世界文学であれ日本文学であれ、文学全集は冬の時代へと入っていく。その意味で、学習研究社と旺文社の文学全集は時代の移り変わりを明確に映し出したものでもあったのである。

おわりに

文学全集の時代は、一九七九年の『筑摩現代文学大系』の完結を最後に、活発な活動を休止する。一九五二年の角川書店『昭和文学全集』河出書房『現代文豪名作全集』から数えて二七年、この四半世紀が文学全集の最盛期であった。

ただその後も、日本文学全集は、不死鳥のように蘇ってくる。

一九八六年、小学館は全三五巻別巻一の『昭和文学全集』の刊行に着手する。A5判の大型本で三段組の本文は、文学全集の王道を開いた筑摩書房『現代日本文学全集』を彷彿とさせるものである。かつての河出書房の全集のように第一回配本には特製栞が付き、全巻予約者に『文芸日記』を贈呈し、かつての講談社の全集のように文豪の色紙（複製）を抽選でプレゼントし、角川書店や河出書房などの多くの全集のように特製書架を作って頒布するなど、昔の文学全集の時代に戻ったかのような錯覚を覚えるほどである。もちろん懐古的なだけではない、従来の全集と比べて大きく変更されているものもある。

その最たるものは、完全抱き合わせ方式である。この全集は、三五巻という絞り込まれた巻数であるが、その中に、五〇〇人以上の作家を収載している。となれば単独収載の作家は一人もなく、最も少ない組み合わせでも一冊四人である。谷崎潤一郎・芥川龍之介・永井荷風・佐藤春夫の第一巻、島崎藤村・徳田秋声・泉鏡花・正宗白鳥の第二巻などがその例である。谷崎潤一郎や島崎藤村のように、かつては複数冊を占めた作家でも例外扱いではなかった。最も多いのが第三一巻の一一人で、第三二巻以降が『短編小説集』『評論随筆集』（二冊）『昭和詩歌集』である。これだけのものを一冊に含むために、一〇〇〇ページを超える厚冊となった。

川端康成の例で示せば、第一回配本第五巻に横光利一・岡本かの子・太宰治と組み合わせられている。所収作品は『雪国』『伊豆の踊子』『山の音』『名人』『片腕』と代表作がバランスよく取られ、『千羽鶴』がないのが惜しまれるぐらいである。その代わり盟友横光利一への弔辞を収載し、葬式の名人としての川端の横顔を巧みに示している。抱き合わせの横光も大長編『旅愁』はさすがに抄出だが、『日輪』『上海』『機械』から『純粋小説論』まで、岡本は代表作『母子叙情』『老妓抄』など、太宰も『富嶽百景』『津軽』『斜陽』『人間失格』など、四人一冊の中によく盛り込めたものと感心するほどである。このように圧倒的な量感がこの全集の最大の特徴であった。

書名が一致する、かつての角川書店の『昭和文学全集』との相違を簡単に述べる。角川版は五〇年代のA5判のものが、別巻として夏目漱石や森鷗外を含んで昭和以前までのまなざしを持ち、六〇年代の四六変型判のものが現在に強く引きつけていたのに対して、今回の小学館版は、昭和文学史全体を幅広くかつ正確に捉えたものである。昭和の年数も六〇年を超えたという時間の蓄積がその背景にあろう。明治になってから約六〇年後に、改造社版の『現代日本文学全集』が刊行されたことと、一脈相通じるものがある。書名に関してはもう一つ、時期が比較的近い、筑摩書房『明治文学全集』、ゆまに書房『編年体大正文学全集』と並べてみたくなるが、こちらの二つの叢書と違って、『昭和文学全集』は、表記を新漢字・現代仮名遣いに改めており、あくまでも広く一般読者を対象とした文学全集なのであった。

三段組一〇〇〇ページを超える厚冊で五〇〇人を超える作家を収載し、昭和文学全体を俯瞰しようとした小学館の『昭和文学全集』と対極の位置にあるのが、『ちくま日本文学全集』であった。

判型は文庫判、抱き合わせではなく一人一冊、作家を五〇人に限定（後一〇人が追加）など、すべてが『昭和文学全集』とは正反対の本作りであった。『昭和文学全集』は幅広く文学史全体を見通せる大きさで読者に訴え、『ちくま日本文学全集』は厳選した作家や作品の魅力で読者を獲得しようとした。いわば、重厚化と軽量化への二極分化である。もはや時代が多種多様な文学全集の存在を許す余裕がなくなっている以上、明確に個性を打ち出さなければ存在そのものが危うくなる。そうした時代なればこその、対照的な二つの叢書であった。

『ちくま日本文学全集』は一九九一年刊行開始。三年前のアンソロジー『ちくま文学の森』の成功がその背景にあろう。筑摩書房は新しい潮流を察知したのであろう。従来の筑摩書房の文学全集とは異なって、新漢字・現代仮名遣いで若い世代の読者に門戸を開き、手練れの読書人安野光雅、池内紀、井上ひさし、鶴見俊輔、森毅による斬新な編集、加えて安野の洒脱な装幀も大いに助力があって、幅広い読者層を開拓した。その意味で、文学復権、文学全集復権を印象づけたものでもある。第四七巻『川端康成』は代表作から『山の音』を収載、『葬式の名人』の一文を収載したのは、見事な選択であった。『昭和文学全集』が横光利一への弔辞を採ったのと同じ方向性である。全五〇巻でスタートし、一〇巻の増巻、そして、四〇巻に絞って造本を簡略化した新装版と、改編を繰り返しながら驚異的な生命力を保っているのも、かつての文学全集と通底するものであろう。同時に、文学全集の筑摩書房健在なりを強く印象づけたものでもある。

最後に、現在刊行中の、池澤夏樹個人編集の『日本文学全集』(河出書房)に簡単に触れておこう。これは、同じく池澤編集の『世界文学全集』が大好評であったことを受けたものである。二つの叢書共に、池澤夏樹の作品選定の巧みさこそがその成功の最大の理由であり、かつての白水社の叢書に倣って〈新しい世界の文学〉、さらには〈新しい日本の文学〉と呼びたいような、読者を誘う作品を多く収載している点が魅力である。装幀もすばらしく、デザインと堅牢性を兼備した角背の洒落た造本もまた思わず手に取りたくなるものであった。と同時に、本書で辿ってきた文学全集の良き歴史をも継承していることを見逃してはならない。

池澤編集の『世界文学全集』に石牟礼道子『苦海浄土』を収載したのは、「世界文学」には「日本文学」を含んでこそ真の「世界文学」という考えである。これは筑摩書房や平凡社の『世界名作全集』がかつて試みた方法であった。『日本文学全集』においては、全三〇巻のうち、一二巻までが日本古典文学の現代語訳であることが注目される。「世界文学」に「日本文学」が含まれるなら、「日本文学」には「古典文学」も「近代文学」も含まれるという主張である。そしてこの方法は、かつて河出書房が『日本国民文学全集』から〈カラー版〉『日本文学全集』まで、いくつもの叢書で守り続けたものであった。池澤夏樹個人編集の『日本文学全集』というすぐれた叢書が、河出書房から刊行されるのは、良き伝統に支えられてのことであり、歴史の必然でもあると言えよう。文学全集の時代は形を変えつつも、今日まで続いているのである。

注

第一章

（1）刊行当初の企画による。後に、岡本綺堂、折口信夫など一〇名が追加され、全六〇冊となる。二〇〇七年には、再度四〇冊に絞られ『ちくま日本文学』と名前を改める。

（2）和田芳恵『筑摩書房の三十年』（筑摩書房、一九七〇年）。ただし、私家版として刊行された元版では、和田の名前は奥付、表紙などには見えず、「あとがき」の末尾に記される。二〇一一年に筑摩選書版として再刊される際に表紙、背表紙に和田の名前が明記される。

（3）注（2）書。

（4）当初は三八〇円の予定であったが、古田晁の考えで三五〇円とした（注（2）書）。

（5）『女であること』を収載するのは他に、講談社『長編小説全集』（一九六一年）や、河出書房〈豪華版〉『日本文学全集』第二集第一四巻（一九六八年）がある。第四章参照。

（6）『現代日本文学全集』所収の作家が、『近代日本文学』に採録される場合、概ね次の五つのパターンがある。なお、ここで使用する『現代日本文学全集』の巻数は、当初のものであり、愛蔵版、定本限定版などで改められたものではない。以下に示す如く、『近代日本文学』では、『現代日本文学全集』の初期の企画のものを重視した傾向があり、当初の巻数を示すことによって、そのことが明らかになるからである。

①『現代日本文学全集』一冊の作者は、『近代日本文学』でも一冊。
第三巻『幸田露伴集』→ 第二巻『幸田露伴集』
第五七巻『国木田独歩集』→ 第七巻『国木田独歩集』
志賀、有島、芥川、横光、川端など、この型の作者が最も多い。独歩の場合は、『現代日本文学全集』当初の計画から洩れていたのだが、『近代日本文学』がこれを採録したのは穏当な判断だろう。

②『現代日本文学全集』で複数冊の作者で、『近代日本文学』でもすべて採録される場合。
第七巻『森鷗外集』→ 第五巻『森鷗外集（一）』
第五五巻『森鷗外集（二）』→ 第六巻『森鷗外集（二）』
『夏目漱石集』もこの型で、三冊すべてが採録される。一一、六四、六五巻 → 一二、一三、一四巻。
③『現代日本文学全集』で複数冊の作者で、『近代日本文学』では一部が採録される場合。
第九巻『田山花袋集』→ 第一〇巻『田山花袋集』
第六二巻『田山花袋集（二）』→ 採録されず。
このパターンの作者は他に、徳田秋声、正宗白鳥、永井荷風、武者小路実篤など。いずれも、『現代日本文学全集』の初期にはなく、後に追加された巻々が除かれている。例外は島崎藤村である。
第八巻『島崎藤村集』→ 第八巻『島崎藤村集（一）』
第六〇巻『島崎藤村集（二）』→ 採録されず。
第六一巻『島崎藤村集（三）』→ 第九巻『島崎藤村集（二）』
これは追加の巻の評価が分かれたもので、六一巻『夜明け前』は当然『近代日本文学』も採録したが、『春』『家』などの六〇巻は、総冊数の関係か、見送られたのである。
④『現代日本文学全集』で抱き合わせの作者で、『近代日本文学』でも同じ組み合わせの場合。
第四巻『北村透谷・樋口一葉集』→ 第三巻『北村透谷・樋口一葉集』
『菊池寛・室生犀星集』『岡本かの子・林芙美子・宇野千代集』などもこの型である。
⑤『現代日本文学全集』で抱き合わせの作者で、『近代日本文学』では組み合わせが変わる場合。
第一巻『坪内逍遥・二葉亭四迷集』、第二巻『尾崎紅葉・山田美妙・広津柳浪・川上眉山集』→ 第一巻『二葉亭四迷・尾崎紅葉集』
『近代日本文学』が『現代日本文学全集』の中から売れ筋の巻だけを単純に抜き出したのではないことがこの例から分かる。時代や分量も考慮した上で、既存の二冊を再編成して一冊にしているのである。隣接した巻だけではなく、次のような例もある。
第四三巻『梶井基次郎・三好達治・堀辰雄集』、第七九巻『十一谷義三郎・田端修一郎・北条民雄・中島敦集』→ 第三二巻『梶井基次郎・堀辰雄・中島敦集』

（7）手塚富雄の旧蔵書の中には川端康成から寄贈を受けたものがある。筑摩書房刊行のもので言えば『千羽鶴』の特製版、二二番本が、川端の署名入り献呈本である。
（8）第六章参照。
（9）第三章参照。
（10）田坂『文学全集の黄金時代—河出書房の一九六〇年代—』（和泉書院、二〇〇七年）。
（11）注（2）書。
（12）『明治文学全集』では平出修は『明治社会主義文学集（二）』の中に含まれている。
（13）『筑摩書房図書総目録　一九四〇—一九九〇』（筑摩書房、一九九一年）。
（14）経営不振に陥っていた筑摩書房が会社更生法の申請をするのは、一九七八年七月のことで、『筑摩現代文学大系』はまだ半分も刊行していない段階であった。
（15）注（13）書。
（16）『単線の駅』は『なめくじ横丁』（中央公論社、一九五〇年）などの横丁三部作と共に、尾崎一雄の世界を中川一政の装幀が見事に包み込んでいるものである。なお、中川一政の装幀本の多くが白山市立松任中川一政記念美術館の別館に整然と保存されている。

第二章

（1）角川書店は、『昭和文学全集』の「発刊の言葉」の中で「角川書店は業界の先輩、故山本実彦氏が昭和初頭に実践された「現代日本文学全集」の偉業を継承し、昭和時代の文学思想の体系を与へるべき「昭和文学全集」を最も廉價に、最も美本で世に贈らうとすることの重大さを痛感してをります」と述べている。また、角川源義は『昭和文学全集』刊行の決意が固まると、山本実彦未亡人を訪問している（鐘田清太郎『角川源義の時代』角川書店、一九九五年）。
（2）岡野他家夫『日本出版文化史』（春歩堂、一九五九年）。
（3）鈴木敏夫『出版　好不況下　興亡の一世紀』（出版ニュース社、一九七〇年）。
（4）和田芳恵『筑摩書房の三十年』（筑摩書房、一九七〇年）。
（5）『昭和文学全集』の方は「昭和二十七年の出版にしては紙がよくなく」とも指摘される（松本秀夫『本の内そと—一つの回顧八十年—』三月書房、一九八六年）。

（6）筑摩書房の社名は、当初は藤村の「千曲川旅情のうた」にあやかって、「千曲書房」と考えられていたのだが、臼井吉見の妻あやの、「センキョクと読まれるから、筑摩がいい。古田さんの故郷も、もとの筑摩県ですし」という言葉によって、現在の社名に落ち着いたという（注（4）書）。

（7）筑摩書房の側では、第一回配本を島崎藤村にするか、芥川龍之介にするか迷っていた。さらに、他の出版社の企画と競合することについても、神経をとがらせていた。当時の筑摩書房社長の古田晁の姿は、松本昇平『業務日誌余白—わが出版販売の五十年—』（新文化通信社、一九八一年）「『現代日本文学全集』と古田晁」に活写されている。長文にわたるが、当時の空気を良く伝えているので引用する。

昭和二十七年、角川書店の「昭和文学全集」が売れている時で、第二次円本時代到来といわれていた。各社模索の時であったから彼（稿者注、古田晁）が私（同、松本昇平）を利用する魂胆はよくわかる。（中略）彼の話を要約すると、筑摩書房の「現代日本文学全集」は日本文学を体系づけた本格的な日本の文学全集であるが、新潮社はどういう日本文学か、河出書房の日本文学物はどんな内容のものか早く摑んで編集のカチ合いを避けたい、というのであった。

第一回配本、予定価、推定発行部数の調査と、彼と私の密会は次の日から毎日つづいた。立ち話五分ぐらいで済んだ時もあったが、喫茶店で一時間、すし屋で二時間と一ヵ月もそうしたヒソヒソ会談のあと、その年も終わろうとする十二月末のある日、彼は突然狂暴になり酒気をおびて私の帰りを待ちぶせていた。そして例のグローブのような手で私の襟首を摑み、車で四ッ谷の福田家に連れて行った。

その時の話の内容は、新潮社は「長編小説全集」、河出書房は「現代文豪名作全集」で何れもカチ合わない。俺の方は、第一回配本を芥川にするか藤村にするかである。どっちがいいかここで決めろというのである。私は芥川龍之介なら二万部、島崎藤村なら五万部、藤村を第一回配本、芥川を第二回配本に組み、中間の三万でスタートし重版で伸ばす作戦はどうか、と話した。

なお、右とほぼ同様の文章が、野原一夫『含羞の人—回想の古田晁—』（文藝春秋、一九八二年）中に見える。また、河出書房、新潮社の出方に神経を払っていた古田の予想が的中したかの如く、五三年のベストセラーには、重厚な菊判三段組の『現代日本文学全集』「芥川龍之介集」と共に、手軽なB6判二段組の河出書房『現代文豪名作全集』「芥川龍之介集」も入る結果となった。

（8）ベスト10のデータは、出版ニュース社のものによる。当時の『昭和文学全集』に言及したものを一、二挙げておく。

『昭和文学全集』宣伝につとめた結果、予約一五万から二〇万を獲得して、当今随一の大当たりを誇った。（岡野注（2）書）」「二七年秋からは、角川書店の《昭和文学全集》、新潮社《現代世界文学全集》が刊行を開始し、ともに約一〇万の読者を獲得、ベストセラーのトップを占め、翌年にかけて、全集の盛況・競争を現出した。（岩崎勝海『出版ジャーナリズム研究ノート』、図書新聞社、一九六五年）」。

（9）本章四節で使用する、『昭和文学全集』の発刊時点の最初の内容見本には、「各巻平均三五〇頁」と記されていた。

（10）注（4）書による。岡野注（2）書では、これを一〇万部として、別に『現代日本名作選』版を三万部とする。多少数字に相違はあるが、筑摩書房の経営改善に寄与したことは間違いない。

（11）五二年九月に刊行された『現代日本名作選』には、このうち、「朝の水」「夜の声」「春の鐘」は収録されている。

（12）この選集については、田坂「『川端康成全集』とNACSIS Webcat」（『大学図書館の挑戦』和泉書院、二〇〇六年）で言及した。

（13）紀田順一郎『内容見本にみる出版昭和史』は、長谷部史親の『欧米推理小説翻訳史』などとともに、活字倶楽部第一回配本として、一九九二年五月に刊行された。後、『紀田順一郎著作集』第八巻（一九九八年五月）所収。著作集では、分量の関係で当初割愛された個人全集に関する一章が補われているほか、巻末の解説が大いに参考になる。なお、内容見本を使った研究は、紅野敏郎や谷沢永一のものが良く知られているが、『総てが蒐書に始まる』（青英舎、一九八五年）『古書彷徨』（五月書房、一九八六年）などにまとめられた青山毅の論考や、早くに『出版内容見本書誌』を私家版で刊行した中津原陸三の仕事も注目される。

（14）第一期完結の半年後の五四年五月頃の段階では、第四次募集がなされているが、現実には、分冊買いは、早くから行われていたであろう。第一期第九巻の『川端康成集』の月報末尾には、全巻購読者に『夏目漱石集』贈呈の記事が見えるが、そこには「分冊買ひの方には進呈出来ません」と記されている。

（15）紀田注（13）書でも言及されている。

（16）『現代日本文学全集』の第一回配本を『島崎藤村集』とするにあたって、古田晁が新潮社の佐藤俊夫専務（義亮次男）を訪ねたときの様子が、野原注（7）書に記されている。また、いわゆる『新生』事件で渡仏しようとした藤村が、旅費の調達に苦心していたとき、『緑蔭叢書』などの版権を新潮社が買い取って援助して以来、藤村と新潮社は深い関係にあった（『新潮社七十年』「新潮社と文豪たち」）。

（17）『角川書店と私』（角川書店五〇周年記念出版編纂委員会、角川書店、一九九五年）によれば、『昭和文学全集』の帯の「宣伝文は、毎巻、角川源義社長自らが執筆した」もので、同書には二二ページにわたって、帯の全書影が掲載されている。

(18) 叢書名が近似したもので、約一五年後の一九七三、七四年に刊行された筑摩書房の『昭和国民文学全集』は、大衆小説だけで三〇冊の充実した編集を行うことが可能であった。なお、五〇年代に『源氏物語』から別巻の『大菩薩峠』までという極めてユニークな『日本国民文学全集』を既に刊行していた河出書房は、六七年からカラー版『国民の文学』という時代小説中心のシリーズを刊行している。第七章参照。

(19) ただし、山本有三の『女の一生』が、両全集に重複して取られていることについては、三節でふれたとおりである。なお、『現代国民文学全集』の翌年、筑摩書房も自社の『現代日本文学全集』の続編企画として『新選現代日本文学全集』を刊行するが、こちらははっきりと「各巻収録の諸作品は、いずれも既刊現代日本文学全集所収のものと、重複しないよう選択してあります」（内容見本）と記している。

(20) 加藤勝代『わが心の出版人　角川源義・古田晁・臼井吉見』（河出書房、一九八八年）によれば、角川書店としては、当時のベストセラー『大番』を収録したかったようだ。実現していれば、第一回配本として圧倒的な存在感を示すことができたであろう。

(21) 『女であること』『川のある下町の話』ともに『昭和文学全集』刊行以後の出版であるので、刊行年次による棲み分けと考えることもできる。なお、東方社の『新選現代日本文学全集』全五〇冊は、配本順に吉川英治、獅子文六、山手樹一郎、源氏鶏太、江戸川乱歩と大衆文学中心の全集であるが、第一巻（第六回配本）は川端康成で、そこにはやはり『川のある下町の話』が冒頭に置かれている（ほかに『雪国』『高原』）。

(22) 角川書店では、この判型をカスタム版と称していた。『昭和文学全集』の内容見本には、「体裁　新装カスタム版・貼函入」「カスタム版の誕生　デラックスをさらに上廻る高級な製本印刷。モダンな美術書のような新感覚のサイズ。読者のひとりひとりの御愛顧に応えて贈る、前例のない特別の判型です」とある。ただ、カスタム版は一種の変型判であるから、大きさは様々であったらしい。『昭和文学全集』は二〇センチ×一四センチであるが、同じくカスタム版と呼ばれた『カラー版日本の詩集』（六八年三月刊行開始。内容見本裏表紙には「体裁＊カスタム版・函入美本」とある）は一八センチ×一六センチであった。因みに『角川書店図書目録（昭和二〇―五〇年）』（一九九五年）によれば、前者は「四六変型」後者は「A5変型」と記されている。

(23) 別冊のみをまとめて、瀟洒な帙に入れて、さらに紙函に入れて、『昭和文学アルバム』としたものを、時折古書店などで見かける。紙函には「昭和文学全集付録」と記されている。紙函の上部に小さく青地に「昭和文学アルバム」とあるのが〈サファイヤ・セット〉、赤地のものが〈ルビー・セット〉である。購読の特典として頒布されたものであろうか。とすれば、本来は本誌に挟み込まれていた、月報にあたる昭和文学アルバムは、本体とは別にされて保存されていたことになる。一つの享受のありようとして注目される。ところで、このアルバムのセットには、挟み込みの小紙片がある。それには収載作家の一覧が載っているのだが、サファイヤ・セットの方は、実際のアルバムとは一人だけ食い違いがある。一覧表では、第一八巻が『井上靖集』となっているが、これは変更されて後続のルビー・セットに回り、変わって『安岡章太郎・遠藤周作集』が入る。この辺の経緯については、第一八回配本『宮沢賢治集』に挟み込みのチラシで説明されている。

(24) 大佛次郎は、『現代国民文学全集』では、吉川英治の三冊に次いで、ただ一人、二冊を割り当てられていたから（第五巻が『赤穂浪士』、第一二巻が『角兵衛獅子』ほか）、その感は一層強い。

(25) 当時の新聞広告などでも「角川版　昭和文学全集」と表記されている（『読売新聞』一九六一年一〇月八日）。ただしかつての『現代国民文学全集』も新聞広告では「角川版　現代国民文学全集」と記されることがあった（『読売新聞』一九五七年五月一五日）。

(26) この一風変わったセット名であるが、第一回配本が九月であったことが名称の由来でもあるらしい。サファイヤ・セットの内容見本に「サファイヤ・セット　九月の誕生石サファイヤの青を象どって、青く輝く背函が二十巻。これに続いて鳩血色（ピジョン・ブラッド）のセットがあなたのお部屋を美しく飾ります」と記されている。後続のセットは、より一般的なルビー・セットの名称で出版されることになるが、青と赤という二色の対比のセットは当初の計画であったのだろう。ただ、ルビーは七月の誕生石であるが、ルビー・セットの刊行は、一〇月からであった。

(27) 角川源義「創業二五周年記念出版に際して」（『日本近代文学大系』内容見本）。

(28) 第三章参照。

(29) 『日本出版百年史年表』（日本書籍出版協会、一九六八年）の一九五二年一一月の〔刊行開始〕の項に《昭和文学全集》（六〇巻）角川書店とあり、五三年八月の〔刊行開始〕の項に《現代日本文学全集》（九九巻）筑摩書房とある。刊行開始の時点では、巻数が異なっていたことは、前章、本章で見てきたところである。

第三章

（1）『新潮社一〇〇年図書総目録』（新潮社、一九九六年）によれば『横光利一集（上）』はこの時点で既刊、『志賀直哉集（短編集）』は翌年三月の刊行、『萩原朔太郎集』は刊行されなかったらしい。なお、新潮社は、早く一九七六年に、創業八〇年を記念して、A5判六二七ページの『新潮社八〇年図書総目録』という極めて充実した目録を刊行した。以来、同社は一〇年ごとに増補改訂版を刊行しているが、特に書誌的記述の緻密さは群を抜いたものがある。これは、八〇年、九〇年版の編纂に従事した小田切進が、一つ一つ原本に当たって確認を取ったことによるという。本書もまた現物主義を貫き、当時のチラシや巻末広告なども引用するが、『目録』と付き合わせることにより、一層精度の高い情報とすることができた。三種類の目録を参看したが、最終的には『新潮社一〇〇年図書総目録』を使用した。

（2）和田芳恵『筑摩書房の三十年』（筑摩書房、一九七〇年）。

（3）注（1）書。

（4）「トランジスタラジオの型からヒントを得たといわれるハンディな特別判型（B6変型、一八・八×一一・五）が人気を呼び、以降同種の判型が流行する」（注（1）書）。

（5）『新潮社七十年』（新潮社、一九六六年）によれば、一九五九年の『新潮』新年号に「文芸出版七十年の伝統を誇る新潮社が、明治、大正、昭和の三代の文学を完璧に集大成」と広告されたときは六六巻だったが、四月にその全貌が発表されたときは七二巻になっていたとされている。筑摩の『現代日本文学全集』などは、刊行途中での増巻決定であるから、それに比べれば、当初の企画はほとんど動かなかったと言っても良い。

（6）筑摩書房は『現代日本文学全集』全九七冊を完結させ、続編の『新選現代日本文学全集』全三八冊の刊行を、この前年から開始していた。菊判総計一三五冊の筑摩の全集に比べれば、新潮社のB6判七二冊の全集は、分量的には半分以下になる。それだけに絞り込んだ編集がなされねばならなかった。

（7）『長編小説全集』所収の作品は、『日本文学全集』ではできるだけ重複しないように配慮されたのではないか。たとえば、『石川達三集』の『青色革命』『泥にまみれて』『望みなきに非ず』、『石坂洋次郎集』の『青い山脈』『丘は花ざかり』『石中先生行状記』、『井上靖集』の『戦国無頼』『青衣の人』、『大佛次郎集』の『宗方姉妹』『冬の紳士』、『高見順集』の『今ひとたびの』『朝の波紋』『拐帯者』『乾燥地帯』、『火野葦平集』の『新遊侠伝』『赤道祭』など、『長編小説全集』の作品は、『日本文学全集』では採録されていないのである。もっとも例外はあって、『獅子文六集』では『てんやわんや』が、『舟橋聖一集』では『雪夫人絵図』が、重複して収められている。作品の人気度と、選択の幅の相関関係によるものであろう。

（8）注（1）書。

（9）新潮社の『日本文学全集』が、この名前が定着する分水嶺であったことは、この全集の第二六回配本第一四巻『永井荷風集』（六一年三月）月報所載の佐藤春夫「悲劇的人物荷風」という一文を、丸谷才一が引用するに際して、「新潮社の現代（傍点、稿者）日本文学全集の月報」と誤記をしていることから窺うことができる。丸谷の頭の中では、この種の全集はまだ『現代日本文学全集』だったのである（田坂『名書旧蹟』日本古書通信社、二〇一五年）。

（10）圧縮の方針は極めて単純である。五〇冊版では、ジイドは四作品、ヘッセは五作品が収録されていたが、それぞれ当該の巻の排列の最後の作品である『未完の告白』と『デミアン』を削り、解説等のページを繰り上げるだけである。そのために、ジイドの方では、『女の学校』『ロベール』『未完の告白（ジュヌヴィエーヴ）』の三部作のうち、最後の部分が削られてしまった。解説の部分は、収録作品数の数値など最低限の修正にとどめたため、『未完の告白』や『デミアン』にも言及した部分はそのままであるので、四〇冊版の全集を初めて読む読者には多少とまどいがあっただろう。ヘッセの方では、解説では、シンクレールという発表当初の著者名の問題にも言及し、第二の処女作としてやや詳しく言及解説する『デミアン』を削ったために、解説と所収作品とがずれている印象は一層強いものがある。第一次大戦後の再出発である『デミアン』を除いたから、結果的には『郷愁』『車輪の下』『春の嵐』と、初期の作品に集中する作品選定ともなった。

（11）第三次全集と第四次全集の所収作品の変化の一例を挙げておく。阿川弘之は第三次全集の『鱸とおこぜ』『順ちゃんさと秋ちゃんさ』『童女』『友をえらばば』『スパニエル幻想』『空港風景』が、第四次全集では『年々歳々』『雲の墓標』『水の上の会話』『空港風景』となる。司馬遼太郎は第三次全集では『売ろう物語』『おお、大砲』『割って、城を』が総入れ替えで第四次全集では『牛黄加持』『果心居士の幻術』『英雄児』『鬼謀の人』『慶応長崎事件』『人切り以蔵』『馬上少年過ぐ』『重庵の転々』となる。これらに第四次全集では山本周五郎の『橋の下』『青べか物語』『おさん』が加わる。

（12）後刷の例を挙げると、一九七六年七月の第一一刷や、七七年一二月の第一二刷などがあり、六年以上順調に版を重ねた。ただ第四次全集の奥付の日付には若干問題もある。第五刷も、第六刷も共に日付が一九七四年四月一五日となっている。第九刷には、奥付を一九七五年二月二五日とするものと、一九七六年七月一〇日とするものがある。この前後の増刷状況を見ると、第八刷が七四年一〇月一五日、第一〇刷が七五年九月二〇日なので、第九刷は七五年二月が正しい刊行時期なのであろう。第四次全集の奥付の日付にはかなり混乱があるので、注意が必要である。なお、図書月販が、新潮社『日本文学全集』の販売をきっかけに大きく飛躍したことについては、小出鐸男『現代出版産業論―競争と協調の構造―』（日本エディタースクール出版部、一九九二年）に指摘がある。

(13) 矢口進也『世界文学全集』（トパーズプレス、一九九七年）。

(14) 初版に挟み込まれた一枚刷りの全巻案内には、五五〇円から一〇〇〇円までの五段階の定価が、かつての岩波文庫のように、星印で示されている。

(15) 新潮社の目録では、奥付で記載するから、八月五日が刊行開始となっている。

(16) 特に、一九七五年に『小説新潮』で話題を呼び、一年半前に単行本化したばかりの、五木寛之『戒厳令の夜』を第一回配本に持ってきた効果は大きかったのではないか。七三年のチリのアジェンデ政権の崩壊と軍事政権による虐殺は、世界に衝撃を与えたが、七五年には、フランス・ブルガリア合作の映画『サンチャゴに雨が降る』（エルビオ・ソトー監督、アストル・ピアソラ音楽、ジャン・ルイ・トランティニアン主演）が公開され、五木の『戒厳令の夜』の結末とも相まって大いに話題を呼んだ。

(17) 田坂『文学全集の黄金時代―河出書房の一九六〇年代―』（和泉書院、二〇〇七年）。

(18) 第四章、五章参照。

(19) 最初に刊行された『大江健三郎全作品』のみは、平均三八〇ページでややページ数が多いが、次第に三〇〇ページ以内に収められ、七七年の『大江健三郎全作品』第二期では、平均二六〇ページ程度である。

(20) 田坂『大学図書館の挑戦』（和泉書院、二〇〇六年）。

第四章

(1) 『現代日本文学全集』最終回配本別巻二『現代日本文学史』が一九五九年四月刊行。並行して『新選　現代日本文学全集』が五八年一〇月から刊行開始、こちらの完結は六〇年一二月である。

(2) 中村光夫「次の時代をみちびく文学全集」『日本現代文学全集内容見本』。

(3) 亀井勝一郎以外の四人は、前年から刊行されていた新潮社『日本文学全集』の編集委員でもあった。

(4) 『講談社七十年史　戦後編』（講談社、一九八五年）。

（5）注（4）書。
（6）『日本現代文学全集内容見本』。
（7）本巻のみの比較であるから別巻二冊は除く。また『新選　現代日本文学全集』は含めていない。
（8）ただし実見したのは一九七二年七月の第五刷。なお、豪華版は一括配本なので同じ刷りならば全三八巻の日付も一致する。
（9）講談社の音羽グループと出版界を二分する勢力である、小学館の一ツ橋グループに属する集英社であれば、先行する講談社の方法は、当然詳細な分析の対象となったはずである。なお、第五章参照。
（10）『講談社の歩んだ五十年　昭和編』（講談社、一九五九年）。
（11）発行部数は注（10）書による。
（12）春陽堂『現代長篇小説全集』と講談社『長篇小説名作全集』とで重複する作家は、石川達三、石坂洋次郎、井上友一郎、田村泰次郎、丹羽文雄、舟橋聖一で、『何処へ』『肉体の門』『夢よ、もういちど』は重出する。装幀も共に、恩地孝四郎であった。
（13）『音羽VS一ッ橋　巨大出版社の研究』（創出版、一九八三年）。
（14）岡野他家夫『日本出版文化史』（春歩堂、一九六二年）、鈴木敏夫『出版　好不況下　興亡の一世紀』（出版ニュース社、一九七〇年）など。なお、第二章参照。
（15）『日本近代文学大事典』「出版」（紅野敏郎執筆）には「戦後の円本ブームは、角川書店の『昭和文学全集』の成功よりはじまる」と記されている。
（16）円本時代に、新潮社の『世界文学全集』が二段組五〇〇ページであるのをうけて、平凡社が当初の七〇〇ページの予定から、一挙に一〇〇〇ページ一円というインパクトの強い数字としたことなども想起される。尾崎秀樹『書物の運命　近代の図書文化の変遷』（出版ニュース社、一九九一年）など参照。
（17）同様の例を挙げれば、筑摩書房『現代日本文学全集』の完結時の内容見本には「この決定版を（中略）あらゆる職場に！」と記されている。なお、紀田順一郎『内容見本にみる出版昭和史』（本の雑誌社、一九九二年）参照。
（18）ページ数の関係であろうか、第六巻『吉屋信子』などこれがない本もある。
（19）注（4）書。
（20）『長篇小説名作全集』『傑作長篇小説全集（第一期）』『評判小説全集』はいずれも帯付きのものを実見したが、『傑作長篇小説全集』の第二期の帯だけは現物が確認できなかったので、『クロニック講談社の八〇年』（講談社、一九九四年）の書影に拠った。

(21) カバージャケット及び背表紙の下部には、第一期以来の通しの巻数が小さく付けられている

(22) 注（10）書には「四ヵ月で全巻を終わるというスピーディーな出版」と記されている。

(23) 『現代長篇名作全集内容見本』。

(24) 注（4）書、注（20）書にも同様の記述が見られる。

(25) 一九五一年ベストセラー第四位。

(26) 注（10）書。

(27) 注（10）書。

(28) 注（4）書。

(29) 注（10）書。

(30) 加藤勝代『わが心の出版人―角川源義・古田晁・臼井吉見―』（河出書房、一九八八年）によれば、一九五六年ころ、角川書店の『現代国民文学全集』へ『宮本武蔵』を収録したいとの申し入れがあった。六興出版側は受け入れず、角川は同全集に『新書太閤記』を収録する。すでに、こうした動きがあったことも、吉川・武蔵の講談社への復帰の一因であったかもしれない。

(31) 田坂「『川端康成全集』とNACSIS Webcat」（『大学図書館の挑戦』和泉書院、二〇〇六年）。

(32) 川端康成の例で言えば、角川書店『現代国民文学全集』五八年A5判三二〇円、筑摩書房『新選　現代日本文学全集』五八年菊判三五〇円、新潮社『日本文学全集』五九年B6判二六〇円などである。

(33) 講談社は、一九九二年に、吉川英治国民文化振興会・朝日新聞社などと共に「吉川英治の世界」展を主宰し、これは大評判であった。

(34) 戦後のものに限っても、角川書店『昭和文学全集』、筑摩書房『現代日本文学全集』、河出書房『現代の文学』など枚挙にいとまがない。もちろん講談社の『日本現代文学全集』にも墨蹟は収載されている。

(35) 注（4）書。

第五章

（1）集英社の二〇〇六年五月末の決算では売上高約一四〇〇億円、小学館単体の約一五〇〇億円に次ぎ、総額四〇〇〇億円の売り上げを誇るこのグループの屋台骨を支える。これは本章初出時のデータである。直近のものを掲出すると、二〇一七年五月末集英社一一七五億円、小学館は二〇一七年二月末決算だが九七三億円である。出版業界の苦境を象徴するように、小学館は二〇一五年二月末決算を最後に一〇〇〇億円を割り込んでいる。

（2）矢口進也『世界文学全集』（トパーズプレス、一九九七年）。

（3）『集英社七〇年の歴史』（集英社、一九九七年）。

（4）第三巻「藤原氏の一族」「道長をめぐる人々」など。

（5）第二章参照。紀田順一郎『内容見本にみる出版昭和史』（本の雑誌社、一九九二年）。

（6）注（5）書。

（7）刊行開始時に準備された二つ折りの内容見本による。紀田注（5）書が引用する、大部の内容見本とは異なるものから引用した。

（8）挟み込みチラシ「集英社出版目録三　一九六四」による。

（9）二見書房の『自選作品』シリーズは七一年から七六年にかけて刊行され、『内田百閒の自選作品』（現代十人の作家1）を例に取れば、一九七二年刊行、限定二〇〇〇部。このシリーズに収載された作家はほかに石川淳、井上靖、井伏鱒二、内田百閒、曽野綾子、平林たい子、吉行淳之介らがいる。署名入りでなかったためか、人気は今ひとつのようだ。国会図書館では『井上靖の自選作品』『平林たい子の自選作品』の所蔵が確認できるのみ。

（10）表紙は一三冊すべてが色違いではない。源氏鶏太・川端康成・舟橋聖一は藍色、志賀直哉・谷崎潤一郎は緑色、石坂洋次郎が赤紫色であるが、薄茶色・栗皮色など茶系のものが多い。見返しの色も黒・薄緑色など様々である。函は濃淡はあるが灰色地が多い。舟橋聖一のように薄桃色のものもある。

（11）第二回配本の源氏鶏太のように「撮影三木淳」「一九六四年四月　東京駒場の自宅にて」などと、撮影者・日時・場所が記されたものが基本型であるが、撮影者については志賀・川端・谷崎・舟橋など記載されない場合も多い。撮影者は、三木のほか榊原和夫（武者小路実篤、獅子文六）、木村伊兵衛（山本有三）など錚々たる顔ぶれで、中扉の裏側に装幀者の伊藤憲治と並んで明記されるが、丹羽文雄のように奥付に「写真・株式会社婦人画報社」と記載される場合もある。ほとんどが自邸での写真であるが、獅子文六「日生劇場」、川端康成「伊豆湯ヶ野温泉……伊豆の踊子文学碑除幕式」などもある。石坂洋次郎の写真だけは撮影者・日時・場所などの記載が一切ないが、第一回配本のため、様式が確定していなかったのであろう。

(12)『定本版山本有三全集』第一一巻（新潮社、一九七七年）の編集後記（高橋健二）に、山本有三が自筆サインが気に入らずに書き直して刊行が遅れた経緯が記されている。

(13)「スウェーデンでの授賞式に持参する献本用として本社既刊の『川端康成自選集』が選ばれ、東山魁夷装幀の特装版を制作する」（注（3）書）。『川端康成と東山魁夷—響きあう美の世界—』（求龍堂、二〇〇六年）には受賞記念として作られた今回の自選集に添えられた挨拶状が掲載されている。なお、ノーベル文学賞に併せて特製版が作られるのは『川端康成自選集』に限ることではない。中央公論社刊の『川端康成作品選』（一九六八年）は同社刊の『日本の文学』の判型を大きくして、改装したもの。帯に「ノーベル文学賞に輝く川端文学の精髄」とある。

(14) 川端康成は六八年一一月一〇日付の東山魁夷宛の書簡で竹林の下絵を無心している。注（13）書。

(15) 判型・冊数・巻序を総合的に考えれば、新潮社『日本文学全集』の七二冊版が最も近いかもしれない。第一巻『二葉亭四迷集』第二巻『尾崎紅葉・幸田露伴集』、末尾の四冊が名作集であった。判型は集英社のこの全集とほぼ同じ大きさで、冊数も近い。

(16) 注（3）書。

(17) 現代図書館学講座第七巻『青少年の読書と資料』（東京書籍、一九八三年）第三章読書指導の付表一三、一四に、一九六三年から七九年までの高校生「洗礼本」のベスト二〇入選回数を毎日新聞社が集計したデータがある。学年別では、一、二年生では男女とも『友情』が第一位、三年生では男子が『こころ』に次いで第二位、女子では『女の一生』（モーパッサン）に次いで第二位である。全学年を集計すると、男子では『友情』が三九回で、三五回の『こころ』を押さえて第一位、女子でも三七回の『女の一生』を押さえて『友情』が四一回で第一位である。

(18) 細川叢書や細川書店本について愛書家の発言は多いが、書誌情報にすぐれたものとして、曽根博義『岡本芳雄』（EDI、一九九七年）『細川書店本書誌』（胡蝶の会、二〇〇六年）などがある。

(19) 井上靖は早く一九五九年の新潮社の『日本文学全集』でも第一回配本に起用されている。第三章参照。

(20) 中古智・蓮實重彦『成瀬巳喜男の設計』（筑摩書房、リュミエール叢書七、一九九〇年）。

(21)『山の音』と『晩菊』が、一九五四年、そしてそれに続いて『浮雲』が翌年撮られるわけですが、この時期は戦後の日本映画としても、成瀬巳喜男監督としても最盛期といってよい」（注（20）書）。
(22) 視聴者の要望でＮＨＫアーカイブス二〇〇三年一〇月五日で取り上げられた。
(23) 注（3）書。
(24) 〈グリーン版〉については、田坂「河出書房グリーン版の誕生」（『文学全集の黄金時代―河出書房の一九六〇年代―』（和泉書院、二〇〇七年）などで述べた。
(25) これらの全集については田坂「文学全集から見た河出事件の背景」注（24）書参照。
(26) 毎日新聞社調査「五月一か月間に読んだ本（中学生・高校生）によると、六六、六七年では、六六年中一女子で一位、六六年中一中三男子・六七年中一男子で二位、六七年中一中二女子で三位、六六年中二男子中三女子で四位など上位を占めるが、高校生では六六年男子八位女子一九位あたりを最後に姿を消す」（『学校読書調査二五年―あすの読書教育を考える―』毎日新聞社、一九七〇年、の数表編による）。
(27) 第八章参照。
(28) 作品の出入りがある場合も少数ながら存在する。庄野誠一の『智慧の環』が、当初の小型版の『名作集（三）昭和編』には存在しないが、豪華版にいたって所収されることについて小田光雄の指摘がある。現在は小田のブログ「出版と近代出版文化史をめぐるブログ」（http://odamitsuo.hatenablog.com/entry/20120511/1336662054）で読むことができるが、小田の好著『古本探究』Ⅰ～Ⅲ既刊（論創社、二〇〇九、一〇年）が続刊されて、書籍として読むことができる日を鶴首する。
(29) 集英社文庫の島崎藤村『初恋』、高村光太郎『レモン哀歌』は共に一九九一年一月二五日の同日刊行。

第六章

(1) 発行時期が近い最初の巻は既に原稿が出来上がっていたであろうが、一年以上先に刊行予定の第一四巻『第一次大戦後の世界』が江口朴郎二八〇枚、村瀬興雄五〇枚、山上正太郎一二〇枚、衛藤瀋吉一九〇枚、第一五巻『ファシズムと第二次世界大戦』が村瀬興雄二五〇枚、中屋健一九五枚、岩間徹九五枚、衛藤瀋吉一九〇枚まで、詳細が確定されている。なお、『世界の歴史』『世界の文学』『日本の文学』などがいずれも全集としてベストセラーになったのは、戦後生育した大衆読者の知的要求に応えた面があるという分析を、田所太郎が行っている（『戦後出版の系譜』日本エディタースクール出版部、一九七六年）。

（2）中央公論社はそれまでの第一出版部（『世界の文学』『日本の文学』を担当）、第二出版部（『世界の歴史』『日本の歴史』を担当）以外に『世界の名著』に向けて第三出版部を新たに樹立して十全の態勢を敷いた（『中央公論社の八〇年』中央公論社、一九六五年）。
（3）第三章参照。新潮社の第二次『日本文学全集』では、これら明治初頭の文学は省略される。
（4）第一章参照。
（5）田坂「戦後の与謝野源氏と谷崎源氏―出版文化史の観点から―」（『文学・語学』二一九号、二〇一七年六月）。
（6）このころの文学全集の解説と山本健吉の横顔については、藤田三男『榛地和装本』（河出書房、一九九八年）が活写する。
（7）宮田毬栄『追憶の作家たち』（文春新書、二〇〇四年）。
（8）注（6）書。
（9）『現代の文学』の挿絵画家は、内容見本の段階では、近刊の『三島由紀夫集』『円地文子集』が未定であった。
（10）同じあかね書房が一九六六、六七年に刊行する『少年少女日本の文学』とは別シリーズである。
（11）これは近代文学史の流れに沿ったものであり、戦後の文学全集の体系を作った筑摩書房『現代日本文学全集』以来、この形で一貫している。
（12）明治一二年生まれの永井荷風がこの間に入るのは多少原則から逸脱する。
（13）注（6）書。
（14）河出書房〈カラー版〉『日本文学全集』は、美術監修として安田靫彦・梅原龍三郎が加わっている。

第七章

（1）これら世界文学全集については、『文学全集の黄金時代―河出書房の一九六〇年代―』（和泉書院、二〇〇七年）で詳述した。
（2）後述する、第二次版、第三次版の『現代文豪名作全集』にはこの数字が付いている。
（3）『三代名作全集』については、青山毅「『三代名作全集』月報細目」（『文学全集の研究』明治書院、一九九〇年）、庄司達也「『三代名作全集』考―久保田万太郎、島崎藤村の直筆資料をめぐって―」（『文学・語学』二一七号、二〇一六年一二月）などの研究がある。

（4） この全集では臼井喬二集は『新撰組』『盤嶽の一生』、中里介山は『浄瑠璃坂の仇討』『高野の義人』の収載に留まっているから『日本国民文学全集』とは重ならなかった。
（5） この問題については「戦後の与謝野源氏と谷崎源氏—出版文化史の観点から—」（『文学・語学』二一九号、二〇一七年六月）で論じた。
（6） 高校生などに人気の作家については第五章を参照のこと。
（7） 田坂『文学全集の黄金時代—河出書房の一九六〇年代—』（和泉書院、二〇〇七年）。
（8） 『現代の文学』刊行当初の内容見本には少なくとも二種類がある。ここで引用したものは、B5判一六ページのもので、表紙に『現代の文学』の書籍の写真があるものである。A5判一六ページで表紙にこの本を読む吉永小百合を使う内容見本には「喜寿」云々の言葉は見られない。
（9） 藤田三男『榛地和装本』（河出書房、一九九八年）。
（10） 内容見本には映画『伊豆の踊子』のスチールが使われているが、最もよく使われる吉永小百合の踊子ではなく、鰐淵晴子・津川雅彦コンビの珍しいものである。注（8）で述べた二種類の内容見本の問題と併せて考えると、B5判の内容見本が先で、A5判のものが後ではないかと推測される。表紙に吉永小百合を起用した内容見本が既に存在していれば、『伊豆の踊子』のスチールを使う場合にも配慮されるはずだからである。
（11） 注（9）書。
（12） この問題については、「『源氏物語』と『日本文学全集』」（『源氏物語の政治と人間』慶應義塾大学出版会、二〇一七年）で述べた。

第八章

（1） 『音羽VS一ッ橋　巨大出版社の研究』（創出版、一九八三年）。第四章参照。
（2） 筑摩書房で臼井吉見の「指示を受けて、幾つもの「文学全集」を刊行して来た」加藤勝代は、この全集を「いま思い返してみても一番味わい深いものであった」とするが、営業的には「赤字出版」であったという（加藤勝代『わが心の出版人　角川源義・古田晁・臼井吉見』河出書房、一九八八年）。
（3） 本書第三章参照。
（4） 『学習研究社五〇年史』（学習研究社、一九九七年）。

（5）『現代日本の文学』の奥付では二六版と「版」で表記するが、ここでは「刷」で表記した。
（6）同社ホームページ（http://www.kenshiyu.com）「会社案内」のうち「事業内容」の項目。
（7）嵐山光三郎「昭和出版武芸帳」『ちくま』二〇〇二年一一月号～〇四年一〇月号。のち、『昭和出版残侠伝』と改題して二〇〇六年に筑摩書房から刊行された。
（8）奥付には「この本は店頭では販売しておりません。お伺いしたセールスマンに直接お申しつけください」と記されている。
（9）〈カレッジ版〉のチラシには、第一回配本の『戦争と平和』をリュドミラ・サベーリエワに持たせた写真を使い「私は『戦争と平和』のナターシャです　原作を河出の《カレッジ版》で読みましょう」というコピーを作成している。
（10）「完結後も売れ行き好調な『現代日本文学全集（ママ）』の姉妹編として企画された」（注（4）書）。
（11）全集であるからほぼ全冊もしくは半数以上の冊を所蔵している図書館に絞った。
（12）第五章参照。
（13）『カラー版日本の文学』「刊行のことば」。
（14）『新潮世界文学』内容見本。
（15）田邊園子『伝説の編集者　坂本一亀とその時代』（作品社、二〇〇三年）。なお、戦後文学の代表作の『真空地帯』は編集者坂本一亀の代表作の一つでもあるが、「戦後文学を総括」（同叢書の内容見本の惹句）する講談社『現代の文学』の第一巻は野間宏にあてられ、その月報に坂本自身「『真空地帯』のこと」という一文を寄せている。
（16）紀田順一郎『内容見本にみる出版昭和史』（本の雑誌社、一九九二年）。
（17）旺文社が中学高校の学年別雑誌から撤退するのは一九九一年であることは本文中で述べたが、学習研究社も一九九四年以降、まず高校の学年別雑誌を段階的に縮小し、九九年には全面撤退するに到る。

初出一覧

第一章　↓　「筑摩書房の日本文学全集の軌跡」（『香椎潟』48号、二〇〇二年一二月）
第二章　↓　「角川書店の『昭和文学全集』の変化」（『文藝と思想』69号、二〇〇五年二月）
第三章　↓　「新潮社『日本文学全集』の変遷」（『香椎潟』49号、二〇〇三年六月）
第四章　↓　「講談社の『日本現代文学全集』とその前後」（『香椎潟』50号、二〇〇四年一二月）
第五章　↓　「集英社の『自選集』と『日本文学全集』」（『文藝と思想』71号、二〇〇七年二月）
第六章　↓　書き下ろし
第七章　↓　書き下ろし
第八章　↓　「教養文化と出版史の動向について―学習研究社と旺文社の現代日本文学の全集―」（『近代日本精神形成史の研究』、二〇〇五年三月）

各章の素稿となったものは、右に掲出したとおりである。いずれも素稿に大幅に手を加えて、一書としての体系を立てることに意を用いた。第一章のようにほぼ全面的に書き改めたものもある。また、第三章、第四章の素稿では、改編の具体例をほぼすべて掲出したが、全体のバランスを取るために、本書ではその一部を示すにとどめた。

本書をもって、日本文学全集に関する考察の定稿としたい。

「日本文学全集の時代」年表

年	筑摩書房	河出書房	その他
一九四八		『世界文学全集』（一九世紀篇）	春陽堂『現代長篇小説全集』
一九四九		『現代小説大系』	新潮社「豪華縮刷決定版（叢書名なし）」
一九五〇			講談社『長篇小説名作全集』
一九五一		『世界文学豪華選』	講談社『傑作長篇小説全集』（第一期） 講談社『評判小説全集』
一九五二	『現代日本名作選』	『世界文学全集』（学生版） 『現代文豪名作全集』（第一次安田靫彦装幀）	角川書店『昭和文学全集』（第一期） 講談社『傑作長篇小説全集』（第二期）
一九五三	『現代日本文学全集』	『現代文豪名作全集』（第二次白川一郎装幀） 『現代語訳　日本古典文学全集』 『世界文豪名作全集』 『世界文学全集』（決定版）	角川書店『昭和文学全集』（第二期） 講談社『現代長篇名作全集』 新潮社『長編小説全集』
一九五四		『現代文豪名作全集』（第三次庫田叕装幀） 『大衆文学代表作全集』	
一九五五		『日本国民文学全集』	

年	筑摩書房	河出書房	その他
一九五六	『現代日本文学全集』増巻決定	『世界文学全集』（豪華特製版）	
一九五七			角川書店『現代国民文学全集』 旺文社『時代』学研『コース』中学全学年で競合 講談社『たのしい一年生』小学館『小学一年生』百円で競合
一九五八	『新選現代日本文学全集』 『世界文学大系』		講談社『現代長編小説全集』 平凡社『世界名作全集』
一九五九	『古典日本文学全集』	『世界文学全集』（グリーン版）	新潮社『日本文学全集』（元版、七二冊版） 読売新聞社『日本の歴史』
一九六〇	『現代日本文学全集』（愛蔵版） 『新鋭文学叢書』 『世界名作全集』	『日本文学全集』（ワイン・カラー版）	講談社『日本現代文学全集』（元版） 新潮社『世界文学全集』（元版、五〇冊版） 中央公論社『世界の歴史』
一九六一			角川書店『昭和文学全集』（四六判） 講談社『長編小説全集』 集英社『少年少女日本歴史全集』

一九六二			学習研究社『日本青春文学名作選』 集英社『新日本文学全集』 集英社『世界短編文学全集』
一九六三	『現代文学大系』	『現代の文学』 『国民の文学』（古典文学）	中央公論社『世界の文学』
一九六四		『世界文学全集』（豪華版）	集英社『自選集シリーズ』 中央公論社『日本の文学』 旺文社『時代』学研『コース』高校全学年で競合
一九六五	『明治文学全集』	『日本文学全集』（豪華版）	旺文社文庫刊行開始 講談社『われらの文学』 集英社『世界文学全集』（二〇世紀の文学） 中央公論社『日本の歴史』
一九六六		『世界文学全集』（カラー版） 『世界名作全集』（カレッジ版）	集英社『日本文学全集』（デュエット版） 中央公論社『世界の名著』 文藝春秋『現代日本文学館』
一九六七	『現代日本文学全集』（定本限定版） 『日本短篇文学全集』	『世界の文学』（キャンパス版） 『世界の文学』（ポケット版） 『日本文学全集』（カラー版） 『日本文学全集』（グリーン版） 『国民の文学』（カラー版）	新潮社『日本文学全集』（第二次、五〇冊版） 新潮社『世界文学全集』（第二次、五〇冊版） 中央公論社『日本の詩歌』

年	筑摩書房	河出書房	その他
一九六八	『現代日本文学大系』		講談社『現代長編文学全集』 集英社『世界文学全集』（デュエット版） 集英社『日本の文学』（カラー版） 新潮社『新潮世界文学』 新潮社『新潮日本文学』 中央公論社『新集　世界の文学』
一九六九			角川書店『日本近代文学大系』 学習研究社『現代日本の文学』 研秀出版『世界文学全集』 講談社『日本現代文学全集』（元版豪華版） 新潮社『日本文学全集』（第三次、四〇冊版） 新潮社『世界文学全集』（第三次、四〇冊版） 中央公論社『日本の名著』
一九七〇	『日本文学全集』		
一九七一	『筑摩世界文学大系』		講談社『大衆文学大系』 講談社『現代の文学』 集英社『日本文学全集』（豪華版） 新潮社『日本文学全集』（第四次、四五冊版） 新潮社『世界文学全集』（第四次、四五冊版）
一九七二			集英社『世界文学全集』（愛蔵版）

一九七三	『増補決定版　現代日本文学全集』		小学館『日本の歴史』
一九七四	『現代日本文学』 『近代世界文学』		
一九七五	『近代日本文学』 『古典日本文学』 『筑摩現代文学大系』		旺文社『現代日本の名作』
一九七六			集英社『世界の文学』
一九七七			学習研究社『世界文学全集』 集英社『世界文学全集』（ベラージュ）
一九七八			新潮社『新潮現代文学』
一九八〇			講談社『日本現代文学全集』（増補版）
一九八一			講談社『日本現代文学全集』（増補版豪華版）
一九八六			小学館『昭和文学全集』
一九八七			旺文社文庫終刊
一九八九			集英社『ギャラリー世界の文学』
一九九一	『ちくま日本文学全集』		旺文社が中学・高校学年別雑誌から撤退

あとがき

　時代が良かったのか、文学全集はいつもすぐそばにあった。現在の職業にどこかでつながっている『源氏物語』との最初の出会いは、講談社『少年少女日本名作物語全集』の高木卓訳であった。伊馬春部訳『更級日記』は偕成社『世界名作文庫』の一冊で読んだし、小学生の終わり頃には、『罪と罰』で文庫判の変わった文学全集（平凡社『世界名作全集』）とも出会った。購入したものだけではない。どのような事情だったのか、中学校では自習の時間が多かったため、教室を抜け出しては、図書室で筑摩書房の『現代日本文学全集』を端から読むこととなった。授業時間不足で、英語や数学は中学二年の教科書が終わる頃に高校受験となってしまったが、豊富な自習時間のおかげで、この膨大な全集に親しむことができたのである。

　中学の途中からは全盛期の河出書房の文学全集に夢中になり、〈豪華版〉〈カラー版〉〈グリーン版〉などを取り替え引き替え読み耽った。『戦争と平和』『アンナ・カレーニナ』は〈カラー版〉、『復活』は〈グリーン版〉、『ジャン・クリストフ』は〈カラー版〉、『魅せられたる魂』は中央公論社の『世界の文学』と、目に付いたものを片端から求めた。全集の体系などは中学生・高校生には無縁だったのである。気が向くままに、日本の文学全集と世界の文学全集とを、一、二年おきに行き来したのだが、文学全集のおかげで、作品の選択に苦労することなく一通りのものを読むことができたのである。これは、文学全集の黄金時代の一九六〇年代に中学・高校時代を送った私たちの世代の特権であっただろう。

文学全集について、改めて調べてみたいと思ったのは、三〇年近く前、平成に元号が変わった頃である。昭和の時代を代表する出版物である文学全集、特に、私自身が繰り返し読んだ戦後の文学全集の全体像をきちんと確認しておきたいという思いからであった。読み散らした各種の文学全集を手がかりにして、大学の図書館や、公立図書館の蔵書で調べ始めたが、すぐに限界を感じた。嬉しいことだが、多くの人々に愛読されたあまり欠本が生じたり、月報が欠けていたりしていた。何よりも函やカバーが外されているために、私の知っている全集の形のままではなかったからである。昔なじみの函や帯の付いていない全集では何かが足りないような気がした。

文学全集を原形のままで悉皆調査をするためには、改めて全集をセットで購入する以外にはない。さいわい古書価は悲しいぐらい安値である。専門の『源氏物語』に関する書物一冊か二冊の値段で、文学全集の古書が一セット買えたのである。ありがたいことに、そのころの職場では数種類の全集を積み上げて比較検討する空間にも恵まれていた。全集ではないが旺文社文庫を千冊以上一括購入して調べてみたこともあった。これは狭隘な個人の自宅では不可能なことであった。

取り寄せてみたものの、帯のない本が混じっていたり、月報の一部が欠けていたりするという失敗はあった。月報のために買い直すこともたびたびであった。昨今の〈日本の古本屋〉のような正確な情報を求めるのはまだまだ無理であった。それでも時代的には実に恵まれていたと言えよう。従来型の古書店に加えて、新古書店という新しい形態の店舗が拡大期にあったために、白っぽい本の代表格文学全集の類で、購入されたときそのままの形のものが大量に市場に出てきた。今日では新古書店の品揃えもすっかり変わったため、あの時期を逃すと収集にも苦労したであろう。

調べの付いたものからぼつぼつ活字にしてみたが、二つの意味で際限がなかった。一つは調査が終わったと思っても次々と異装版が出てきて常に修正を余儀なくされること。もう一つは戦後の文学全集に限っても、膨大な数があり、六〇冊の全集でも一〇〇種類あれば六〇〇〇冊になるのである。そこで、もっともなじみの深かった河出書房の世界文学全集に絞り込んで、ようやく一冊の形にまとめたのが、二〇〇七年の『文学全集の黄金時代　河出書房の一九六〇年代』（和泉書院）であった。一つの出版社という定点観測ではあったが、戦後の文学全集全体への視野を籠めたつもりである。それでも、いっそうなじみの深い全集である『日本文学全集』の方は、いくつかの原稿を書き散らしたままになっていた。原因は一に私の気の多さにある。神奈川近代文学館の挿画情報に助けられた経験から、文学全集全体の挿画家データベースを作れば有益であるなどと思ったのである。もちろん個人でできるような作業ではなく、中途半端な形のまま今日に至っている。

転機となったのは、東京の現在の職場への赴任である。地下鉄一本で神保町につながっていたから、見落としている異装版はないか、こまめに探す機会を得られた。とにかく大量に出版され増刷を重ねた資料であるから、際限なく異装版が出てくる。それでもこの数年間で、大きな見落としはないのではないかという自信のようなものが出てきた。

あとは、対象とする出版社を絞り込んで、通史的視点を獲得することである。文学全集を論じるに不可欠な一〇の出版社と代表的全集を選び出し、旧稿を全面的に書き改め、新稿を追加して、前後の関連を持たせて、一つの体系を考えてみたのが本書である。まだまだ論じ残した問題もあろうが、ようやく三〇年来の宿題を終えることができた思いである。

出版に際しては、慶應義塾大学出版会の飯田建氏にお世話になった。教科書、古典文学の論文集に次いで、三度目のご縁である。今回は索引作成に加えて難読文字のルビ振りの原案まで作成していただいた。また、口絵写真の撮影や、レイアウトなど、慶應義塾大学出版会の皆さんに全面的に支えて頂いた。これらの方々のご協力を得て、ようやく、遅れに遅れていたレポートを提出できたのである。改めて厚くお礼申し上げる。最後に思いがけない、実にありがたいご縁に恵まれた。装幀を原弘のお弟子さんである山崎登さんにお願いできたのである。文学全集への旅の大きな一里塚であった〈グリーン版〉との縁を改めて嚙みしめている次第である。

二〇一八年一月

田坂憲二

索引

書名・叢書名

あ行

愛情旅行　112
愛する人達　66
愛蔵版筑摩現代文学大系　32
　現代歌集　32
　現代句集　32
　現代詩集　32
愛と死　134
青い山脈　245
青色革命　245
青べか物語　246
赤と黒　212, 213
芥川龍之介傑作選〈グリーン・ライブラリー〉（旺文社）　228
悪名　117
安愚楽鍋　158
悪霊　84
赤穂浪士　244
浅草の灯　103
朝雲　62
朝の波紋　245
朝日新聞　21, 116, 163
足摺岬　131
頭の中の歪み　135
あの男に関して　135
あの日この日　33
安部公房全作品（新潮社）　89
鮎　135
あらくれ　182
嵐　48, 51
あらしをよぶ幕末　130
嵐が丘　212
或る女　182
ある「小倉日記」伝　131
杏っ子　73
アンデルさんの記　134
アンナ・カレーニナ　163, 214, 215
暗夜行路　134, 135, 183, 210
家　239
怒りの葡萄　216
石川達三自選集（集英社）　135
石坂洋次郎自選集（集英社）　132, 133, 137, 138, 142
石田三成　108
石中先生行状記　118, 133, 245
何処へ　248
伊豆の踊子　19, 25, 30, 43, 50, 51, 53, 62, 66, 85, 86, 95, 119, 134, 135, 139, 149, 207, 225, 234, 254
イタリアの歌　62
一年ブック（秀文社）　202
一葉全集　8
稲妻　142
犬神博士　120
井上靖自選集（集英社）　134
井上靖の自選作品（二見書房）　250
井伏鱒二自選集（集英社）　135–138
今戸心中　32
今ひとたびの　245
嫌がらせの年齢　135
岩波文庫　8, 247
ヴィヨンの妻　13
上杉謙信　108

浮雲　142, 169, 251
浮き灯台　86
浮世床　184
雨月物語　184
うずしお（シュトルム）　80
うず潮（林芙美子）　143
巴波川　14
うたかたの記　169
歌暦　108
内田百閒の自選作品（二見書房）　250
美しい暦　101
湖の琴　117
海を見に行く　133
売ろう物語　246
栄花物語　23
英語屋さん　133, 136
嬰児ごろし　134
英雄児　246
駅前旅館　86
絵本ゴールド版（講談社）　112
エマ　155
老茄子　135
追剝の話　135
鷗外全集　8
黄金時代　87
嘔吐　163
旺文社文庫　222–230
欧米推理小説翻訳史　242
おお、大砲　246
大江健三郎全作品（新潮社）　89, 247
大久保彦左衛門　108, 109
大番　117, 243
丘は花ざかり　245
岡本芳雄　251
おさん　246
おせん　108
おとうと　67
音羽VS一ツ橋　巨大出版社の研究　248, 254
おばあさん　50
姨捨　134
おはなはん　143
お目出たき人　134
父子鷹　118
温泉宿　62
女相続人　215
女であること　21, 50, 116, 118, 238, 243
女の一生　48, 136, 243, 251
女の学校　246

か行

海軍　50
戒厳令の夜　87, 247
開高健全作品　89
拐帯者　245
海底軍艦　120
科学（学習研究社）　214
鍵　134, 135, 165
学習（学習研究社）　214
学習研究社五〇年史　211, 212, 254, 255
角兵衛獅子　244
かげろう絵図　116
蜻蛉日記　184
果心居士の幻術　246
風立ちぬ　13
風と共に去りぬ　215
片腕　234
学校読書調査二五年―あすの読書教育を考える―　252
角川源義の時代　240
角川書店図書目録（昭和二〇―五〇年）　54, 243
角川書店と私　242
角川版昭和文学全集　55
角川文庫　8
カラー版日本の文学（集英社）　166, 205, 221, 255
カラマゾフの兄弟　84, 214
ガリヴァ旅行記　80
川のある下町の話　50, 225, 243
川端康成作品選（中央公論社）　139, 251
川端康成自選集（集英社）　86, 133, 134,

139
川端康成自選集　ノーベル文学賞受賞記念（集英社）　139, 251
川端康成選集　44
川端康成全集（新潮社）　62, 242, 249
川端康成と東山魁夷　響きあう美の世界　251
含羞の人　回想の古田晁　241
乾燥地帯　245
完訳日本の古典（小学館）　89
機械　234
騎士の死　62
貴族の黄金時代　130
紀田順一郎著作集　242
城の崎にて　134
鬼謀の人　246
ギャラリー世界の文学（集英社）　128, 231
球形の荒野　131
郷愁　246
業務日誌余白―わが出版販売の五十年―　241
きりしとほろ上人伝　74
キリマンジャロの雪　212
金塊　62
金閣寺　134, 135
銀座化粧　103
金さん捕物帖　106
禽獣　43
近代世界文学（筑摩書房）　23
近代日本文学（筑摩書房）　10, 22–24, 238, 239
ぎんのすず　202
空港風景　246
苦海浄土　236
草採り　223
草枕　208, 222
草を刈る娘　133, 142
国木田独歩全集（学習研究社）　206
国定忠治　108
蜘蛛の糸　222
雲の墓標　246
暗い絵　131, 225, 226
倉橋由美子全作品（新潮社）　89
鞍馬天狗　地獄の門　101
鞍馬天狗　宗十郎頭巾　101
胡桃割り　14
黒い雨　86, 135, 136
クロニック講談社の八〇年　103, 106, 121, 249
黒猫　80
郡盲　135
慶応長崎事件　246
芸者小夏　64
蛍雪時代　202, 203
芸道一代男　100
化粧と口笛　62
傑作長篇小説全集（講談社）　99, 100, 103, 104, 106, 108, 111, 125
傑作長篇小説全集（講談社）第一期　105–107, 109, 110, 248, 249
傑作長篇小説全集（講談社）第二期　105–107, 109, 110, 248
幻花　86
喧嘩太郎　133
源氏鶏太自選集（集英社）　133
源氏物語　23, 52, 184–186, 188, 189, 193, 243
源氏物語の政治と人間　254
元帥　224
現代（月刊現代）　93
現代国民文学全集（角川書店）　21, 48–50, 52, 57, 60, 116, 152, 243, 244, 249
　国民詩集　51
　国民の言葉　百人百言集　51
　国民文学名作集　51
　青春小説文学集　51
　現代推理小説集　48, 51
現代語訳日本古典文学全集（河出書房）　184
現代出版産業論―競争と協調の構造―　247

現代小説全集（新潮社） 60, 61, 64
現代世界文学全集（新潮社） 242
現代短歌大系 8
現代長編小説全集（講談社） 99, 110, 112–119, 125
現代長篇小説全集（春陽堂） 101, 102, 104, 248
現代長編文学全集（講談社） 99, 117, 119, 120, 125, 205
現代長篇名作全集（講談社） 99, 110, 114, 118, 125
現代長篇名作全集内容見本 249
現代日本小説大系（河出書房） 174
現代日本の文学（学習研究社） 145, 205, 206, 208, 210, 211, 216, 217, 230, 231, 255
現代日本の名作（旺文社） 146, 217–226, 229–231
　読書への招待 218
現代日本文学（筑摩書房） 10, 22–24
現代日本文学館（文藝春秋） 140, 144, 151, 152, 157, 165, 166, 168–172, 205
現代日本文学辞典 180
現代日本文学全集（改造社） 16, 36, 62, 102, 165, 234
現代日本文学全集（筑摩書房） 1, 2, 8, 9, 12, 14–19, 21–28, 30, 31, 36–40, 46, 57, 60, 63–65, 87, 92–95, 119, 124, 140, 152, 159, 160, 165, 220, 233, 238, 239, 241–245, 247–249
　現代戯曲集 20, 25
　現代詩集 20
　現代短歌集 20
　現代日本文学史 247
　現代俳句集 20
　現代文芸評論集（全三冊） 20, 25
　現代訳詩集 20, 25
　昭和小説集（全三冊） 20
　戦後小説集 21
　大正小説集 20
　文学的回想集 20, 25
　明治小説集 20
現代日本文学全集（愛蔵版）（筑摩書房） 9, 18
現代日本文学全集（定本限定版）（筑摩書房） 9, 17, 18, 21
現代日本文学全集・内容綜覧 175, 180, 217
現代日本文学大系（筑摩書房） 9, 26–28, 31, 34, 160, 205
現代日本名作選（筑摩書房） 12, 44, 242
現代の文学（河出書房） 72, 144, 152, 161, 162, 165, 170, 194–196, 249, 253, 254
現代の文学（講談社） 122, 123, 125, 255
　戦後日本文学史 123
現代文学大系（筑摩書房） 24, 26–34, 60, 144, 152, 157–160, 165, 169, 170
　現代歌集 25, 29, 31, 158
　現代句集 25, 29, 31, 158
　現代詩集 25, 29, 31, 158
　現代評論集 29
　現代文学風土記 30
　現代名作集 25, 29, 31, 158
　文芸評論集 29
現代文豪名作全集（河出書房） 173–176, 178, 182, 241
現代文豪名作全集（河出書房）第一次 176, 177, 180
現代文豪名作全集（河出書房）第二次 177, 178, 180, 181, 253
現代文豪名作全集（河出書房）第三次 180, 181, 183, 253
鯉 135
小祝の一家 75
高１コース（学習研究社） 203
高２コース（学習研究社） 203
高一時代（旺文社） 203, 228
高原 243
高校コース（学習研究社） 203
高校時代（旺文社） 203
高校上級コース（学習研究社） 203

行人　17
講談倶楽部　108
講談社七十年史　戦後編　103, 106, 247
講談社七十年年表　106
講談社現代新書　93
講談社の歩んだ五十年（昭和編）　106, 248
講談社の歩んだ五十年（明治・大正編）　106
河内山宗俊　108
高二時代（旺文社）　203, 228
幸福者　134
高野の義人　254
高野聖　182
牛黄加持　246
こおろぎ　135
古今和歌集　14, 15
刻々　74
黒死館殺人事件　120
告白　213
国民新聞　163
国民の文学（河出書房）　174, 194, 196
国民の文学〈カラー版〉（河出書房）　197, 243
国民文学全集（筑摩書房）＊構想のみ　15, 37
こころ　17, 51, 184, 208, 251
古事記　183, 186, 188, 190, 192, 197
胡椒息子　50
古書彷徨　242
後撰和歌集　14
古典日本文学（筑摩書房）　23
古典日本文学全集（筑摩書房）　23
古都　85, 86, 207
子供一人　74
五番町夕霧楼　117
金色夜叉　120, 182
今昔物語　190

さ行

作者贅言（濹東綺譚）　74
桜島　86, 131
桜の実の熟する時　11, 44
佐々木小次郎　117
細雪　135, 208, 220, 226–228
猿飛佐助　108
サンクチュアリ　217
三国志　214
山椒魚　136
三色すみれ　213
三四郎　17, 51, 184, 208
三代名作全集（河出書房）　182, 253
サンチャゴに雨が降る（映画）　247
三等重役　117, 136
飼育　122, 131
潮騒　118, 134, 135, 207
志賀直哉自選集（集英社）　134, 136, 137
獅子文六自選集（集英社）　134
死者の奢り　122
静かなドン　80, 82
刺青　134, 135, 227, 228
市井にありて　48, 51
自選作品（二見書房）　133
自選集（集英社）　127, 132
死体紹介人　30
死の棘　131
島崎藤村詩集　150
島崎藤村全集（新潮社）　62
清水次郎長　108
シャーロック・ホームズ全集　186
斜陽　13, 234
車輪の下　246
ジャン・クリストフ　83, 217
上海　234
重庵の転々　246
集英社七〇年の歴史　129, 138, 140, 250
集英社文庫　149, 252
自由学校　50, 64
週刊現代　93
十六歳の日記　19, 25, 30, 53, 225
縮図　163
出版　好不況下　興亡の一世紀　240,

248
出版ジャーナリズム研究ノート 242
出版内容見本書誌 242
春琴抄 134, 135, 164, 165, 176, 227, 228
春色梅暦 184
純粋小説論 234
純粋の声 19, 25
春雪の門 107
順ちゃんさと秋ちゃんさ 246
小学一年生（小学館） 102
少将滋幹の母 43, 46, 134, 135, 164, 188, 227
小説現代 93
小説新潮 247
小説総論 169
少年 164
少年少女世界文学全集（講談社） 112
少年少女日本の文学（あかね書房） 253
少年少女日本歴史全集（集英社） 129–131
浄瑠璃坂の仇討 254
昭和国民文学全集（筑摩書房） 243
昭和出版残侠伝 255
昭和出版武芸帳 212
昭和文学アルバム 243
昭和文学全集（角川書店） 16, 35–40, 42–45, 48–51, 53–57, 60, 65, 87, 92, 93, 102, 111, 119, 152, 233, 234, 240–244, 248, 249
昭和文学全集（角川書店） 第一期 39, 40, 45–49
　現代詩集 ＊刊行されず 46
昭和文学全集（角川書店） 第二期 41, 46–49, 51, 94
　昭和詩集 46
昭和文学全集（60年代、角川書店） 52, 54–57, 152, 243
昭和文学全集（小学館） 2, 56, 72, 231, 233–236
　昭和詩歌集 234
　短編小説集 234
　評論随筆集 234
　文芸日記 233
昭和名作選集（新潮社） 44, 62
女王蜂 107
抒情歌 62
書物の運命 近代の図書文化の変遷 248
ジョン万次郎漂流記 136
白い牙 149
次郎物語 145, 193
しろばんば 210
新鋭文学叢書（筑摩書房） 13
神曲 217
真空地帯 131, 225, 226, 255
新吾十番勝負 117
真実一路 136
新修シェークスピヤ全集（中央公論社） 212
新集世界の文学（中央公論社） 154, 156, 157
新書太閤記 249
新新訳源氏物語 160, 189
新生 48
人生劇場〈青春編・愛欲編〉 117, 210
新雪 103
新撰組 254
新選現代日本文学全集（筑摩書房） 9, 10, 19–21, 24, 25, 30, 243, 245, 247–249
新選現代日本文学全集（東方社） 243
新続古今和歌集 14
榛地和装本 253, 254
新潮 52, 245
新潮現代文学 86
新潮社一〇〇年図書総目録 245
新潮社七十年 242, 245
新潮社八〇年図書総目録 245
新潮世界文学 83, 88, 222, 255
新潮日本文学 28, 65, 83, 84, 86, 88, 205
新潮文庫 8, 149
新日本文学全集（集英社） 129–133, 140, 141

新訳源氏物語　160, 192
新遊侠伝　245
親鸞　115, 118
真理先生　134
水月　30
随行さん　133
水滸伝　186, 214
水晶幻想　62
姿三四郎　103, 117, 120
杉垣　74, 75
鱸とおこぜ　246
図説日本文化史大系（小学館）　129
砂の女　87
スパニエル幻想　246
スペードの女王　80
総てが蒐書に始まる　242
すみっこ　223
青衣の人　245
青春怪談　50
青少年の読書と資料　251
世界古典文学（筑摩書房）　＊未刊行　23
世界青春文学名作選（学習研究社）　206
世界大衆文学全集（改造社）　212
世界短篇文学全集（集英社）　129, 132
世界の旅（中央公論社）　155
世界の中の日本文学　139
世界の文学（河出書房）　27, 187
世界の文学（集英社）　128
世界の文学（中央公論社）　154–156, 161–163, 171, 252, 253
世界の文学〈キャンパス版〉（河出書房）　144, 215
世界の文学〈ポケット版〉（河出書房）　144, 215
世界の名著（中央公論社）　154, 156, 157, 253
世界の歴史（中央公論社）　153–155, 252, 253
　第一次世界大戦後の世界　252
　ファシズムと第二次世界大戦　252
世界文学豪華選（河出書房）　174
世界文学辞典　180
世界文学全集（矢口進也）　247, 250
世界文学全集（学習研究社）　216
　世界SF傑作集　216
　世界ノンフィクション傑作集　216
　世界ミステリ傑作集　216
世界文学全集（河出書房）　27, 57, 87, 174, 187, 215
世界文学全集（河出書房）　第二期（第二集）　87
世界文学全集（河出書房）　第三期（第三集）　87
世界文学全集〈決定版〉（河出書房）　174, 186
世界文学全集〈豪華特装版〉（河出書房）　174
世界文学全集〈グリーン版〉（河出書房）　144, 174, 188, 189, 194, 215, 252
世界文学全集〈豪華版〉（河出書房）　174, 190
世界文学全集〈カラー版〉（河出書房）　174, 191, 215
世界文学全集　池澤夏樹編（河出書房）　171, 236
世界文学全集（研秀出版）　211, 212, 216
世界文学全集（講談社）　99
世界文学全集　豪華版（講談社）　99
世界文学全集（集英社）　77, 129, 132
世界文学全集　デュエット版（集英社）　128
世界文学全集　愛蔵版（集英社）　128
世界文学全集　ベラージュ（集英社）　128
世界文学全集（戦前）（新潮社）　62, 248
世界文学全集（新潮社）　66, 72, 76, 80
世界文学全集（新潮社）　第二次　80, 147
世界文学全集（新潮社）　第三次　80, 82, 88, 147
世界文学全集（新潮社）　第四次　82,

83, 88, 147
世界文豪名作全集（河出書房） 174, 178, 233
世界名作全集〈カレッジ版〉（河出書房） 144, 215, 255
世界名作全集（河出書房） 187
世界名作全集（筑摩書房） 13, 25
世界名作全集（平凡社） 236
赤道祭 245
狭き門 213
戦国無頼 245
戦後出版の系譜 252
戦争と平和 214, 215, 255
千利休 108
千羽鶴 12, 13, 19, 25, 43, 46, 50, 53, 63, 64, 66, 85, 86, 95, 134, 135, 234, 240
葬式の名人 235
増補決定版現代日本文学全集（筑摩書房） 9, 21, 24
相馬大作 108
それから 17, 51

た行

大学受験コース（学習研究社） 203
大学進学コース（学習研究社） 203
大学図書館の挑戦 242, 247, 249
大学入試受験コース（学習研究社） 203
太閤記 185
大黒屋日記抄 11
第三十六号 226
大衆文学大系（講談社） 120
大衆文学代表作全集（河出書房） 186, 197
大障碍 134
大地 217
大道寺信輔の半生 228
台風さん 133
大菩薩峠 52, 120, 185, 243
たか女覚書 135
高村光太郎詩集 150
焚火 14, 134
竹取物語 184
蓼喰う虫 164
谷崎潤一郎自選集（集英社） 134, 137
たのしい一年生（講談社） 102
たのしい五年生（講談社） 102
たのしい三年生（講談社） 102
たのしい二年生（講談社） 102
たのしい幼稚園（講談社） 102
たのしい四年生（講談社） 102
田之助紅 101
たまゆら 53
堕落 122
達磨町七番地 134
丹下左膳 120
誕生 223
単線の駅 33, 240
たんぽぽ 86
小さき者へ 74
智慧の環 252
筑摩現代文学大系 9, 10, 26, 30–34, 160, 233, 240
筑摩書房図書総目録 一九四〇—一九九〇 17, 18, 22, 26, 240
筑摩書房の三十年 15, 16, 37, 238, 240, 245
筑摩世界文学大系 22
ちくま日本文学 238
ちくま日本文学全集 2, 8, 10, 26, 34, 235
ちくま文学の森 34, 235
乳房 74, 75
中１時代（旺文社） 203
中一時代（旺文社） 203
中一時代 13（旺文社） 203
中央公論社の八〇年 253
中学一年コース（学習研究社） 203
中学一年時代（旺文社） 203
中学一年の学習（学習研究社） 202
中学コース（学習研究社） 202, 203
中学三年時代（旺文社） 203
中学三年の学習（学習研究社） 202
中学時代（旺文社） 202, 203

中学初級コース（学習研究社） 203
中学二年時代（旺文社） 203
中学二年の学習（学習研究社） 202
中公新書 155
長編小説全集（講談社） 114, 118, 125, 238
長編小説全集（新潮社） 63, 66, 241, 245
長篇小説名作全集（講談社） 99–104, 106–111, 118, 125, 248
追憶の作家たち 253
津軽 234
燕の童女 74
罪と罰 84, 214
定本版山本有三全集（新潮社） 251
デカメロン 214
鉄仮面 120
デミアン 246
田園交響楽 212
伝説の編集者 坂本一亀とその時代 255
点と線 117
天平の甍 134
てんやわんや 50, 134, 245
東京の人 113, 116, 118
透谷全集 28
同志の人々 134
童女 246
唐人お吉 108
藤村全集 8
東方の門 11, 48
トニオ・クレーゲル 163
友をえらばば 246
とりかへばや秘文 135
トリストラム・シャンディ 22
泥にまみれて 245
どん底 80

な行

内容見本にみる昭和出版史 45, 130, 242, 248, 250, 255
菜穂子 13
中込君の雀 135
流れ藻 86
流れる 67
菜の花時まで 135
波 136
波千鳥 86
なめくじ横丁 240
成瀬巳喜男の設計 251
南国抄 135
南国太平記 120
南北朝の悲劇 130
肉体の門 101, 118, 248
虹 43, 66, 74
虹いくたび 63
二〇世紀の文学 世界文学全集（集英社） 128
日輪 234
二都物語 214
二年ブック 202
日本近代文学大系（角川書店） 56, 57, 244
日本近代文学大事典 248
日本現代詩大系 8
日本現代文学全集（講談社） 88, 91–93, 99, 114, 115, 119, 120, 124, 125, 140, 146, 152, 158–160, 165, 220, 249
　外国人文学集 94
　現代文学史 ＊明治、大正・昭和の２分冊に変更 96
　社会主義文学集 94
　新感覚派文学集 94
　政治小説集 94
　大正文学史・昭和文学史 96, 123
　プロレタリア文学集 94
　明治初期文学集 94, 158
　明治文学史 96, 123
日本現代文学全集 豪華版（講談社） 96–99, 122–124, 147
日本現代文学全集 増補改訂版（講談社） 96, 98, 99, 124
日本現代文学全集 増補改訂版の豪華版

（講談社） 99, 124
日本現代文学全集内容見本 247, 248
日本国語大辞典 8, 12, 160
日本国民文学全集 異装版（古典編・現代編）（河出書房） 186, 194
昭和名作集 I 186, 187
日本国民文学全集（河出書房） 52, 72, 152, 174, 183, 185, 186, 188, 189, 193, 196, 197, 236, 243, 254
江戸名作集 183
鷗外名作集 183
現代戯曲集 185
現代詩集 185
現代短歌俳句集 183, 185
昭和名作集 185–187
漱石名作集 183
大正名作集 185
藤村名作集 183
明治名作集 183, 185
日本古典集成（新潮社） 89
日本古典文学全集（小学館） 89
日本出版百年史年表 58, 244
日本出版文化史 240, 248
日本青春文学名作選（学習研究社） 206
日本短編文学全集（筑摩書房） 14, 205
日本の悪霊 122
日本の詩歌（中央公論社） 154, 156–158, 171
日本の文学（あかね書房） 166
日本の文学（至文堂） 166
日本の文学（中央公論社） 26, 139, 140, 144, 151–154, 156–166, 168–172, 192, 195, 196, 205, 220, 226, 251–253
名作集 157
日本の文学（ほるぷ出版） 166
日本の名著（中央公論社） 153, 154, 157, 171
日本の歴史（中央公論社） 154, 156, 166, 171, 253
日本文学選（光文社） 101
日本文学全集（河出書房） 2, 140, 174, 187, 192, 197
日本文学全集〈ワイン・カラー版〉（河出書房） 24, 165, 187–189, 192, 193, 194, 196
日本文学全集〈豪華版〉（河出書房） 72, 116, 144, 152, 158, 165, 187, 189–193, 238
王朝日記随筆集 190
近代詩歌集 189, 190
現代詩歌集 158
古典詩歌集 189
日本文学全集〈豪華版〉〈第二集〉（河出書房） 190, 191, 194, 205
江戸名作集 190
王朝物語集 190
日本文学全集〈カラー版〉（河出書房） 72, 144, 152, 161, 162, 165, 187, 191–194, 205, 236, 253
現代詩歌集 191
現代名作集 191
日本文学全集〈グリーン版〉（河出書房） 117, 144, 145, 165, 187, 191–194, 196, 205, 221
現代詩歌集 193
現代名作集 193
日本文学全集 池澤夏樹編（河出書房） 171, 197, 236
日本文学全集（集英社） 73, 77, 88, 98, 127, 129, 132, 144, 150, 153, 165, 205, 220
日本文学全集〈デュエット版〉（集英社） 140, 141, 143–147
名作集 140
日本文学全集 豪華版（集英社） 98
日本文学全集 豪華版（改装版）（集英社） 146–149
日本文学全集（新潮社） 59, 87, 119, 124, 140, 146, 157, 174, 205, 220, 244–247, 249, 251
日本文学全集（新潮社） 第一次 24, 26, 57, 59, 60, 64, 69–72, 74, 76, 79, 83,

84, 88, 90, 92–94, 152, 158–160, 165, 169, 251
名作集　昭和篇・上　70
名作集　昭和篇・下　65, 70, 79, 82
名作集（大正篇）　70
名作集（明治篇）　70
日本文学全集（新潮社）　第二次　69–71, 74–81, 83–85, 160, 165, 253
現代名作集（上）　70, 77, 78
現代名作集（下）　70, 77–79, 82
日本文学全集（新潮社）　第三次　69, 70, 76–78, 81–83, 85, 88, 165
日本文学全集（新潮社）　第四次　69, 70, 77, 81–83, 88
日本文学全集（筑摩書房）　9, 26, 166
丹羽文雄自選集（集英社）　135
人間失格　208, 234
人間の条件　195, 196, 221
猫と庄造と二人のおんな　164
眠れる美女　25, 85, 86, 134
年々歳々　246
ノートルダム・ド・パリ　214, 215
野菊の墓　51, 70, 228
望みなきに非ず　101, 245
野火　12, 44, 131
伸び支度　48, 51
伸子　74

は行

バートン版千夜一夜物語　214
灰色の月　134, 188
破戒　11, 39, 48
白雲悠々　224
白鯨　215
白痴　84
橋の下　246
馬上少年過ぐ　246
はだか大名　106
旗本退屈男　120
初恋　149, 252
初恋物語　133
初すがた　32
花筐　223, 224
花と龍　117
花の扉　107
花のワルツ　44, 62, 225
母と子の世界カラー童話（学習研究社）　211
母の思い出　134
母の初恋　53, 66
張り込み　131
春　11, 44, 239
春景色　62
春雨物語　184
バルタイ　32
春の嵐　246
パルムの僧院　213
晩菊　142, 251
盤獄の一生　254
范の犯罪　134
光る道　223, 224
微笑　74
人切り以蔵　246
美徳のよろめき　112, 118, 134
人妻椿　120
陽のあたる坂道　141
響きと怒り　217
閑な老人　223
日も月も　20
評判小説全集（講談社）　104, 107–109, 111, 125, 248
平林たい子の自選作品（二見書房）　250
ひろすけ幼年童話文学全集（集英社）　129
広場の孤独　131
風琴と魚の町　142
風雪　135
風知草　74
風林火山　112, 118
富嶽百景　234
武器よさらば　213
福永武彦全小説（新潮社）　89

富士に立つ影　52, 185
無事の人　134
ふしゃくしんみょう　134
夫唱婦和　74
復活　214, 216
蒲団　182
舟橋聖一自選集（集英社）　135
冬の紳士　245
振袖御殿　100
俘虜記　131
古本探求　252
文学界　169
文学全集の黄金時代―河出書房の一九六〇年代―　240, 247, 253, 254
文学全集の研究　253
文藝春秋　154
文章読本　227, 228
文章入門　225
平家物語　184, 190
ペンギン記　223
編年体大正文学全集（ゆまに書房）　235
崩壊感覚　225
放浪記　142
木石　135
濹東綺譚　74, 163
母子叙情　234
細川書店本書誌　251
細川叢書　142
坊っちゃん　17, 51, 145, 162, 184, 193, 208, 222
不如帰　120, 163
不如帰画譜　163
本日休診　136
本陣殺人事件　103

ま行

舞姫（川端康成）　20, 43, 50, 53, 63
舞姫（森鷗外）　169
枕草子　184
貧しき人々の群　74
街の灯　107
魔の山　80, 82
瞼の母　120
まぼろしの記　223
マルテの手記　80
万延元年のフットボール　123
卍　195
万葉集　183, 188, 192
未完の告白　246
見事な娘　118
三島由紀夫自選集（集英社）　133, 134, 138
みずうみ　212
水の上の会話　246
未成年　84
魅せられたる魂　83, 155, 163
道草　164
みづうみ　20, 52, 66, 85
密会　87
緑の館　215
南の風　134
宮本武蔵　115, 118, 120, 249
麦死なず　133, 135
武蔵野夫人　12, 44, 112
虫も樹も　223
武者小路実篤自選集（集英社）　134
夢蝶　223
宗方姉妹　245
明暗　17, 164, 170, 208
明治一代女　100, 101
明治文学全集（筑摩書房）　8, 14, 28, 29, 205, 235, 240
　明治社会主義文学集（二）　240
名書旧蹟　246
名人　30, 43, 50, 53, 234
夫婦善哉　210
めし　142
芽むしり仔撃ち　122
桃太郎侍　103, 120
門　208
モンテ・クリスト伯　214

や行

屋根の上のサワン　135
藪の中　228
山の音　12, 19, 25, 43, 44, 50, 53, 66, 85, 95, 119, 134, 135, 234, 235, 251
山本有三自選集（集英社）　134, 138
憂国　134, 135
友情　134, 141, 145, 251
雪国　13, 19, 25, 43, 50, 53, 62, 66, 85, 86, 95, 118, 134, 135, 207, 210, 234, 243
雪之丞変化　120
雪夫人絵図　246
夢十夜　208
夢よ、もういちど　248
ユリシーズ　80
夜明け前　11, 48, 51, 170, 208, 220, 239
妖怪　118
幼児狩り　32
吉川英治全集（講談社）　118
吉野葛　134
淀君　108, 109
呼子鳥　103
読売新聞　163, 176, 178–180, 183, 185, 244
夜のさいころ　74
夜の脱柵　225

ら行

羅生門　222
りつ女年譜　135
柳橋新誌　158
両国梶之助　108
猟銃　134
旅愁　37, 234
レ・ミゼラブル　214, 215
レモン哀歌　149, 252
老妓抄　234
楼蘭　134
ロベール　246
路傍の石　136
ろまんの残党　135

わ行

若い川の流れ　133, 141
若い人　117, 135
我が心の出版人　角川源義・古田晁・臼井吉見　243, 249, 254
若菜集　39, 169
吾輩は猫である　17, 51, 101, 162, 169, 184, 193, 208
割って、城を　246
われらの文学（講談社）　120–123, 125
をさなものがたり　11

人名

あ行

青野季吉　111
青山毅　242, 253
阿川弘之　31, 79, 131, 158, 246
秋元松代　123
秋山駿　123
芥川龍之介　13, 25, 29, 39, 46, 60–62, 67, 74, 95, 142, 143, 160, 176, 177, 180, 181, 188, 211, 219–222, 228, 230, 234, 238, 241
朝倉摂　212, 224
浅見淵　135
芦川いずみ　141
麻生三郎　225, 226
足立巻一　209
安部公房　79, 87, 89, 122, 132
阿部次郎　29
阿部知二　47, 71, 78
阿部展也　108, 109

安倍能成　29, 164, 176, 179
天野貞祐　40
嵐山光三郎　212, 255
荒畑寒村　29
有島武郎　13, 74, 177, 182, 188, 190, 238
有馬頼義　54
有吉佐和子　13, 79, 116, 123, 158, 195
安野光雅　86, 235
飯田蛇笏　28
生沢朗　162, 196
生田長江　29
池内紀　235
池澤夏樹　171, 197, 236
池島信平　154
池田亀鑑　184
石川淳　20, 78, 250
石川啄木　179, 182
石川達三　51, 63, 64, 74, 100, 101, 110, 111, 135, 190, 245, 248
石川弘　223, 224
石坂洋次郎　20, 42, 48, 63, 64, 74, 100, 101, 110–112, 117, 118, 132, 133, 135, 137, 138, 141–143, 145, 149, 190, 191, 194, 196, 210, 219, 221, 245, 248, 250, 251
石田波郷　28
石原慎太郎　54, 79, 157, 190, 192, 195
石原裕次郎　141
石牟礼道子　236
泉鏡花　51, 61, 71, 140, 158, 161, 168, 169, 179, 180, 182, 210, 218, 234
磯田光一　123
井田源三郎　112
市川崑　67
五木寛之　87, 118, 207, 210, 247
伊藤永之介　141
伊藤憲治　136, 250
伊藤左千夫　70
伊東静雄　28, 209
伊藤整　19, 47, 48, 50, 62, 66, 67, 74, 95, 140, 160, 209
稲垣足穂　161
井上友一郎　20, 103, 108, 110, 248
井上ひさし　86, 235
井上光晴　21, 192
井上靖　25, 29, 64, 65, 67, 97, 110, 112, 117, 118, 131, 134, 138, 140, 142, 149, 161, 166, 168, 190–192, 195, 209, 219, 220, 244, 245, 250, 251
井原西鶴　186, 190, 192
井伏鱒二　20, 39, 62–64, 86, 135–138, 190, 250
伊馬春部　62
色川武大　10
岩崎勝海　242
岩下志麻　85, 143
イワシュキェヴィッチ　215
岩野泡鳴　70, 71, 167, 168
巌谷大四　30
上田敏　29, 97
上村松篁　86
ヴェルレーヌ　51
魚住折蘆　29
牛島憲之　86
臼井あや　241
臼井吉見　15, 16, 22, 37, 66, 241, 243, 254
内田巌　163
内田百閒　62–64, 71, 78, 250
内田魯庵　94
宇能鴻一郎　118
宇野浩二　71, 77, 179, 182
宇野千代　239
梅崎春生　32, 70, 86, 121, 131, 132
梅原龍三郎　192, 253
浦松佐美太郎　134
江口朴郎　252
江藤淳　120–122, 134
衛藤瀋吉　252
江戸川乱歩　100, 243
円地文子　70, 115, 161, 195, 253
遠藤周作　31, 79, 116, 123, 131, 132, 244
大内兵衛　47

大江健三郎　31, 52, 79, 85, 89, 120–122, 131, 157, 190, 195, 209, 247
大岡昇平　12, 19, 29, 40, 44, 112, 121, 131, 160, 190, 21
大杉栄　20, 29
オースティン　155
太田水穂　28
岡倉天心　20
岡鹿之助　62, 89
岡野他家夫　240, 242, 248
岡本かの子　62, 70, 78, 234, 239
岡本綺堂　238
小川未明　219
奥野健男　30, 209
小熊秀雄　28
奥村土牛　86
小倉遊亀　86, 164
小坂部元秀　135
尾崎一雄　32, 33, 71, 77, 168, 192, 223, 224, 240
尾崎紅葉　14, 51, 65, 71, 120, 140, 158, 169, 179, 181, 182, 239, 251
尾崎士郎　64, 71, 77, 108, 117, 130
尾崎秀樹　209, 248
尾崎翠　10
小山内薫　29
大佛次郎　20, 54, 74, 100, 101, 108, 110, 111, 186, 244, 245
押川春浪　120
小田切進　123, 222, 227, 228, 245
小田切秀雄　148
織田作之助　78, 209
小田奈美子　104, 105
小田実　123
小田光雄　252
小野木学　212
小野十三郎　28
折口信夫　238
恩地孝四郎　13, 20, 27, 38, 100, 104, 106, 248

か行

ガードナー，エバ　212
開高健　13, 52, 79, 85, 89, 157, 209
貝塚茂樹　154
加賀乙彦　123
葛西善蔵　71, 77, 141
風間完　196
梶井基次郎　71, 77, 78, 85, 239
樫山文枝　143
片岡啓治　212
片山潜　20
加藤勝代　243, 249
加藤シヅエ　101
加藤楸邨　28
加藤武雄　103
角川源義　240, 243, 244
仮名垣魯文　94, 158
蟹江征治　98
金子光晴　28
鏑木清方　164
鎌田博夫　212
カミュ　84
嘉村礒多　71, 77, 141
亀井勝一郎　46, 62, 66, 95, 133, 219, 247
茅誠司　222
ガルボ，グレタ　214
河上徹太郎　46, 167
河上肇　29
川上眉山　239
川口松太郎　49, 100, 101, 110, 117
川島雄三　116
川島羊三　136
川田清実　129
河竹黙阿弥　94
川田順　28
河出孝雄　196
川端康成　10, 12, 13, 19–21, 25, 30, 32, 33, 40, 42–44, 46, 49, 50, 52, 53, 62–64, 66–68, 74, 82, 85, 86, 89, 94, 95, 97–99, 113, 116–119, 133–135, 137, 139, 142,

143, 147–149, 155, 160–162, 166, 176–179, 181, 184, 186, 191, 192, 195, 196, 207, 209, 219, 221, 225, 234, 235, 238, 240, 242, 243, 249–251
川端龍子 62
河盛好蔵 62, 134
上林暁 32, 33, 71, 77, 192
蒲原有明 62
キーツ 51
キーン，ドナルド 139, 160, 161
菊田一夫 104, 105
菊池寛 29, 52, 61, 71, 77, 78, 179, 239
岸恵子 67
岸田国士 182
北川冬彦 28
紀田順一郎 45, 130, 242, 248, 250, 255
北原白秋 97
北原三枝 141
北村透谷 24, 28, 158, 169, 239
北杜夫 79, 209
城戸四郎 105
木下順二 123, 219
木下杢太郎 29, 97
紀貫之 15
木村曙 97
木村伊兵衛 250
木村毅 186, 222
木村荘八 163
木村義雄 108
ギャバン，ジャン 214
久我美子 116
草野心平 28, 62
邦枝完二 104, 108
国木田独歩 20, 32, 51, 70, 71, 166, 168, 169, 177, 188, 190, 206, 209, 210, 218, 238
窪田空穂 28
久保田正文 135
久保田万太郎 61, 62, 70, 78, 184, 253
久米正雄 18, 61
庫田叕 23, 180, 181
倉田百三 29
倉橋由美子 32, 89, 121
黒井千次 123
黒岩涙香 120
黒島伝治 141
黒田征太郎 86
桑田雅一 165
ケーベル 94
源氏鶏太 51, 54, 63, 64, 110, 117, 118, 131, 133, 136, 243, 250
小泉信三 40, 54
小磯良平 162, 196
小出鐸男 247
小出楢重 164
幸田文 67, 70
幸田露伴 12, 51, 65, 71, 97, 157, 168, 169, 238, 251
幸徳秋水 29
河野多恵子 32
紅野敏郎 33, 207, 242, 248
ゴーガン 54
ゴーリキー 80
小島信夫 21, 79, 84, 122
小島政二郎 104, 107, 108
小杉天外 32
後藤愛彦 224
小林古径 43
小林多喜二 13, 32, 40, 52
小林秀雄 18, 30, 46, 170
小松伸六 133
五味川純平 162, 195, 221
五味康祐 129
小宮豊隆 40
近藤浩一路 162
今東光 117
今日出海 63

さ行

サイデンステッカー 139
斎藤清 114
齋藤武市 143

斎藤茂吉　39,
斎藤緑雨　94
堺枯川　29
坂上弘　219
榊原和夫　250
坂口安吾　29, 78
坂本一亀　255
佐久間良子　117
桜井克明　123
佐多稲子　13, 29, 32, 70, 97, 115, 219
佐多芳郎　129
佐藤義亮　242
佐藤俊夫　242
佐藤春夫　39, 61, 70, 78, 179, 181, 182, 190, 195, 234, 246
里見弴　18, 61, 71, 77, 179
佐野洋　129
サベーリエワ，リュドミラ　214, 255
サモイロワ，タチアナ　214, 215
沢田重隆　129, 131
三遊亭円朝　94
ジイド（ジッド），アンドレ　81, 84, 212, 213, 246
椎名麟三　70, 121
シェイクスピア　155
ジェイムズ，ヘンリー　214
志賀直哉　10, 13, 14, 40, 43, 61–63, 67, 74, 95, 134–138, 158, 159, 177, 178, 188, 191, 192, 219, 220, 238, 245, 250
重友毅　184
獅子文六（岩田豊雄）　40, 50, 64, 74, 100, 110, 117, 134, 211, 243–245, 251
柴田翔　121
柴田錬三郎　129
司馬遼太郎　79, 85, 118, 197, 210, 246
島尾敏雄　31, 131, 192, 210
島崎藤村　10, 11, 13, 20, 25, 29, 39, 44, 48, 51, 52, 54, 61, 62, 70, 85, 95, 142, 145, 150, 158, 159, 168–170, 177, 185, 188, 191, 192, 194, 207, 209, 219–221, 229, 234, 239, 241, 242, 252, 253
島田一男　129
子母沢寛　108
下高原千歳　129
下村湖人　41, 48, 54, 117, 145, 193, 194, 219, 221
十一谷義三郎　239
シュトルム　80, 212, 213
朱牟田夏雄　22
ジョイス，ジェイムズ　80
庄野潤三　31, 79, 86, 131, 158
庄野誠一　252
ショーミナ，タマーラ　214
ショーロホフ，ミハイル　80
白井喬二　10, 104, 108, 185, 186, 254
白井浩司　155
白川一郎　177, 180, 226
白川正芳　226
神西清　62
榛地和（藤田三男）　253, 254
進藤純孝　53, 132
スウィフト　80
末広鉄腸　94
杉浦明平　32
杉全直　212
薄田泣菫　97
鈴木敏夫　240, 248
鈴木彦次郎　108
鈴木文史朗　101
鈴木康行　129
スターン　22
スタインベック　215
スタンダール　212, 213
住井すゑ　87
スメドレー　215
瀬戸内晴美　32, 79
瀬沼茂樹　132, 207
芹沢光治良　47, 71
セルバンテス　155
ソトー，エルビオ　247
曽根博義　251
曽野綾子　32, 116, 132, 158, 250

た行

田岡嶺雲　29
高木彬光　129
高橋和巳　21, 121, 122, 192
高橋健二　251
高橋新吉　28
高橋英夫　223, 224
高見順　21, 30, 47, 71, 77, 111, 160, 182, 190, 245
高村光太郎　40, 150, 219, 252
滝井孝作　32, 33, 71, 77, 134, 168
多岐川恭　129
竹内好　196
武田泰淳　19, 29, 74, 97, 121
武田麟太郎　47, 78, 182
竹之内静雄　37
竹谷富士雄　119
太宰治　13, 29, 62, 67, 95, 123, 142, 190, 191, 207, 210, 211, 219, 220, 234
田代光　225
立原正秋　118
立原道造　28, 209
辰野隆　40
辰巳柳太郎　108
田所太郎　252
田中絹代　67
田中俊雄　106
田中英光　209
田邊園子　255
谷崎潤一郎　10, 13, 26, 29, 42, 43, 46–48, 61, 67, 70, 74, 78, 84, 85, 95, 134, 135, 137, 138, 142, 143, 145, 155, 158–161, 164, 165, 168, 177, 180, 181, 182, 188, 189, 191, 192, 194, 195, 207, 209, 218–221, 226, 227, 234, 250, 253, 255
谷崎松子　137, 228
谷沢永一　242
田端修一郎　239
田宮虎彦　19, 32, 67, 70, 84, 97, 131
田村孝之介　119
田村泰次郎　100, 101, 104, 105, 110, 118, 248
田山花袋　32, 70, 71, 159, 167, 168, 170, 179, 182, 188, 190, 218, 220, 239
ダリュウ，ダニエル　213
檀一雄　209, 223, 224
近松秋江　61, 71
近松門左衛門　186, 190, 192
チャペック　215
中古智　251
司修　86, 212
津川雅彦　143, 254
辻潤　29
津田青楓　164
土井晩翠　51, 97
土屋文明　183
筒井泰彦　212
角田喜久雄　104
壺井栄　13, 47, 70, 78, 97, 115, 116, 209, 219
坪内逍遥　14, 19, 24, 28, 140, 157, 158, 169, 212, 239
坪田譲治　71, 77, 219
鶴見俊輔　235
ディケンズ　214
勅使河原霞　116
手塚富雄　25, 240
デュマ　214
寺田寅彦　11, 40, 54
戸板康二　13
東海散士　94
東郷青児　165, 196
戸川昌子　118
土岐善麿　28
徳川夢声　108, 109
徳田秋声　54, 70, 78, 85, 158, 159, 163, 168, 170, 179, 182, 188, 192, 220, 234, 239
徳冨蘆花　71, 120, 163, 188, 190, 209, 210
徳永直　13, 20, 32, 40,
ドストエフスキー　84, 214

富沢有為男　104
富田常雄　103–105, 107, 108, 110
豊島与志雄　62
トランティニアン，ジャン・ルイ　247
トルストイ　84, 214, 216, 217

な行

直木三十五　49, 108
永井一正　54
永井荷風　29, 40, 54, 62, 74, 77, 78, 85, 158, 159, 163, 168, 177, 178, 180, 182, 188, 210, 220, 234, 239, 246, 253
永井龍男　14, 29, 32, 63, 167, 192
中江兆民　94
中川一政　86, 162, 240
中河与一　47
中勘助　71, 77
中里介山　52, 120, 185, 197, 254
中澤弘光　163
中島敦　71, 77, 78, 85, 239
中島健蔵　222
中谷孝雄　224
長田秀雄　29
中津原陸三　242
中野重治　13, 20, 29, 40, 86, 140
長野嘗一　227
中野好夫　140
中林洋子　153, 155, 156
中原中也　28, 97
中村草田男　28
中村真一郎　79, 85, 97, 123, 192
中村琢二　196
中村登　85
中村光夫　19, 46, 95, 195, 247
中村勇二郎　139
中村幸彦　184
中屋健一　252
中山義秀　63, 71, 184
長与善郎　218
夏目漱石　10, 12, 13, 17, 20, 29, 40, 42, 48, 50, 52, 54, 62, 67, 69, 70, 78, 84, 85, 89, 101, 142, 143, 145, 158, 159, 162, 164, 166, 168–170, 176, 177, 184, 185, 188, 191–194, 206, 208, 209, 211, 219, 220–222, 230, 234, 239, 242
成島柳北　158
成瀬巳喜男　67, 142, 252
南条範夫　129
西尾忠久　129
西村孝次　212
丹羽文雄　64, 97, 100, 110, 111, 135, 140, 161, 182, 190, 195, 248, 250
野上弥生子　54, 55, 86, 97, 210
野坂昭如　118
野原一夫　241, 242
野間社長（省一）　113
野間宏　14, 29, 33, 97, 121, 122, 131, 190, 219, 225, 226, 255
野村胡堂　104, 105
野村尚吾　227, 228

は行

ハーン　94
ハイネ　51
萩原恭次郎　28
萩原朔太郎　40, 62, 209, 245
橋川文三　134
蓮實重彦　251
長谷川泉　30
長谷川伸　108
長谷川力　135
長谷川如是閑　29
長谷部史親　242
ハドソン　214
花田清輝　32
埴谷雄高　66, 123, 192
馬場一郎　212
ハビランド，オリビア・デ　215
浜田光夫　142, 143
浜本浩　103
早川徳治　112
林房雄　64

林芙美子　40, 63, 97, 142, 143, 190, 209, 210, 219, 239
林美智子　143
葉山嘉樹　32, 140
原節子　116
原民喜　123
原弘　54, 96, 99, 117, 119, 122, 189, 190, 196
ピアソラ，アストル　247
東山魁夷　86, 139, 162, 196, 251
樋口一葉　8, 71, 97, 139, 169, 178–181, 188, 190, 209, 218, 239
日夏耿之介　97
火野葦平　63, 64, 71, 77, 97, 104, 117, 245
平出修　29, 240
平野謙　66, 95, 140, 161, 195
平林たい子　13, 47, 48, 63, 67, 70, 97, 112, 209, 250
平山郁夫　86
広津和郎　63, 64, 71, 77, 100
広津柳浪　32, 239
フィリップ，ジェラール　212, 213
プーシキン　80
フォークナー　215
深尾庄介　226
深沢七郎　210
福沢諭吉　20, 94
福田恆存　46
福田豊四郎　196, 225
福田宏年　134
福永武彦　21, 66, 79, 85, 89, 132, 183, 192, 197
藤枝静男　224
藤倉修一　108
藤沢桓夫　103, 104
藤田三男（榛地和）　253
藤原審爾　129
二葉亭四迷　19, 24, 28, 65, 71, 140, 157, 158, 168–170, 177, 179–181, 188, 190, 209, 218, 239, 251
舟橋聖一　54, 64, 100, 101, 104, 110, 111, 119, 135, 184, 190, 246, 248, 250
古井由吉　86
古岡秀人　211
古田晁　37, 63, 238, 241–243, 254
ブロンテ，E　212, 213
ベートーベン　217
ペック，グレゴリー　212, 215
ヘッセ，ヘルマン　81, 246
ヘプバーン，オードリー　215
ヘミングウェイ　212, 213
北条民雄　239
ポー　80
細谷巌　121
堀田善衛　13, 14, 20, 31, 65, 70, 97, 131, 192
堀内敬三　101
堀口大学　212
堀辰雄　13, 46, 61, 62, 67, 78, 143, 166, 239
本多秋五　66, 75
ボンダルチュク，セルゲイ　214

ま行

前田夕暮　28
牧野信一　168
正井和行　86
正岡子規　11, 97
正宗白鳥　54, 70, 71, 159, 160, 170, 179, 182, 188, 190, 192, 234, 239
町春草　89
松尾芭蕉　192
松坂慶子　33
松田穣　225
松原新一　123
松本昇平　241
松本清張　32, 54, 79, 115–118, 131, 161, 162, 190, 195
真鍋博　13, 25
丸谷才一　246
マン，トーマス　80, 84
三浦朱門　129

三上於菟吉　108
三木淳　250
三木露風　97
ミケランジェロ　217
三島由紀夫　19–21, 29, 40, 63, 65, 67, 82, 112, 118, 131, 133, 134, 135, 138, 149, 160, 161, 190, 195, 207, 209, 210, 219, 229, 253
水原秋桜子　28
水上滝太郎　18, 71, 78
水上勉　79, 117, 190
三宅花圃　97
宮崎夢柳　28
宮沢賢治　40, 53, 62, 244
宮田毬栄　161
宮田遊記　139
宮本岳彦　212
宮本百合子　13, 32, 40, 54, 67, 74, 75, 78, 97, 190, 209, 219
宮本陽吉　155
三好達治　62, 97, 219, 239
三芳悌吉　225
三好行雄　227
武者小路実篤　13, 40, 61, 134, 135, 141, 143, 145, 149, 159, 160, 177, 180, 188, 191, 192, 194, 221, 239, 250
村上元三　51, 110, 117
村川堅太郎　154
村瀬興雄　252
村野四郎　28, 219
室生犀星　73, 76, 78, 184, 195, 239
モーパッサン　251
森鷗外　10, 13, 20, 29, 39, 40, 42, 46, 48, 54, 62, 74, 85, 142, 158, 159, 166, 168–170, 177, 180, 185, 188, 191, 192, 207, 219–221, 234, 239
森毅　235
森戸辰男　222
森英恵　155
森雅之　116
森茉莉　207

や行

矢口進也　128, 250
安井曽太郎　54, 164
安岡章太郎　31, 79, 122, 158, 244
安田靫彦　89, 176, 177, 192, 253
矢田挿雲　185
矢野龍渓　28, 94
山川方夫　132, 219
山口瞳　87
山崎豊子　54, 116
山路愛山　28
山田五十鈴　109
山田美妙　239
山手樹一郎　103, 104
大和資雄　212
山上正太郎　252
山之口貘　28
山本嘉次郎　105
山本健吉　13, 50, 66, 86, 95, 134, 161, 192, 195, 253
山本実彦　240
山本周五郎　32, 82, 115, 116, 210
山本有三　13, 29, 40–42, 48, 62, 63, 134, 135, 138, 143, 145, 179, 194, 221, 243, 250, 251
鑓田清太郎　240
ユゴー　214
夢野久作　10
横溝正史　103, 104
横光利一　16, 37, 40, 41, 43, 45, 62, 74, 78, 160, 179, 190, 210, 234, 236, 238, 245
横山明　123
与謝野晶子　23, 29, 184, 189, 192, 253, 254
与謝野寛（鉄幹）　29, 97
吉井勇　29
吉川英治　40, 100, 110–113, 115, 118, 120, 186, 210, 243, 244, 249
吉田精一　66, 75
吉永小百合　142, 143, 254

吉屋信子　100, 104, 110, 248
吉行淳之介　31, 79, 116, 131, 158, 190, 250
米津孝　139
依岡昭三　123

ら行

リー，ビビアン　214
笠信太郎　47
リルケ　80
ルソー，アンリ　54
魯迅　94
ロラン，ロマン　84, 155, 217
ロロブリジーダ，ジーナ　214

わ行

和歌森太郎　130
若山牧水　28
和田三造　164, 165
渡辺広士　226
和田芳恵　238, 240, 245
和辻哲郎　54
鰐淵晴子　254

社名・団体名

あかね書房　253
朝日新聞社　249
和泉書院　240, 242, 247, 249, 252–254
岩波書店　88
旺文社　4, 8, 145, 199, 200–204, 217, 218, 220, 221, 228–231
オーギャド社　61
音羽グループ　128, 200, 202, 248
改造社　16, 36, 38, 62, 102, 165, 212, 234
学習研究社　4, 8, 145, 199, 200–206, 211, 214, 216, 217, 230, 231
角川書店　1, 4, 8, 16, 21, 35–40, 44, 45, 47–49, 51–57, 60, 65, 87, 92–94, 102, 111, 116, 119, 152, 233, 234, 240–244, 248, 249
河出書房　1, 2, 4, 8, 15, 24, 26, 27, 51, 52, 57, 63, 72, 87, 92, 116, 117, 140, 144, 145, 152, 153, 158, 160–162, 165, 170, 173–175, 177, 178, 180, 182–184, 186, 187, 189, 192–197, 200, 205, 215, 220, 221, 225, 233, 236, 238, 240, 241, 243, 247, 249, 252–255
近代文学社　180
慶昌堂印刷　106
研秀出版　211–213, 215, 216
講談社　4, 8, 33, 73, 88, 91–93, 95–109, 111–115, 117–120, 122, 124, 125, 128, 140, 146, 147, 152, 153, 158–160, 165, 174, 200, 202, 205, 220, 233, 238, 247–249, 255
光文社　101
五月書房　242
胡蝶の会　251
作品社　255
三一書房　248
三月書房　240
集英社　4, 8, 26, 72, 77, 86, 88, 92, 98, 127–129, 132, 133, 138–141, 143–150, 153, 165, 166, 200, 205, 220, 221, 231, 248, 250–252
秀文社　202
出版ニュース社　240, 241, 248
春歩堂　240, 248
春陽堂　101, 102, 104, 248
小学館　2, 8, 56, 72, 89, 102, 128, 129, 160, 166, 201, 202, 231, 233–235, 248, 250
新潮社　1, 4, 8, 21, 24, 26, 44, 48, 57, 59, 60, 62–64, 68, 69, 71–73, 77, 79, 81, 83, 84–90, 92–94, 116, 119, 124, 140, 146,

147, 152, 153, 157–160, 165, 169, 174, 200, 205, 220, 222, 241, 242, 244–249, 251, 253
青人社　212
成美堂河出書店　195
創元社　164
大映　67
大日本印刷　106
筑摩書房　1, 2, 4, 7–9, 12–14, 16, 17, 19, 20, 23–28, 30–32, 34, 36–40, 43, 44, 46, 48, 57, 60, 63–65, 73, 87, 92–95, 119, 124, 140, 144, 152, 153, 157–160, 165, 169, 170, 174, 200, 205, 220, 233, 235, 236, 238, 240–245, 248, 249, 251, 253–255
中央公論社　4, 8, 26, 92, 139, 140, 144, 151–154, 156, 159, 160, 161, 163, 166, 168, 171, 189, 192, 195, 196, 200, 205, 212, 220, 226, 240, 251, 253
創出版　248, 254
東京書籍　251
東宝　67, 116
図書月販　26, 72, 80, 83, 246
図書新聞社　242
トパーズプレス　247, 250
日外アソシエーツ　175, 180, 217
日活　85, 141
日本エディタースクール出版部　247, 252
日本古書通信社　246
白水社　236
一ツ橋グループ　128, 200, 201, 248
広島図書　202
婦人画報社　250
二見書房　133, 250
文藝春秋　4, 8, 92, 103, 140, 144, 151–154, 157, 162, 165, 166, 171, 200, 205, 241
平凡社　212, 236, 248
牧羊社　86
本の雑誌社　45, 248, 250, 255
毎日新聞社　252
明治書院　253
ゆまに書房　235
六興出版　113, 249
論創社　252
EDI　251

著者紹介
田坂憲二（たさかけんじ）
1952年福岡県生まれ。九州大学文学部卒業、同大学院修了。博士（文学）。
慶應義塾大学文学部教授。国文学専攻。
主な著書に、『大学図書館の挑戦』（和泉書院、2006年）、『文学全集の黄金時代―河出書房の1960年代―』（和泉書院、2007年）、『源氏物語享受史論考』（風間書房、2009年）、『源氏物語古注集成18　紫明抄』（おうふう、2014年）、『名書旧蹟』（日本古書通信社、2015年）、『源氏物語の政治と人間』（慶應義塾大学出版会、2017年）などがある。

日本文学全集の時代
――戦後出版文化史を読む

2018年3月30日　初版第1刷発行

著　者――――田坂憲二
発行者――――古屋正博
発行所――――慶應義塾大学出版会株式会社
〒108-8346　東京都港区三田2-19-30
TEL〔編集部〕03-3451-0931
〔営業部〕03-3451-3584〈ご注文〉
〔　〃　〕03-3451-6926
FAX〔営業部〕03-3451-3122
振替　00190-8-155497
http://www.keio-up.co.jp/
装　幀――――山崎 登
印刷・製本――中央精版印刷株式会社
カバー印刷――株式会社太平印刷社

Printed in Japan　ISBN978-4-7664-2511-6